ÉRAMOS DESCONOCIDOS

ÉRAMOS DESCONOCIDOS

RENÉE CARLINO

Traducción de Ángela Esteller García

MOLINO

Papel certificado por el Forest Stewardship Council®

MIXTO
Papel | Apoyando la silvicultura responsable
FSC® C117695

Penguin Random House Grupo Editorial

Título original: *Before We Were Strangers*

Primera edición: junio de 2024

Publicado por acuerdo con Atria Books, editor original,
una división de Simon & Schuster, Inc.

Printed in Spain – Impreso en España

ISBN: 978-84-272-4117-6
Depósito legal: B-7.093-2024

Compuesto en Aura Digit
Impreso en Rodesa
Villatuerta (Navarra)

MO 41176

Para Sam y Tom,
a los que he tenido la suerte
y el honor de conocer

La vida no retrocede
ni se detiene en el ayer.

KHALIL GIBRAN

PRIMER MOVIMIENTO:
RECIENTEMENTE

1. ¿Aún piensas en mí?

MATT

Sentado con los pies en alto, la vida pasaba ante mis ojos a toda velocidad, mientras me dedicaba a rechazar el cambio, a ignorar el mundo, a encogerme de hombros ante cualquier cosa que amenazara con significar algo o ser relevante. Estaba categóricamente en desacuerdo con todo lo que era actual y vigente. Despreciaba el uso de emoticonos, la palabra «meta» y la gente que hablaba por videollamada a través del móvil. Eso por no hablar de la gentrificación. Había veintiún Starbucks en un radio de tres manzanas del edificio en el que trabajaba. Estudios de grabación, de cine y tiendas de discos agonizaban o se habían convertido en cadavéricos locales desocupados, en modernas bollerías o salones de belleza. La MTV ya no pasaba videoclips musicales y habían prohibido fumar en los bares. Ya no reconocía Nueva York.

En eso pensaba mientras estaba sentado en mi cubículo de dos metros cuadrados en las oficinas de National Geographic. No me había sentido ni *nacional* ni *geográfico* desde que había conseguido aquel trabajo administrativo unos años atrás. Había cambiado las localizaciones exteriores, desde donde lo había visto todo, por un agujero desde el que no veía nada. Estaba en el centro de la ciudad que adoraba, de nuevo en sus brazos, pero éramos dos extraños. Seguía anclado al pasado y no sabía por qué.

Scott me dio una palmada en la espalda.

—Eh, tío, ¿vamos a almorzar a Brooklyn?

—¿Por qué tan lejos? —dije desde detrás del escritorio, jugueteando con la batería del móvil.

—Quiero llevarte a una pizzería. Se llama Ciccio's. ¿Has oído hablar de ella?

—En la Quinta también hacen buenas pizzas.

—No, tienes que probar este sitio, Matt. Es fantástico.

—¿Qué es fantástico, la pizza o el personal?

Desde mi divorcio unos pocos años atrás, Scott —mi jefe, amigo y soltero empedernido— albergaba la esperanza de que me convirtiera en su compinche permanente. Si había tomado una decisión, era imposible convencerlo de lo contrario, sobre todo si involucraba mujeres y comida.

—Está bien, lo admito. Tienes que ver a esa chica. Podemos decir que es una reunión de trabajo. Lo cargaré a la tarjeta de la empresa.

Scott era la clase de tipo al que le gusta hablar sobre mujeres y que adora hablar sobre porno. Estaba completamente desconectado de la realidad.

—Estoy seguro de que, en alguna parte, esto lo calificarían de acoso sexual.

Scott se apoyó en el panel que dividía el cubículo. Era atractivo y siempre sonreía, pero, si no lo veías durante una semana, se te olvidaba su aspecto.

—Iremos en metro.

—Hola, chicos —dijo mi exesposa, que pasaba por allí con una taza de café en la mano.

La ignoré.

—Hola, Liz —la saludó Scott mirándole el trasero mientras se alejaba. Acto seguido, añadió—: ¿No se te hace raro trabajar con ella y Brad?

—Siempre he trabajado con ella y Brad.

—Ya, pero antes era tu mujer y ahora es la de Brad.

—La verdad es que me da igual.

Me puse en pie y cogí la chaqueta.

—Eso es buena señal. Te creo. Solo puede significar que estás listo para una desconocida.

Solía ignorar este tipo de comentarios por parte de Scott.

—Necesito hacer una parada antes, en Verizon, para conseguir una nueva batería —dije mostrándole mi teléfono.

—¿Qué es eso?

—Un teléfono móvil. Estoy seguro de que no es la primera vez que lo ves.

—Eso no es un teléfono; es un artefacto. Mándalo al Smithsonian y cómprate un iPhone.

Al salir, pasamos por delante de Kitty, la chica con el carrito de los cafés.

—Hola, caballeros.

—Kitty —la saludé dedicándole una sonrisa.

Ella se sonrojó.

Scott no pronunció palabra hasta llegar al ascensor.

—Tendrías que explorar esa zona. Está loca por ti.

—Es una niña.

—Tiene un título universitario. Yo la contraté.

—No es mi tipo. Se llama Kitty.

—Eso ha sido cruel —me reprochó, como si se ofendiera en nombre de Kitty.

—Estoy bien. ¿Por qué todo el mundo se empeña en buscarme pareja? Estoy bien.

—El tiempo corre, el reloj biológico y todo eso.

—Los tíos no tenemos reloj biológico.

—Tienes treinta y seis años.

—Eso es ser joven.

—No lo es, comparado con Kitty.

Las puertas del ascensor se abrieron y cruzamos el vestíbulo. Una enorme impresión de una de mis fotos ocupaba una de las paredes.

—¿Ves eso, Matt? Eso hace que las mujeres lubriquen.

—Es una foto de un niño iraquí con un arma automática.

—Me refiero al Pulitzer que te dieron por ella, genio, no a la imagen. —Se cruzó de brazos—. Tuviste muy buen año.

—Sí, bueno, al menos, en lo profesional.

—Lo que quiero decirte es que tienes que aprovecharlo. Eres un poco famoso gracias a esa foto. En mi caso, ha funcionado.

—¿Y cómo ha sido eso exactamente?

—Puede que me haya hecho pasar por ti una noche. O dos.

Solté una carcajada.

—Eso es penoso, tío.

—Kitty está por ti. Tendrías que darle a ese bombón lo que quiere. Ya has oído los rumores que corren sobre ella.

—Más razón para mantenerme alejado.

—No, son buenos rumores. Dicen que está chiflada. Que es un animalito salvaje.

—¿Y eso en qué sentido es bueno?

Salimos del edificio y nos encaminamos hacia la boca del metro de West 57th para tomar la línea F. El centro de la ciudad siempre está congestionado a esa hora, estábamos casi a finales de invierno y el sol, que caía a plomo entre los edificios, animaba aún más a la gente a salir a la calle. Zigzagueé entre la multitud con Scott pegado a mis talones.

—Probablemente le vaya el rollo anal —dijo en voz alta a mis espaldas, justo antes de llegar al metro.

Paré en seco, me volví y lo encaré en los escalones de entrada a la estación.

—Scott, esta conversación es desagradable en muchos aspectos. Dejémoslo ya, ¿vale?

—Soy tu jefe.

—Exacto.

Bajé los escalones hacia los tornos. Al final de la escalera había una anciana que tocaba el violín. Su ropa estaba sucia y su pelo era una maraña gris y apelmazada. Las cuerdas del arco colgaban, como si fueran espiguillas en el aire, pero, pese a ello, interpretaba Brahms de forma impecable. Cuando le lancé cinco pavos al estuche, me dedicó una sonrisa. Scott negó con la cabeza y me empujó hacia adelante, apremiándome a continuar.

—Trato de que seas feliz y productivo, Matt.

Pasé la tarjeta.

—Súbeme el sueldo. Eso me hará feliz y productivo.

La estación estaba abarrotada. Un tren hacía su entrada, pero delante de nosotros había una muchedumbre que, al ver el convoy, empezó a empujar hacia adelante como si tuvieran que llegar sin falta a algún sitio. Scott se conformó con esperar al siguiente y observar a una mujer que nos daba la espalda. Estaba cerca del borde del andén, balanceándose en sus talones sobre la gruesa línea amarilla. Había algo en ella que llamaba la atención.

Scott me dio un codazo y, acto seguido, señalándola con un movimiento de cejas, movió los labios en silencio y articuló: «Buen culo». Me entraron ganas de darle un puñetazo en el cuello.

Cuanto más miraba a la mujer, más me sentía atraído hacia ella. Iba peinada con una coleta rubia que le bajaba por la espalda. Hundía las manos en los bolsillos de su abrigo negro y advertí que, al igual que haría un niño, seguía alegremente el ritmo del violín que resonaba en las paredes de la estación.

Cuando finalmente el metro llegó, dejó salir a la gente y entró en el último segundo. Scott y yo nos quedamos en la línea amarilla, esperando al siguiente convoy, menos abarrotado. Justo en el instante en que las puertas se cerraron, se volvió. Nuestras miradas se cruzaron.

Parpadeé. «Joder».

—¿Grace?

Ella apoyó la mano en el cristal de la ventana.

—¿Matt? —pronunció en silencio.

Pero el tren se puso en marcha.

Sin pensar, me puse a correr por el andén como si hubiera perdido la razón, extendiendo los brazos, deseando que el tren se detuviera y sin apartar mis ojos de los suyos. Al llegar al final del andén, contemplé cómo el convoy se sumergía en la oscuridad y la vi desaparecer.

Cuando Scott me alcanzó, me miró de soslayo.

—Tío, y eso, ¿a qué ha venido? Parece que hayas visto un fantasma.

—Un fantasma, no. A Grace.

—¿Y quién es Grace?

Estaba aturdido y seguía mirando hacia el oscuro vacío que la había engullido.

—Una chica a la que conocí.

—¿Una que te abandonó? —preguntó Scott.

—Algo así.

—Yo también tuve una de esas. Janie Bowers, la primera chica que me hizo una mamada. Me la meneé con su recuerdo hasta más o menos los treinta.

Lo ignoré. No podía sacarme a Grace de la cabeza.

Scott siguió hablando.

—Era una animadora. Siempre rondaba al equipo de *lacrosse* del instituto. Todos la llamaban «la Terapeuta». No sé por qué. Pensé que nos haríamos novios después de esa mamada.

—No, no de ese tipo —objeté—. Grace y yo salimos en la universidad, antes de que conociera a Elizabeth.

—Ah, vale, de ese tipo. Bueno, parecía estar buena. Igual podrías tratar de contactarla.

—Sí, puede que lo haga —dije figurándome que sería imposible que siguiera soltera.

Dejé que Brody, el comercial de diecisiete años de Verizon, me convenciera de comprar el último modelo de iPhone. Al fin y al cabo, un teléfono nuevo cuesta ocho dólares menos al mes. Nada en este mundo tenía ya sentido para mí. Firmé distraído los documentos; el rostro de Grace en el metro, que se fundía con la oscuridad y desaparecía, no dejaba de pasar en bucle ante mis ojos desde que habíamos salido de la estación.

Mientras nos comíamos la pizza, Scott me enseñó a jugar a *Angry Birds.* Lo consideré como un gran paso para superar mi fobia tecnológica. La chica a la que Scott esperaba ver no trabajaba aquel día, así que terminamos y regresamos a la oficina.

Una vez de vuelta a mi cubículo, busqué el nombre de Grace en Google en todas sus variantes —primer nombre de pila, segundo nombre de pila y apellido; primer nombre de pila y apellido, segundo nombre de pila y apellido—, pero fue en vano. ¿Cómo era posible? ¿Qué vida llevaba que no aparecía en internet?

Pensé en lo que nos había ocurrido. Pensé en su aspecto en el metro: aún hermosa, tal como la recordaba, pero diferente. Nadie calificaría a Grace de mona. Pese a que tenía una complexión menuda, era demasiado llamativa como para ser mona, con esos enormes ojos verdes y su colosal melena rubia. Me había parecido que tenía los ojos más hundidos y la expresión un poco más tensa que la última vez que la vi. Me había bastado un rápido vistazo para comprender que ya no era aquel espíritu libre y efervescente de años atrás. Me devanaba los sesos preguntándome qué vida debía de llevar ahora.

Se oyeron unos gritos de alegría procedentes de la sala de descanso al otro extremo del pasillo. Me acerqué y presencié el final del discurso de mi exesposa, que anunciaba su embarazo a nuestros compañeros de trabajo. Después del divorcio, no tardé en darme cuenta de que todos los que me rodeaban habían seguido con sus vidas, disfrutando y divirtiéndose. Yo me había quedado estático, de pie en un andén, observando cómo pasaban los metros y preguntándome en cuál tenía que subir. Elizabeth ya había llegado a la siguiente parada y estaba formando una familia. Me escabullí hacia mi cubículo de mierda esperando que nadie me viera. La noticia de su embarazo me había dejado indiferente, al igual que lo hacía ella. Pese a mi flema, le mandé un correo electrónico, salido de alguna obligación residual que aún debía de quedar de nuestro fracaso matrimonial.

> Elizabeth:
> Felicidades. Me alegro por ti. Sé lo mucho que deseabas ser madre.
> Te deseo lo mejor
> Matt

Dos minutos más tarde, mi ordenador hizo «¡ping!».

> ¿«Te deseo lo mejor»? ¿En serio? ¿Es que no puedes despedirte con «un abrazo» después de haber compartido una década de tu vida conmigo?

No respondí. Tenía prisa. Necesitaba volver al metro.

2. Cinco días después de verte

MATT

Cada día, a la hora del almuerzo, tomaba la maldita línea F; una ida y vuelta de una hora desde Brooklyn hasta el centro. Esperaba encontrarme con Grace de nuevo, pero nunca sucedió.

En el trabajo la situación no era muy buena. Tres meses atrás, había mandado una petición para volver a las localizaciones exteriores y me la habían denegado. Ahora me tocaba soportar los felices paseos de Elizabeth y Brad mientras la gente les daba la enhorabuena por el bebé y por la promoción de Brad, que había llegado justo tras el anuncio de su embarazo.

Mientras tanto, yo seguía rechazando cualquier posible avance en mi vida. Era un montón de mierda estancado. Me había presentado voluntario para ir a Sudamérica con un equipo de grabación de National Geographic. Sencillamente, Nueva York ya no me decía nada. Ya no le veía la magia. La jungla amazónica, con todas sus maravillosas y exóticas enfermedades, me parecía más atractiva que pasarme el día recibiendo órdenes de mi exesposa y el engreído de su marido. Pero mi solicitud no había sido aprobada ni denegada, sino que seguía en una pila con otras solicitudes sobre el escritorio de Scott.

Con la vista clavada en la pared blanca de la sala de descanso, consideré el estado actual de mi vida. Junto al dispensador de agua, con un vaso de papel medio vacío en las manos, sumé todos los años insustanciales que había pasado con Elizabeth y me pregunté la razón. ¿Por qué había ido todo tan mal?

—Tío, ¿qué estás haciendo?

La voz de Scott resonó desde el umbral de la puerta. Me di la vuelta y le sonreí.

—Pensando.

—Pareces algo más contento.

—De hecho, estaba pensando en cómo he acabado con treinta y seis años divorciado y atrapado en un cubículo infernal.

Se acercó a la cafetera y se sirvió una taza hasta arriba. Acto seguido, se apoyó en la encimera.

—¿Porque eras un adicto al trabajo? —sugirió.

—Esa no es la razón por la que Elizabeth me fue infiel. Se echó a los enclenques brazos de Brad sin pensárselo dos veces, y él trabaja más que yo. Joder, hasta Elizabeth trabaja más que yo.

—¿Por qué vives en el pasado? Mírate. Eres alto, aún tienes pelo. Y, por lo visto… —Agitó su mano ante mi estómago—, ¿puede que tengas abdominales?

—¿Me estás chequeando?

—Haría lo que fuera por un pelo como el tuyo.

Scott era de esos tíos que a los veintidós ya se han quedado calvos. Desde entonces, se rapaba al estilo señor Don Limpio.

—¿Cómo llaman las mujeres a eso? —preguntó señalándome la nuca.

—¿Un moño?

—No. Hay un, eh..., un nombre más sexi. A las chicas les encanta esa gilipollez.

—Lo llaman «moño masculino».

Me miró de arriba abajo.

—Tío, Matt, eres un hombre libre. ¿Por qué no sales en busca de nuevas aventuras? No soporto verte con esa cara mustia. Pensaba que ya tenías superado lo de Elizabeth.

Cerré la puerta de la sala de descanso.

—Ya lo he hecho. Hace tiempo que superé lo de Elizabeth. Ni siquiera recuerdo haber sentido algo por ella. Me enamoré de una fantasía, la de viajar con ella sacando fotos. Pero siempre parecía faltar algo. Quizá sí que trabajaba demasiado. Es decir, solo hablábamos de eso; era lo único que teníamos en común. Y, ahora, mira dónde estoy.

—¿Y qué pasa con la Chica del Metro?

—¿Qué pasa con ella?

—No lo sé. Pensé que tratarías de contactarla.

—Sí. Puede que lo haga. Es más fácil de decir que de hacer.

—Solo tienes que mostrarte. Ábrete un perfil en una red social.

«¿Y Grace estará ahí?». Era un mar de dudas. Tomaba la decisión de hacer todo lo posible por encontrarla y, al momento, pensaba que no serviría de nada. Estaría con alguien. Seguro que estaba casada. Con alguien mejor que yo. Lo único que quería era alejarme de todo aquello que me recordara que aún no tenía nada.

—Si tanto te importo, ¿por qué no le has dado el visto bueno a mi solicitud? —pregunté.

Scott frunció el ceño. Reparé en lo profunda que era la arruga entre sus cejas y recordé que teníamos la misma edad; estaba envejeciendo.

—Lo de salir en busca de nuevas aventuras no lo decía en sentido literal, tío. Salir corriendo no va a resolver tus problemas.

—Vaya, ¿ahora eres mi loquero?

—No, soy tu amigo. ¿O no recuerdas que fuiste tú quien solicitó el puesto de oficina?

Me encaminé hacia la puerta.

—Al menos, piénsatelo. Por favor, Scott.

—Te equivocas —añadió antes de que me marchara—. Eso no va a hacerte feliz.

Tenía razón. Lo reconocía para mis adentros, pero no lo admitía en voz alta. Pensaba que, si ganaba otro premio, si conseguía que mi trabajo se reconociera de alguna manera, llenaría ese agujero negro que me consumía. Sin embargo, en lo más profundo de mi ser, sabía que esa no era la solución.

Después del trabajo, salí del edificio de National Geographic y me senté en un banco de la parada de autobuses frente a él. Observé a hordas de gente que, andando a toda prisa por las aceras atestadas de Midtown, volvían a sus casas. Me pregunté si podía calcular el grado de soledad de una persona basándome en la prisa que tuviera. Nadie con alguien esperándolo en casa se sentaría en un banco después de diez horas de trabajo a mirar cómo pasaba la gente. Siempre cargaba en la mochila con una vieja cámara Pentax de mis días de universidad, aunque llevaba años sin utilizarla.

La saqué de la funda y empecé a tomar fotos de los ríos de gente que emergían de la boca del metro, de las personas que esperaban en la parada, de las que paraban un taxi. Confiaba en verla de nuevo a través del objetivo, como había sucedido años atrás; aquel espíritu alegre y luminoso, la manera en que coloreaba una fotografía en blanco y negro con su magnetismo. Había pensado en Grace a menudo durante los últimos años. Algo tan tonto como un olor, como el de las tortitas con azúcar por la noche, o el sonido de las cuerdas de un violonchelo en Grand Central o en el parque de Washington Square en un día soleado me transportaba directamente a ese año de universidad. El año que pasé enamorándome de ella.

Me resultaba difícil seguir viendo la belleza de Nueva York. Sí, quizá la mayoría de la gentuza y suciedad se había ido, al menos en el East Village, que ahora estaba más verde y más limpio, pero esa energía que impregnaba el ambiente durante mis años universitarios también había desaparecido. Al menos, para mí.

El tiempo pasa, la vida sigue, los lugares cambian, la gente cambia. Y, pese a ello, después de haberla visto en el metro, no podía sacarme a Grace de la cabeza. Quince años era demasiado tiempo para aferrarse a unos pocos instantes emotivos de la época universitaria.

3. Cinco semanas después de verte

MATT

—Matt, te estoy hablando.

Alcé la mirada y vi a Elizabeth, apoyada en el panel que dividía el cubículo.

—¿Eh?

—Te he dicho que si quieres almorzar con nosotros para repasar las nuevas diapositivas.

—¿Y quiénes sois «nosotros»?

—Scott, Brad y yo.

—No.

—Matt, tienes que venir —insistió.

—Estoy ocupado, Elizabeth. —Estaba haciendo el sudoku que acompañaba la bolsa de papel de la tienda *delicatessen* donde compraba los sándwiches de pavo—. Además, estoy comiendo. ¿No lo ves?

—El lugar habilitado para comer es la sala de descanso. Puedo oler las cebollas desde el otro extremo del pasillo.

—Eso es porque estás embarazada —murmuré hacia mi sándwich.

Elizabeth soltó un bufido y, a continuación, dio media vuelta y se alejó, murmurando algo entre dientes.

Scott apareció un minuto después.

—Oye, tío, necesitamos que veas esas diapos.

—¿Es que ya no se puede comer tranquilo? Por cierto, ¿le echaste un vistazo a mi solicitud?

Scott sonrió.

—¿Todavía no has conseguido contactar con la Chica del Metro?

—He ido hasta Brooklyn cada día durante el último mes y no me he cruzado con ella. Lo he intentado.

Era cierto. Había estado buscando a Grace. Después de trabajar, me pasaba por todos los antros del East Village a los que solíamos ir en los viejos tiempos; incluso me acerqué a la residencia de la Universidad de Nueva York en la que vivíamos. Nada de nada.

—Hum… —murmuró, rascándose el mentón—. Con toda la tecnología que hay hoy en día, seguro que la encuentras. ¿Has comprobado si ha colgado un anuncio en Conexiones Perdidas?

Dejé el sándwich sobre la mesa.

—¿Qué es eso de «Conexiones Perdidas»?

—Anda, deja que me siente y te lo enseño —dijo él entrando en el cubículo. Me levanté de la silla y él se sentó ante el ordenador. Buscó la página web de Craigslist y empezó a navegar por la sección de Conexiones Perdidas—. Imagina que te topas con alguien en un lugar público y que conectáis, pero no hay manera de llegar hasta esa persona. Cuelgas aquí el anuncio y puede que la otra persona lo lea.

—¿Y no sería más fácil pedirle el número de teléfono?

—Es una de esas cosas modernas de chico sensible. Es decir, si hay atracción, pero te faltan los huevos para entrarle, pues se lo dices en esta página. Si la otra persona siente lo mismo, puede que lo vea y te responda. No hay pena sin delito. Hay que especificar dónde ocurrió, la ropa que llevabas y todo eso para que la otra persona sepa que eres tú.

Yo miraba de reojo la pantalla, considerándolo una auténtica gilipollez.

—Sí, vale, pero, en realidad, yo sí conozco a Grace, o la conocía. La habría saludado de haber tenido más de un segundo antes de que saliera el metro.

Scott hizo girar la silla y se puso frente a mí.

—Mira, no vas a encontrarla en el metro. Es como intentar buscar una aguja en un pajar. ¿Y si ha publicado uno de estos anuncios?

—Los miraré, aunque estoy seguro de que si quisiera encontrarme no le resultaría difícil. No he cambiado de nombre y sigo trabajando en el mismo sitio.

—Vete a saber. Revísalos.

Me pasé toda la tarde leyendo publicaciones del tipo: «Te vi en el parque, llevabas una chaqueta de color azul pastel. Estuvimos intercambiando miradas todo el rato. Si te gusto, llámame» o «¿Dónde te fuiste aquella noche en SaGalls? Me hablabas de un martini de cerezas y, de repente, te esfumaste. Pensaba que te gustaba. ¿Qué sucedió?». Y el trilladísimo «Quiero hacer guarradas contigo. Pensé que lo sabías cuando te pusiste a bailar de aquel modo y te restregaste contra mi pierna en el ClubForty. Llámame».

Grace no aparecía por ningún lado; estaba casi seguro de que en la sección de Conexiones Perdidas no se podía encontrar a nadie por debajo de los treinta. Pero entonces llegué a un *post* titulado «Un poema para Margaret»:

> *Hubo un tiempo en el que existía un tú y yo.*
> *Éramos amantes.*
> *Éramos amigos.*
> *Antes de que todo cambiase.*
> *Antes de ser desconocidos.*
> *¿Aún piensas en mí?*
>
> JOE

Me resultó imposible imaginarme a unos veinteañeros llamados Joe y Margaret hablando del pasado de aquella manera. Sentí un escalofrío al advertir que transmitía exactamente lo que sentía por Grace y durante un instante presentí que era ella. Marqué el número de teléfono que acompañaba el anuncio y un hombre me contestó.

—Hola, ¿eres Joe? —pregunté.

—No. Es la tercera vez que alguien llama hoy y pregunta eso. Seguro que Joe es un nombre bastante corriente, pero no vive aquí.

—Gracias.

Colgué. De repente, la habitación se oscureció, excepto por un fluorescente sobre mi cabeza y la lámpara del escritorio.

—¡Te dejo esa encendida, Matt! Venga, manos a la obra —gritó Scott desde el pasillo.

Sabía exactamente qué estaba haciendo. Quizá Grace viera el anuncio, quizá no. En cualquier caso, tenía que escribirlo, al menos, para quedarme tranquilo.

Para mi Tortolita de ojos verdes:

Nos conocimos hace quince años, casi exactamente, cuando me trasladé con todas mis cosas al cuarto justo al lado del tuyo en la residencia de la NYU.

Tú nos definiste como «Amigos a primera vista». Yo preferiría pensar que había algo más.

Fue maravilloso conocernos el uno al otro a través de la música (estabas obsesionada con Jeff Buckley), de la fotografía (no podía dejar de retratarte), de los paseos por el parque de Washington Square y de todas esas cosas raras que hicimos para sacarnos unos pavos. Durante ese año aprendí más de mí mismo que en cualquier otro año de mi vida.

Sin embargo, no sé por qué, todo se fue al traste. Perdimos el contacto el verano después de graduarnos, cuando yo me fui a Sudamérica a trabajar para National Geographic. A mi regreso tú ya no estabas. Una parte de mí sigue preguntándose si no te presioné mucho después de la boda...

No volví a verte hasta hace un mes.

Era miércoles. Te balanceabas sobre tus tacones esperando al F, sobre esa gruesa línea amarilla que recorre el andén del metro. No supe que eras tú hasta que fue demasiado tarde y, entonces, desapareciste. Otra vez.

Dijiste mi nombre; vi cómo lo pronunciabas. Ojalá hubiera parado el metro, solo para poder decirte «Hola».

Al verte, todos esos sentimientos y recuerdos de juventud me invadieron y llevo casi un mes entero preguntándome qué es de tu vida. Puede que te suene a disparate, pero ¿te gustaría tomar una copa conmigo y ponernos al día de la última década y media?

M.
(212)-555-3004

SEGUNDO MOVIMIENTO:

QUINCE AÑOS ANTES

4. Cuando te conocí

MATT

Nos conocimos un sábado, en la residencia. Ella ojeaba una revista en la sala común mientras yo luchaba con mi viejo escritorio de madera de más de diecinueve años de antigüedad por el vestíbulo. Era el único mueble que había enviado mi madre desde California, junto a una sola caja, la cámara y una bolsa de lona con mi ropa.

Cuando alzó la vista hacia mí, me quedé inmóvil, incómodo, confiando en que no me prestara atención y me dejara seguir arrastrando el escritorio con poca delicadeza.

No hubo suerte.

En lugar de eso, clavó su mirada en mí, ladeó la cabeza y entornó los ojos, como tratando de recordar mi nombre. No nos conocíamos de nada, de eso estaba seguro. Nadie olvidaría un rostro como aquel.

Todavía inmóvil, la observé, fascinado. Tenía unos grandes ojos verdes incandescentes que desprendían una luz y energía capaces de captar toda la atención. Sus labios se movían y, pese a estar mirándola fijamente, no oía ni una palabra de lo que decía; solo podía pensar en su singular hermosura. Las cejas, que enmarcaban esos enormes ojos almendrados, eran más oscuras que el rubio claro de sus cabellos, y su piel debía de ser de un sabor deliciosamente dulce.

«Madre mía, ¿de verdad estoy pensando en cómo sabe esta chica?».

—¿No serás Bueller, el de *Todo en un día*?

—¿Cómo?

Pestañeé un par de veces.

—Te he preguntado si quieres que te ayude.

Esbozó una sonrisa compasiva y, acto seguido, señaló al escritorio, que se mantenía en precario equilibrio sobre mi rodilla.

—Ah, sí, claro. Gracias.

Sin más contemplaciones, dejó a un lado su revista, agarró el escritorio de un extremo y empezó a caminar de espaldas mientras yo me esforzaba en seguirla.

—Por cierto, soy Grace.

—Encantado —dije sin aliento.

El nombre le pegaba.

—Y tú, ¿tienes nombre?

—Uno más —respondí asintiendo.

—¿Te llamas Uno Más? Suena patético, pero hace que me pregunte qué llevó a tus padres a elegirlo.

Sonrió de nuevo.

Yo dejé escapar una risa nerviosa. Era realmente hermosa, pero también algo torpe.

—Me refería a que es el siguiente cuarto.

—Ya lo sé, tonto. Sigo esperando a que me digas cómo te llamas.

—Matt.

—Y bien, Matty Uno Más —dijo al llegar a mi habitación—, ¿qué estudias?

—Fotografía.

—Ah, entonces igual nos hemos visto en la escuela Tisch.

—No. Es mi primer año aquí.

Pareció sorprenderse. Claramente le recordaba a alguien. Confiaba en que esa persona a la que le recordaba le cayera bien. Dejamos de cargar el escritorio y fui a abrir la puerta. Agachando la cabeza, murmuré hacia mis Vans:

—Vengo de la USC.

—¿En serio? Nunca he estado en California. No puedo creer que dejaras la USC para venirte a este geriátrico. Menudo cuchitril.

—Aquello no iba conmigo. —Me di la vuelta y me apoyé en la puerta antes de abrirla. Intercambiamos una mirada durante un par de segundos y enseguida la apartamos—. Necesitaba alejarme de California durante una temporada. —Era hablar por hablar, pero no quería que se fuera—. ¿Te apetece entrar un rato mientras deshago las maletas?

—Claro.

Apiló unos cuantos libros para sostener la puerta y, a continuación, me ayudó a meter el escritorio y a colocarlo en la esquina. Se subió a él y se sentó con las piernas cruzadas, como si fuera a meditar o a levitar. Eché un vistazo a mi cuarto por segunda vez aquel día. Venía con el mobiliario estándar de residencia al completo: una cama nido individual metálica extralarga, un escritorio, el cual utilizaría para mi equipo fotográfico, un viejo radiocasete en el suelo que se había dejado la última persona que había dormido allí y una estantería vacía. La gran caja que había traído contenía algunos de mis discos y libros favoritos, así como fotos. Apretujadas en un álbum de piel, estaban mis mejores obras de la etapa en la USC. Grace lo cogió enseguida y se puso a hojearlo. En la habitación había dos ventanas largas y estrechas por las que se filtraban los rayos de sol, que iluminaban a la perfección el rostro de Grace. Era como si la luz saliera de su interior.

—Vaya, esta es increíble. ¿Es tu novia?

Sostenía una foto de una chica muy guapa de ojos traviesos que mostraba su cuerpo desnudo y voluptuoso.

—No, no era mi novia. Solo una amiga. —Era verdad, aunque confieso que había pronunciado «¿Quieres follarme?» justo antes de que apretara el disparador, mientras mi amigo (y su novio) nos miraba en silencio. Como ya he dicho, la USC no iba conmigo.

—Oh —respondió ella con calma—. Bueno, en cualquier caso, es una foto muy buena.

—Gracias. La luz aquí dentro es fantástica. Igual podría sacarte un par.

Vi cómo tragaba saliva. Abrió los ojos de par en par y entonces caí en la cuenta de que pensaba que quería fotografiarla desnuda.

—Ejem…, con la ropa puesta, claro.

Su expresión se relajó.

—Claro. Me encantaría. —Continuó mirando las fotografías—. Pero creo que podría posar para ti como esta chica si ese es el resultado. —Me miró con sus ojos verdes—. Quizá algún día, cuando nos conozcamos un poco más. Ya sabes, por amor al arte…

Soltó una risita.

Yo me esforcé en no imaginarla desnuda.

—Sí, por amor al arte.

Porque sí, era una verdadera obra de arte. Llevaba una holgada camisa masculina blanca, remangada hasta los codos, con los dos botones superiores desabrochados. Las uñas de los pies, pintadas de rosa, me llamaron la atención antes de que mi mirada se desviara hacia la piel que se intuía por un agujero en la zona de la rodilla de sus pantalones. La observé trenzarse su larga melena rubia sobre el hombro. No podía apartar los ojos; ella lo advirtió, pero en lugar de soltarme alguna grosería, me dedicó una sonrisa.

—Oye, ¿cómo es que lo has llamado «geriátrico»? —pregunté dándole la espalda y empezando a sacar el contenido de la enorme caja.

Necesitaba encontrar alguna distracción para dejar de mirarla.

—Porque es un puto aburrimiento. De verdad. Llevo una semana aquí y ya siento que mi alma se muere.

Me reí ante su dramatismo.

—¿De verdad es tan malo?

—No he tocado el chelo ni una vez desde que llegué. Tengo miedo de que la gente se queje. Ah, y ya que estamos, avísame si te molesta. Da un par de golpes a la pared o algo así.

—¿Y eso?

—Estoy en el cuarto de al lado. Las salas de ensayo quedan

algo lejos, así que probablemente acabe practicando aquí a menudo. Estudio Música.

—Es genial. Me encantará oírte tocar.

No podía creer que tuviéramos habitaciones contiguas.

—Cuando quieras. Oye, no hay mucha gente que se quede en una residencia de este tipo el último año de universidad. ¿Qué excusa tienes tú?

—No podía permitirme otra cosa. —Advertí que llevaba prendida sobre el pecho una chapa con unos símbolos griegos—. ¿Y tú? ¿Cómo es que no vives en la residencia de la fraternidad?

—¿Lo dices por esto? —dijo señalando hacia la chapa—. Es falsa. Bueno, no es falsa; la robé. Vivo aquí porque no tengo donde caerme muerta. Mis padres no tienen dinero y no me ayudan en mis estudios, y, como tengo que ensayar y practicar tanto, no me queda tiempo para trabajar. Utilizo la chapa para que me den de comer gratis en la cantina de la calle Catorce. —Alzó el puño y, dando un golpe en el aire, exclamó—: ¡Phi Beta Phi, macarrones con queso de por vida!

Era adorable.

—Me parece que este sitio no puede ser tan aburrido contigo por aquí.

—Gracias.

Alcé la mirada hacia ella y la pesqué sonrojándose.

—En realidad, no soy el alma de la fiesta, pero mis compañeros de carrera pueden pasarse para animar esto una vez que empiecen las clases y la gente vuelva a la ciudad. Este verano compartí un piso de mierda con un grupo de gente y me acostumbré a estar con amigos. Aquí hay demasiada calma. Por lo que he visto, la mayoría de los residentes guardan las distancias.

—¿Por qué no volviste a tu casa en verano?

—No había sitio. La casa de mis padres es pequeña. Tengo tres hermanas más pequeñas y un hermano, y todos siguen viviendo en casa.

Abandonó de un brinco el escritorio y se dirigió hacia el otro extremo de la habitación para examinar los objetos que había desempaquetado y apilado en el suelo.

—¡No me digas! —Tenía en sus manos *Grace*, de Jeff Buckley—. Es prácticamente el motivo por el que vine a la NYU.

—Es un genio. ¿Lo has visto en concierto? —pregunté.

—No, pero me encantaría. Creo que ahora vive en Memphis. Me trasladé a Nueva York desde Arizona y me pasé los primeros tres meses buscándolo por el East Village. Soy una *groupie* total. Alguien me dijo que se había ido de Nueva York hacía tiempo. Sigo escuchando «Grace» cada día. Es como mi Biblia musical. Fantaseo con que bautizó el álbum en mi honor. —Suelta una risita—. ¿Sabes? Te pareces un poco a él.

—¿De verdad?

—Sí, tu peinado es mejor, pero ambos tenéis esos ojos oscuros y profundos. Y a los dos os queda bien la barba de varios días.

Me acaricié el mentón con los nudillos, con una punzada de inseguridad.

—Vaya, tengo que afeitarme.

—No, me gusta. Te queda bien. También tienes esa constitución delgada, pero me parece que tú eres un poco más alto que él. ¿Cuánto mides?

—Un metro ochenta y cinco.

Asintió.

—Sí, creo que él es más bajito.

Me recosté en la cama con las manos en la nuca y la observé divertido mientras examinaba mis cosas. Eligió *A Portable Beat Reader*, una antología de poesía Beat.

—Vaya, seguro que somos almas gemelas. Por favor, dime que encontraré algo de Vonnegut por aquí.

—Por supuesto que encontrarás algo de Vonnegut. Pásame ese CD y lo pondré —le pedí señalándole *Ten*, de Pearl Jam.

—Tengo que irme a practicar ya, pero ¿puedes poner «Release»? Es la canción que más me gusta de este álbum.

—Claro, pero solo si me dejas fotografiarte.

—Vale —aceptó, encogiéndose de hombros—. ¿Qué tengo que hacer?

—Lo que te apetezca.

Puse el CD en el radiocasete, agarré la cámara y empecé a sacar fotos. Ella se movía por la habitación al son de la música, girando y cantando.

En un momento dado, se detuvo y miró hacia el objetivo con aire sombrío.

—¿Estoy haciendo el ridículo?

—No. Estás preciosa —aseguré sin dejar de apretar el disparador.

Me sonrío con timidez y, a continuación, se sentó en cuclillas sobre el suelo de madera, como si fuera una niña. Estiró el brazo y agarró un botón. Yo no dejaba de disparar.

—Alguien ha perdido un botón —canturreó.

Desde allí, entornó sus penetrantes ojos verdes y clavó su mirada de nuevo en el objetivo. Presioné el disparador.

Acto seguido, se incorporó, se estiró y me dio el botón.

—Toma. —Hizo una pausa y puso los ojos en blanco, suspirando—: Cielos, me encanta esta canción. Hace que me inspire. Gracias, Matt. Ahora tengo que irme. Ha sido un placer conocerte. Podríamos quedar otro día, ¿no?

—Sí, claro. Nos vemos.

—Será difícil que no me veas. Vivo en el cuarto de al lado, ¿recuerdas?

Cruzó el umbral y, un instante después, justo cuando Eddie Vedder cantaba las últimas palabras, oí las profundas cuerdas de un chelo a través de las delgadas paredes de la residencia. Estaba tocando «Release». Desplacé la cama al otro lado de la habitación hasta ponerla contra la pared que compartía con Grace.

Ella tocó hasta bien entrada la noche y yo me quedé dormido con su música.

Mi primera mañana en la residencia consistió en comer una barrita de granola rancia y en reubicar los tres muebles que tenía hasta quedar satisfecho con el diminuto espacio que sería mi casa el siguiente año. Al hacerlo, descubrí una nota adhesiva en el fondo de un cajón vacío del escritorio que había traído conmigo. Decía: «No te olvides de llamar», escrita con la caligrafía de mi madre. ¿Qué haría sin ella?

Encontré el teléfono público en la primera planta. Una chica ataviada con ropa deportiva y unas gafas de sol oscuras estaba sentada en un rincón con el auricular pegado al oído.

—No puedo vivir sin ti, Bobbie —sollozaba secándose las lágrimas que bajaban por sus mejillas. Sorbió por la nariz y, acto seguido, señaló una caja de pañuelos—. ¡Oye, tú! ¿Me los puedes pasar?

Le tendí la caja que estaba al otro extremo de la mesa, junto a un sofá desgastado que olía ligeramente a Doritos.

—¿Vas a tardar mucho?

—Estás de broma, ¿no?

Se bajó las gafas hasta la punta de la nariz y me observó por encima de ellas.

—Tengo que llamar a mi madre.

«Eso ha sido patético. Más patético que esta chica».

—Bobbie, tengo que colgar. Aquí hay un tío que tiene que llamar a su mamaíta. Te llamo en quince minutos, ¿vale? Sí, un tío… —Me repasó con la mirada de arriba abajo—. Lleva una camiseta de Radiohead. Sí, con patillas…, delgado.

Alcé las manos como diciendo: «Pero a ti, ¿qué te pasa?».

—Vale, Bobbie. Te adoro. Adiós. No, cuelga tú… No, tú primero.

—Venga ya… —dije lanzando un suspiro.

La chica se levantó y colgó el auricular.

—Todo tuyo.

—Gracias —respondí. Ella puso los ojos en blanco y mientras se alejaba, le grité—: «Te adoro».

Saqué la tarjeta telefónica de la cartera y marqué el número de mi madre.

—¿Diga?

—Hola, mamá.

—Matthias, ¿cómo estás, cielo?

—Bien. Recién instalado.

—¿Has llamado a tu padre?

Hice una mueca. Me había trasladado de la NYU para poner tierra de por medio (un país entero, de hecho) entre mi padre y sus expectativas y yo. Pese a haber ganado varios premios de fotografía en la universidad, él seguía pensando que no tenía futuro en la profesión.

—No, de momento, solo a ti.

—Qué afortunada soy —dijo con tono serio—. ¿Qué tal la residencia? ¿Has ido ya al laboratorio fotográfico?

Mi madre era la única que me apoyaba. Le encantaba ser el tema de mis fotografías. De pequeño me había dado la antigua Ciro-Flex de mi padre, lo que originó mi afición. A los diez años tomaba fotos de todo y a todos.

—La residencia está bien y el laboratorio es genial.

—¿Has hecho amigos?

—Una chica. Grace.

—Ahhh…

—No, mamá, no va por ahí. Solo somos amigos. La conocí ayer y solo hemos hablado un minuto.

La Chica Te Adoro acababa de regresar. Se tumbó en el sofá, apoyó la cabeza en el reposabrazos y, cabeza abajo, clavó su mirada en mí. Su rostro extraño e invertido me incomodó.

—¿Y también hace una carrera artística, como tú?

—Sí, Música. Es simpática. Amigable.

—Eso es fantástico.

Pude oír platos que entrechocaban. Medio distraído, pensé que, si aún estuviera casada con mi padre, mi madre no tendría que lavar los platos. Mi padre era un exitoso abogado del mundo del espectáculo, mientras que mi madre trabajaba como profesora de arte en una escuela privada por un exiguo sueldo. Se divorciaron cuando yo tenía catorce años. Mi padre se casó de nuevo enseguida, pero mi madre permanecía soltera. En la adolescencia elegí vivir con mi padre y su madrastra, pese a que siempre había sentido que el diminuto bungaló de mi madre en Pasadena era mi verdadero hogar. Pero la casa de mi padre disponía de más espacio para mi hermano mayor y para mí.

—Muy bien. ¿Te ha dicho Alexander que se le ha declarado a Monica?

—Ah, ¿sí? ¿Cuándo?

—Unos días antes de que te fueras. Pensaba que ya lo sabrías.

Mi hermano y yo no hablábamos, y menos sobre Monica, que había sido mi novia. Seguía los pasos de mi padre y estaba a punto de acabar la carrera en California. A su modo de ver, yo era un perdedor.

—Me alegro por él —dije.

—Sí, creo que hacen muy buena pareja. —Hubo un breve silencio—. Ya encontrarás a alguien, Matt.

Solté una carcajada.

—¿Y quién ha dicho que esté buscando, mamá?

—Mantente alejado de los bares.

—Mamá, antes de los veintiuno iba a más bares que ahora. —La Chica Te Adoro puso los ojos en blanco—. Tengo que colgar.

—Vale, cariño. Llámame pronto. Quiero que me cuentes más cosas sobre Grace.

—Lo haré. Te adoro, mamá.

Le guiñé el ojo a la chica, que estaba ante mí, a menos de treinta centímetros.

—¿«Te adoro» también? —dijo riendo.

5. Eras como una luz

MATT

Mataba el tiempo ordenando el portfolio. Aunque sabía que tenía que salir y trabar alguna amistad, por el momento, lo único que anhelaba era encontrarme con una persona en particular, ya fuera saliendo o entrando. No estoy seguro de lo evidentes que resultaban mis intenciones al dejar la puerta entreabierta, pero no me importaba en absoluto, y menos cuando por fin oí la voz de Grace al otro lado, en el pasillo.

—Toc, toc.

Me levanté para ponerme una camiseta, pero ella empujó la puerta con su dedo índice antes de que me diera tiempo a hacerlo.

—Oh, vaya. Lo siento —dijo.

—No te preocupes.

Abrí la puerta de par en par y sonreí.

—Hola, vecino —saludó desde el umbral.

Su mirada, al principio posada en la mía, descendió, recorriendo mi pecho hasta el lugar en que mis calzoncillos sobresalían por encima de los pantalones vaqueros y, de allí, a mis botas negras.

—Me gustan… tus botas.

Sus ojos se posaron de nuevo en los míos. Tenía los labios ligeramente entreabiertos.

—Gracias. ¿Quieres pasar?

Negó con la cabeza.

—No. En verdad he venido para ver si querías salir a almorzar. Es gratis —apuntó y, antes de que me diera tiempo a responder, añadió—: En realidad, hasta te pagan.

—¿Y cuál es ese lugar donde dan almuerzos gratis y encima te pagan? —pregunté alzando una ceja con suspicacia.

Ella soltó una carcajada.

—Confía en mí. Venga, ponte una camiseta y vamos.

Me pasé los dedos por el pelo, que en aquel instante estaba revuelto. Sus ojos se posaron de nuevo en mi torso y mis brazos. Me resultaba difícil apartar la mirada de su rostro en forma de corazón, pero conseguí desviarla hacia sus manos y sus dedos, que se movían a los costados de su cuerpo. Llevaba un vestido negro de flores, unas medias y unos botines negros de piel. Se balanceó sobre sus talones un par de veces. Me recordó a un ruiseñor, a una de esas personas que necesitan moverse a todas horas, que nunca paran quietas.

—Dame un segundo —dije—. Voy a por un cinturón.

Rebusqué entre mis cosas, esparcidas por el suelo, pero no pude encontrarlo. Casi se me caían los pantalones.

Grace se dejó caer sobre la cama y me observó.

—¿No tienes cinturón?

—No consigo encontrarlo.

Poniéndose en pie, se dirigió hacia un montón de zapatos junto al armario. Estiró los cordones de una de mis zapatillas Converse e hizo lo mismo con las Vans. Ató los extremos.

—Esto servirá.

Acepté el cinturón hecho de cordones y lo introduje por las trabillas.

—Gracias.

—De nada.

Cuando me puse la camiseta negra de los Ramones, ella sonrió con admiración.

—Me gusta. ¿Listo?

—A por el almuerzo, G.

Bajamos corriendo los tres pisos de escaleras y Grace empujó las puertas de cristal del edificio. Nada más hacerlo, extendió los brazos de par en par y alzó la mirada hacia el cielo.

—¡Hace un día estupendo! —Se volvió y me tomó de la mano—. ¡Vamos, es por aquí!

—¿Debería preocuparme? ¿Está muy lejos?

—A unas seis manzanas. Y no, no te preocupes. Te va a gustar. Te sentará bien, a tu corazón, a tu bolsillo y a tu barriguita.

No conocía a nadie mayor de doce años que aún utilizara la palabra «barriguita». Caminamos el uno junto al otro, absorbiendo el calor que irradiaba el cemento.

—Anoche te oí tocar —dije.

Ella me escrutó, nerviosa.

—¿Demasiado alto?

—No, en absoluto.

—Mi amiga Tati se pasó y practicamos juntas. Toca el violín. Espero que te dejáramos dormir.

—Me encanta, Grace —le aseguré con semblante serio—. ¿Cómo aprendiste a tocar?

—Autodidacta. Mi madre me compró un violonchelo en un rastrillo cuando tenía nueve años. No tenemos mucho dinero, aunque supongo que eso ya lo has notado. En los violonchelos no hay trastes, así que todo es cuestión de oído. Escuché un montón de discos y traté de recrear los sonidos. También tuve una guitarra y después un piano, a los doce. En el instituto, mi profesora de música me escribió una carta de recomendación brutal. Y así fue como llegué aquí. Aunque me costó bastante sacarme el año anterior y no sabía si seguir o no.

—¿Por qué?

—No tengo estudios formales, excepto los de la orquesta del instituto, y aquí hay mucha competencia. Básicamente, mi objetivo es aprender lo que pueda para convertirme en intérprete de estudio.

—¿Y qué tipo de música te gusta tocar?

—Todo. Me gusta mucho el *rock and roll*, pero también la clásica. Y aunque es un rollo cargar con el chelo a todas partes, este instrumento me encanta. Me fascina su textura, cómo puede llegar a rugir o sonar más flojito. Cuando toco sin arco es como si jugara a las cabrillas con una piedra; siempre me imagino unos pequeños guijarros lisos que saltan sobre el agua quieta.

Guardé silencio.

—¿Qué ocurre?

—Eso ha sido una manera muy bonita de expresarlo, Grace. Jamás había pensado en la música de ese modo.

—Ojalá bastara con la pasión —se lamentó lanzando un suspiro.

—En el arte no hay correcto o incorrecto. Mi madre siempre lo dice.

Detecté un ligero asentimiento y, acto seguido, señaló hacia la calle.

—Vamos, hay que cruzar.

Aún no me orientaba en Nueva York y estaba completamente perdido; ni siquiera había investigado las líneas de metro, así que el hecho de que Grace estuviera conmigo aliviaba la aterradora sensación de ser un recién llegado en la gran ciudad.

—Bueno, ¿y tienes novio?

Sin dejar de caminar y mirando al frente, Grace contestó al instante.

—No, no salgo con nadie.

—¿Solo sexo de vez en cuando? —pregunté sonriendo.

Ella se sonrojó.

—Una señorita nunca da ese tipo de información. ¿Y tú?

—Tuve novia durante un par de años después del insti, pero, desde entonces, nada serio. Ahora está comprometida con mi hermano, así que podría decirse que mi historial es bastante impresionante.

—Estás de broma, ¿no?

—No.

—¿Y no te resulta extraño? Es decir, ¿qué ocurrió?

—Me dejó cuando elegí la especialidad. Mi padre, también.

Dije esto último para mis adentros.

—¿Y os lleváis bien?

—El padre de Monica y mi padre son socios del mismo bufete de abogados. Digamos que estaba arreglado. Al principio me gustaba, pero jamás llegué a plantearme un futuro con ella.

Quería que estudiara Derecho, pero no era lo mío. Teníamos intereses distintos. Fue lo mejor. Rompimos y dos semanas más tarde ya salía con mi hermano. Nunca he hablado con él sobre el tema. Podría haberle soltado unas cuantas verdades, pero no quise rebajarme. Que se la quede.

—¿Te rompió el corazón?

—En absoluto, y sospecho que eso dice mucho. Supongo que lo que me resulta más difícil es no reírme de toda esa gilipollez cuando estoy con ellos. Ese es otro de los motivos por los que tuve que marcharme de Los Ángeles. Mi hermano acaba de licenciarse en Derecho y le encanta restregármelo por la cara. Tengo que esforzarme mucho para no recordarle que vivirá el resto de su vida sabiendo que me he tirado a su mujer.

—Oh…

Durante un instante, Grace pareció sorprenderse y sus mejillas se sonrojaron. No estaba seguro de si se había ofendido.

Continuamos caminando en silencio y me regañé a mí mismo por haber sido tan brusco. Entonces, Grace señaló un letrero.

—Ya hemos llegado.

—¿Vamos a almorzar en el Centro de Transfusión de Nueva York?

—Sí. Esto va así: la primera vez, solo puedes donar plasma. Asegúrate de comer todos los *pretzels* y barritas de granola que se te pongan delante y de beber tanto zumo como puedas. Después puedes acompañarme y verás cómo me succionan las plaquetas.

—Espera… ¿qué?

—Sí, tardan como una hora con las plaquetas, lo que nos da

tiempo de darnos un banquete. Después a ti te pagarán veinticinco pavos y a mí, cincuenta.

Traté de procesar lo que acababa de decirme, pero cuando empezó a reírse, no pude evitar unirme a ella.

—Crees que estoy loca, ¿eh?

—No, creo que es muy buena idea. Eres un genio.

Me dio un codazo travieso.

—Creo que tú y yo vamos a hacer buenas migas.

Ya en el interior, las personas que había detrás del mostrador reconocieron a Grace y sonrieron o nos saludaron con un gesto mientras nosotros hacíamos cola.

—¿Vienes a menudo por aquí?

—No es la primera vez que utilizan esa frase para ligar conmigo, Matt. Creo que deberías actualizar tu repertorio.

—Me gustan las chicas con las plaquetas grandes.

—Mucho mejor. Has captado mi atención. Y has tenido suerte, porque a mí me gustan los chicos que se llaman Matthew.

—En realidad es Matthias.

—¿En serio? —Ladeó la cabeza—. Jamás había oído ese nombre. ¿Es de la Biblia?

—Sí. Significa «divino».

—Anda ya.

—Que sí, que es verdad. Significa «apéndice divino».

Tardó un instante en comprender la broma. Yo procuré no sonreír.

Su boca formó una O perfecta.

—Eres un…

Negó con la cabeza y después me tomó de la mano y me llevó hacia el mostrador.

—¿Qué? ¿Un qué?

—¡Un descarado! —Centró su atención en la recepcionista—. Hola, Jane. Te presento a Matthias, un amigo. Su sangre es de primera calidad y quiere venderos un poco.

—Estás en el sitio indicado. —Sacó unos formularios de debajo del mostrador—. ¿Cuál era tu apellido, Grace? —preguntó hojeando un archivo.

—Starr.

—Eso es; ¿cómo he podido olvidarlo? Y tú, Matthias, ¿listo para donar?

—Sí. Y por si necesita mi nombre completo, me llamo Matthias William Shore.

Grace me miró de reojo.

—Bien, Matthias William Shore, yo soy Graceland Marie Starr. Un placer conocerte.

Me tendió la mano para estrechar la mía. Yo la tomé y le di un beso.

—El placer es mío. ¿Has dicho Graceland?

—Mis padres son fans de Elvis —confesó sonrojándose.

—Un nombre precioso para una señorita preciosa.

La mujer tras el mostrador puso fin de forma abrupta a nuestro intercambio de cortesías.

—Grace, ¿será solo sangre o también plaquetas?

—Hoy voy a vender mis enormes y suculentas plaquetas —anunció y, acercándose a mí, me susurró al oído—: Eso te ha puesto, ¿verdad?

Solté una carcajada. Podía ser descarada, pero eso no enmascaraba su parte dulce y tímida. Algo en ella me hacía desear conocerla a fondo.

Después de rellenar los formularios y de una analítica, nos llevaron a una enorme sala en la que estaban sacando sangre a diez personas más. Nos tumbamos el uno frente al otro en unas camillas con respaldo inclinado. Grace observó con una sonrisa cómo me introducían la vía en el brazo. Ella estaba conectada a una máquina que le sacaba la sangre por un brazo, separaba las plaquetas y devolvía el plasma por el otro brazo. Fui comiendo *pretzels* a medida que mi sangre llenaba gota a gota la bolsa de plástico.

—Salud —dijo Grace levantando el zumo.

Empecé a sentirme algo mareado, casi borracho. Un vacío oscuro empezó a llenar mi visión periférica.

—La mejor cita que he tenido en mi vida —dije medio atontado, levantando el tetrabrik del zumo hacia ella.

Ella me dedicó una sonrisa satisfecha, aunque me miró con aire compasivo.

—¿Quién ha dicho que esto era una cita?

Medio aletargado, me encogí de hombros.

—Hagamos un trato —continuó—. Si consigues no desmayarte, tendremos una cita de verdad —dijo justo antes de que todo se volviera negro.

Al parecer, lo de inhalar sales funciona. Al abrir los ojos, me encontré con una enfermera parecida a la Julia Roberts de *Mystic Pizza* inclinada sobre mí. Sus pobladas cejas se juntaban y, al hablar, los rizos de su voluminosa melena se movían como si fueran muelles.

—¿Estás bien, tesoro?

Asentí.

—Eso creo. ¿Por qué estoy del revés?

La enfermera sonrió.

—Giramos la cama cuando alguien se desmaya, así podemos elevar los pies por encima del corazón.

No me estaba enterando de nada.

—Gracias, tesoro. Me has salvado.

—Un placer, tesoro —respondió riendo entre dientes.

Miré hacia el lugar donde estaba Grace, que parecía languidecer.

—¿Estás bien? —me preguntó en voz baja.

Asentí.

Después de quitarme la vía y de que me ofrecieran cientos de chocolatinas, la enfermera me ayudó a ponerme en pie.

—Puedes quedarte aquí el rato que quieras —me aseguró.

—Estoy bien. Voy a hacerle compañía a mi amiga.

Arrastrando los pies, me dirigí hacia Grace, que empezaba a estar pálida y visiblemente cansada. Sentado en la silla junto a la cama que ocupaba, advertí que tenía la piel de gallina en los brazos y las piernas. Hundida en el respaldo de la camilla, el vestido se le había subido por encima de los muslos. Al advertir mi mirada, se estiró el dobladillo discretamente hacia abajo.

—Hola —saludé, observándola y contemplando aquella máquina llena de molinetes y tubos a la que estaba conectada y que parecía salida de la misma fábrica de Willy Wonka.

—Hola, tú —respondió con voz débil.

—¿Te encuentras bien?

—Sí, solo estoy cansada y tengo frío.

Dejó caer los párpados. Yo me puse en pie y le froté las piernas. Con los ojos apenas entornados, esbozó una ligera sonrisa.

—Gracias, Matt —susurró.

Al ver que la enfermera se acercaba, la llamé.

—Disculpe, está helada y parece un poco desorientada.

—Es normal. Le traeré una manta —dijo señalando una silla cercana.

Fui corriendo y la tomé antes de que la enfermera tuviera tiempo de volverse. Arropé a Grace hasta el cuello y después la remetí por los lados de su torso, con lo que quedó completamente envuelta.

—Perfecto. Un burrito de Grace.

Ella rio en silencio y cerró los ojos.

Me senté de nuevo en la silla y observé a mi nueva amiga. No iba muy maquillada, por no decir en absoluto. Tenía unas largas pestañas, una piel sin imperfecciones y olía a lilas y talco. En el poco tiempo que llevaba conociéndola, ya percibía que, por mucho que pareciera comprender el mundo a su alrededor, era de una fragilidad conmovedora, de una inocencia casi infantil que había detectado de inmediato. Se reflejaba en sus ojos y en sus gestos tímidos.

Eché un vistazo a la sala. Reparé en varias personas con aspecto de vagabundos y en un tipo sucio, por lo visto bastante ebrio, que desde un rincón montaba un escándalo porque no había más galletas Oreo en la cesta.

Apoyé la cabeza y cerré los ojos, cayendo en un sueño ligero en el que oía por encima de mi cabeza el sonido de la máquina que sacaba las plaquetas de Grace y que después devolvía la sangre a su cuerpo. Me pregunté cuántas veces había hecho aquello por cincuenta dólares.

De repente, sin saber cuánto tiempo había pasado, sentí el roce delicado de una mano sobre el hombro.

—Venga, Matty, vamos.

Abrí los ojos y, al hacerlo, vi a Grace, con las mejillas sonrosadas y una sonrisa de oreja a oreja. Me tendió veinticinco pavos.

—Agradable, ¿verdad?

Parecía haber vuelto a la normalidad y estaba completamente lista, con su pequeño bolso cruzado en bandolera.

—¿Te echo una mano? —dijo acercándose a mí.

—No. —Me incorporé de un brinco—. Me siento genial.

—Pues por tu aspecto diría que no estás muy fino.

Se le había desprendido un mechón de la cola. Me acerqué para ponérselo por detrás de la oreja, pero ella dio un respingo.

—Solo iba a…

—Oh, lo siento.

Se acercó y yo me incliné de nuevo hacia ella para arreglarle el mechón.

—Hueles bien —dije.

Estaba a unos centímetros de mi rostro, observándome. Sus ojos se clavaron en mis labios. Yo los humedecí y me acerqué un centímetro más.

Ella giró la cabeza.

—¿Listo?

No me sentí rechazado. En lugar de eso, sus reservas despertaron aún más mi curiosidad. Mucho más.

—He visto a un montón de drogatas ahí dentro. ¿Crees que utilizan su sangre? —dije una vez fuera.

—No lo sé. No me lo había planteado nunca.

El sol estaba ya alto en el cielo, los pájaros trinaban y Grace se quedó inmóvil, con la cabeza gacha, observando una hilera de hormigas de camino hacia una papelera.

—¿Qué quieres hacer ahora? —pregunté.

Ella alzó la mirada.

—¿Quieres que pillemos algo de maría y que vayamos a Washington Square?

Solté una carcajada.

—Pensé que nunca lo dirías.

—Venga, drogata.

Me tomó de la mano y emprendimos la marcha. Tras una manzana, trató de zafarse, pero no la solté.

—Tienes las manos pequeñas.

En la esquina, mientras esperábamos a cruzar, apartó la mano y la sostuvo ante sí.

—Sí, pero son huesudas y feas.

—A mí me gustan.

Cuando el semáforo se puso en verde, la agarré de nuevo y dije:

—Venga, esqueleto. Vamos.

—Qué gracioso.

Me permitió tomarla de la mano durante todo el resto del trayecto.

Nos detuvimos en la residencia para recoger mi cámara. Grace tomó una manta y el porro más fino que había visto en mi vida. Al salir, cuando pasamos ante el mostrador de recepción, Daria, nuestra supervisora, nos detuvo.

—¿Adónde vais vosotros dos?

—Al parque —respondió Grace—. Y tú, ¿qué haces aquí?

Daria engulló el último bocado de una varita de merluza.

—Hoy llega mucha gente. Tendré que estar pendiente, así que me toca quedarme todo el día. Por cierto, Grace, quería hablar contigo. Si tocas el chelo por la noche, se oye mucho. Estos primeros días que no había nadie no pasaba nada, pero ahora…

—Yo vivo en el cuarto de al lado y a mí no me molesta —interrumpí.

Grace se volvió hacia mí y negó con la cabeza.

—Déjalo, Matt —dijo y, volviéndose hacia Daria, añadió—: Está bien. Trataré de no tocar tan alto.

Dimos media vuelta y abandonamos el edificio.

—¿No te parece que Daria tiene aspecto de hombre? Tipo David Bowie o algo así.

Grace hizo una mueca.

—Bueno, es que David Bowie parece una mujer.

—Cierto. Igual podrías aprenderte algunas canciones de Bowie, así la tendrías contenta.

—Sí, puede que lo haga.

Ya en el parque, colocó la manta cerca de un enorme arce blanco y, a continuación, se sentó, recostándose contra el tronco. Yo me tumbé bocabajo, frente a ella. La observé mientras encendía el porro. Dio una calada y me lo pasó.

—¿Crees que nos trincarán por fumar aquí, al aire libre?

—No, vengo aquí todo el tiempo.

—¿Sola?

—Con unos compañeros de la facultad.

Dio una larga calada, alzó la mirada y, ahogando un grito, empezó a toser.

—Mierda.

—¿Qué pasa?

Al volverme, distinguí a un hombre de unos treinta y tantos

que venía hacia nosotros. Iba vestido con unos pantalones caquis y tenía unas entradas acentuadas.

—¿Quién es? —pregunté apagando el porro.

—Ese es Dan… Es decir, el profesor Pornsake. Uno de mis profesores de música.

—¿Y lo llamas Dan?

—Fue él quien me lo pidió. Supongo que su apellido no le gusta mucho.

—Muy comprensible.

Con gestos nerviosos, se sacudió la hierba del regazo y se incorporó. Yo me puse de costado, apoyé la cabeza en la mano y contemplé a Grace. Iba muy colocada pese a lo poco que habíamos fumado. Sus ojos eran dos estrechas ranuras rojas y sonreía como una maníaca.

Me puse a reír.

—Madre mía, vas superfumada.

Grace trató de adoptar un aire serio.

—¡No empieces! —dijo fingiendo regañarme.

A ambos nos invadió una risa histérica pero silenciosa.

—¡Grace! —gritó Dan mientras tratábamos de recobrar la compostura—. Qué placer verte por aquí.

Tenía un bigote poblado que se movía dramáticamente al hablar. Hipnotizado, no me di cuenta de que Grace acababa de presentarme.

—¿Matthias? —dijo dándome un codazo.

—Oh, lo siento. Encantado, profesor.

Me incorporé y le estreché la mano.

Él sonrió extrañado.

—Y bien, ¿cómo os habéis conocido?

—Es mi vecino de cuarto en la residencia —explicó Grace.

—Vaya.

Algo en su expresión me indicó que estaba decepcionado.

—Bueno, os dejo con lo que estuvierais haciendo. —Mirando directamente a Grace, añadió—: Y no te metas en líos.

Mientras se alejaba, Grace adoptó un aire ausente, como si estuviera perdida en sus pensamientos.

—Siente algo por ti, ¿no?

Reptando por la manta, me acerqué a ella.

—No tengo ni idea, pero no puedo meter la pata. Ya piso terreno peligroso.

Estiré una hebra que sobresalía del dobladillo de su vestido.

—Gracias —dijo ella, aún aturdida.

—De nada.

Parpadeé un par de veces y después bostecé.

Ella se dio unos golpecitos en el regazo.

—¿Quieres apoyarte?

Yo me tumbé de espaldas y descansé la cabeza sobre sus muslos. Ella se recostó de nuevo contra el árbol y se relajó, peinando distraídamente mis cabellos con los dedos.

—Amigos a primera vista —dijo arrastrando las palabras.

—Sí. Me gustas. Eres un poco rara.

—Es justo lo que iba a decir sobre ti, lo juro.

—¿Te ha roto alguien el corazón? ¿Por eso no sales con nadie? Por favor, dime que no es porque te gusta el profesor Pornsake.

Ella soltó una carcajada y buscó el porro.

—¿Por qué? ¿Estás celoso?

—¿Celoso? No, es tu vida. Es decir, si quieres besuquearte

con ese tipo e ingerir potencialmente cualquier residuo de comida que se haya extraviado en ese ridículo bigote, adelante.

—Ja, ja. No tengo nada con el profesor Pornsake y… ¡qué asco! Y no, no me rompieron el corazón. Simplemente, necesito concentrarme en los estudios para mejorar mis notas.

Sabía que había algo más, pero no insistí. Acabábamos de conocernos y, pese a ello, había pasado el día entero conmigo y una parte del día anterior sin concentrarse en sus estudios, así que sospechaba que había otra razón. Podría haber pensado que no le gustaba y que no quería confundirme, pero había visto cómo me había mirado de arriba abajo y me había dado cuenta de dónde había posado los ojos.

Agarré la cámara, la giré con el objetivo hacia nosotros y pulsé tres veces el disparador.

6. Tenía que conocerte

MATT

Esa misma semana, unos días más tarde, examiné los negativos en el cuarto oscuro. En una de las instantáneas no se llegaba a apreciar bien la expresión de Grace, así que la amplié. Cuando la imagen empezó a aparecer, me di cuenta al instante de que, en lugar de fijar los ojos en el objetivo, Grace me miraba a mí con adoración. Durante todo el tiempo que pasé en el laboratorio no pude dejar de sonreír. Después de que se secara, me llevé la copia y esperé a Grace en los escalones exteriores de la residencia. Para pasar el rato, encendí el cigarrillo que tenía tras la oreja.

Grace apareció un minuto después, cargada con el enorme estuche de su chelo.

—¿Quieres que te lo lleve? —ofrecí poniéndome en pie.

—Tranquilo, no te levantes. ¿Tienes otro? —preguntó señalando el cigarrillo.

A continuación, se sentó junto a mí. Ya era tarde, pero la

temperatura seguía siendo agradable. Yo llevaba una camiseta, unos pantalones vaqueros e iba descalzo. Ella iba vestida con una camiseta de cuello en pico blanca y unos Levi's rotos. La piel de sus piernas estaba bronceada y parecía suave. Se llevó dos dedos hacia los labios para recordarme que quería un cigarrillo.

—Solo tengo este, pero podemos compartirlo. —Se lo tendí y, acto seguido, le mostré la foto recién revelada—. Nuestra primera foto juntos.

Antes de procesarla, en la parte inferior del papel fotográfico, había utilizado un lápiz de cera blanda con el que había escrito «BFF» para que, cuando se revelara, las letras quedaran en blanco.

Ella soltó una carcajada.

—¿En serio, mejores amigos? ¿Tan pronto?

—De ilusión también se vive.

Le dediqué una sonrisa que mostraba todos mis dientes.

—Me encanta. La guardaré como oro en paño. Gracias, Matt.

—¿Has practicado mucho hoy? —pregunté.

—Sí, estoy molida y tengo hambre.

—Igual Daria puede calentarte unas varitas de merluza si quieres.

Grace arrugó la nariz.

—¿Por qué siempre tiene que comer eso? Es asqueroso.

—Probablemente porque son baratas.

—Pues, ya que lo comentas..., los miércoles suelo ir a una cafetería que sirven tortitas gratis si te presentas en pijama. ¿Te apetece un desayuno para cenar?

Solté una carcajada.

—Suena bien.

Grace se puso en pie y apagó el cigarrillo con la suela del zapato.

—Genial, pues vamos a ponernos el pijama.

Me puse uno de franela, pero no me quité la camiseta blanca. Llevaba unas zapatillas gigantes que me hacían parecer el yeti. Con esas pintas, me dirigí a la habitación de Grace. Al empujar la puerta, me vi obligado a contener el aliento. Estaba en ropa interior, de espaldas a mí. Tragué saliva y procuré dar media vuelta y salir antes de que me viera, pero no podía apartar los ojos de la curva redonda que dibujaba aquel trasero perfecto. Llevaba bragas de algodón blanco con florecitas y un pequeño volante en la parte superior, que se remetían en una de las nalgas. Sentí el impulso de arrodillarme y morderla. Se me aceleró el corazón y mi polla se revolvió mientras trataba de no respirar. ¡Mierda!

Sin advertir mi presencia, Grace alzó los brazos y se deslizó una camisola rosa por la cabeza. Al volverse, comprobé que la parte delantera estaba estampada con unos lunares blancos y tenía el logotipo de Hello Kitty. No pude disimular una sonrisa.

Cuando me vio, se quedó helada.

—¿Cuánto tiempo llevas ahí?

—Acabo de llegar —mentí.

Bajó la mirada y la posó en la parte delantera de mis pantalones. No seguí sus ojos, sino que procuré, con mucho disimulo, reajustar la postura para que no se diera cuenta de lo que estaba ocurriendo de cintura para abajo.

—Vaya —exclamó al advertir las zapatillas—. Tío, son guapísimas.

Me reí, aliviado de que no se hubiera dado cuenta.

—¿Está muy lejos ese sitio?

—Hay que tomar el metro, está en Brooklyn —respondió desde el suelo, atándose los cordones de sus Converse azules.

Cuando se acercó a la puerta, mi mano se posó de forma natural en la parte baja de su espalda. Grace se detuvo y se volvió hacia mí, colocando su rostro a escasos centímetros del mío.

—¿Quieres llevarte la cámara? Es un buen sitio para sacar fotos.

—Buena idea.

Fui a mi cuarto, tomé la cámara y me reuní con ella abajo, donde me esperaba junto a otro chico y una chica, también en pijama.

—Matthias, esta es Tatiana. Toca conmigo. Y este es Brandon, su novio.

Aunque no esperaba compañía, me entusiasmó conocer a los amigos de Grace. Extendí la mano y estreché primero la de Tatiana.

Llevaba un pijama rojo y una gorra de béisbol. Aunque en conjunto era bonita, parecía sencilla al lado de Grace. Brandon llevaba un típico conjunto universitario gris. Era más bien bajito, moreno, con el pelo muy corto y gafas de montura fina. Intercambiamos unos cuantos comentarios jocosos sobre nuestro aspecto y emprendimos la marcha.

La cafetería era de estilo retro, imitando a las de los años cincuenta, con unos bancos de vivo color rojo y unas pequeñas gramolas en cada mesa. Grace fue la primera en sentarse y empezó a ojear la lista de canciones.

—Me encantan estas cosas.

Tatiana y Brandon se sentaron frente a nosotros, tan pegados que casi estaban uno encima del otro. Tatiana rebuscó en su bolso y sacó una petaca.

—Baileys y ron para nuestros batidos de vainilla. Quedan de muerte.

Grace y yo expresamos nuestra aprobación.

—¿Cuánto tiempo lleváis saliendo? —pregunté.

—Tres semanas —respondió Brandon antes de plantarle un beso a Tatiana.

Reparé en que Grace los observaba con gran interés.

Por instinto, apoyé la mano sobre el muslo de Grace, en aquel momento desnudo porque se le había subido el camisón. No rechazó el gesto, aunque tampoco reaccionó de forma alguna. Cuando hice intención de subir un poco más, me pidió que la dejara salir. Se levantó y se dirigió al baño, bailando y cantando al ritmo de «Please, please, please».

—¿Y tú qué estudias, Brandon?

—Música, pero más en el campo de la grabación y los aspectos del negocio. ¿Tú?

—Fotografía —respondí señalando hacia la cámara sobre la mesa.

—Supongo que debería haberlo adivinado.

—Por lo visto, Grace y tú os habéis vuelto inseparables estos últimos días —comentó Tatiana.

—Es literalmente la única persona que conozco aquí. Acabo de mudarme.

—No me refería a eso —dijo con sorna.

—Bueno, ¿y quién no querría estar con ella?

—Eso es verdad.

Cuando Grace regresó, nos hartamos de tortitas y batidos de vainilla aderezados con Baileys. Ella cantaba cada canción de los cincuenta que conocía. Mientras tanto, yo estudiaba todos sus movimientos, sus pequeñas costumbres.

—Hueles la comida antes de llevártela a la boca —dije riéndome.

—¿Qué? No —respondió frunciendo el ceño.

Tatiana también rio.

—Sí que lo haces. Durante una milésima de segundo.

—No es cierto —protestó Grace.

—Créeme, es mono.

Le guiñé un ojo.

—Es vergonzoso. Lo hago desde que era pequeña.

Le revolví la parte de atrás de sus cabellos.

—Ya te he dicho que es mono.

Me miró, con las mejillas coloradas, y sonrió.

Al salir de la cafetería, Tatiana y Brandon se despidieron y se fueron al cine, que estaba en dirección opuesta a la nuestra.

—Tus amigos me caen bien —dije.

—Sí. Esta noche no se han despegado, ¿eh? Supongo que me alegro por ellos.

—Espera, antes de que subamos al metro, tengo una idea. Llevo un carrete de color —dije señalando la cámara que colgaba de mi cuello—. Me gustaría probar algo.

Tomándola de la mano, subimos por unas escaleras de cemento hasta el paso elevado del metro. En la calle bajo nuestros pies, el tráfico era rápido e intenso. Le pedí a Grace que se colocara en un lado del paso elevado mientras yo sujetaba la cámara en la barandilla del lado opuesto con ayuda de la correa. Las luces de los vehículos lanzaban destellos a sus espaldas, perfilando su silueta. La parte inferior de su camisón rosa ondeaba ligeramente con el viento.

—Ahora activaré el temporizador y vendré corriendo. Mira fijamente hacia la cámara y no te muevas. La velocidad del obturador es muy lenta, así que la exposición será larga. Procura mantenerte tan quieta como puedas.

—¿Qué pretendes conseguir? —preguntó observando cómo ajustaba el aparato.

—Las luces del tráfico quedarán desenfocadas a nuestras espaldas porque se mueven, pero si nosotros nos quedamos muy quietos, saldremos enfocados, junto a los edificios del fondo. Quedará muy bien. He puesto el temporizador a diez segundos; oirás un tictac cada vez más rápido hasta que se abra el obturador, momento en que tendremos que estar muy muy quietos.

—Vale. Estoy lista.

Sus piernas estaban ligeramente separadas, como si estuviera a punto de bailar jazz. Apreté el botón y corrí a su lado. Tomé su mano entre las mías y volví el rostro hacia el objetivo. El temporizador empezó la cuenta atrás, cada vez más rápido, y sentí que ella me miraba. Justo en el último segundo, yo también la miré. El obturador se abrió y, sin mover los labios, dije: «Queae quiea». Ella soltó una risita, pero continuó mirándome con los ojos abiertos de par en par, algo llorosos por culpa del viento. Tres segundos quizá no parezcan mucho tiempo, pero, cuando miras a alguien a los ojos, es suficiente para formular una promesa en silencio.

Cuando el obturador se cerró, soltó el aire y empezó a reír.

—Eso ha sido casi como una eternidad.

—Ah, ¿sí? —dije yo sin dejar de mirarla.

Podría haberla mirado de aquel modo toda la noche.

Mientras volvíamos a pie desde el metro hasta la residencia, compartimos un porro.

—¿Tuviste muchos novios en el instituto?

—No, no me sobraba el tiempo. Tuve que buscarme un empleo cuando cumplí dieciséis años para poder comprar un coche con el que llevar a mis hermanos a la escuela.

—¿Dónde trabajaste?

—En el Häagen-Dazs del centro comercial.

—Mmm…

—Bueno, al principio era una mierda, porque ganaba como diez pavos o algo así. Y me empaché después de atracarme de helado de pasas al ron. Jamás he vuelto a probarlo. Trabajé allí durante tres años hasta que terminé el instituto. Aún tengo el bíceps derecho bastante fuerte de tanto servir helado. Soy completamente asimétrica.

Extendió el brazo derecho delante de mí y sacó músculo. Pellizqué aquel bracito diminuto con un par de dedos.

—Gilipollas —dijo apartándolo.

—Brazos de espagueti.

—Estoy musculada. Déjame ver los tuyos.

Saqué músculo. Su pequeña y delicada mano apenas podía abarcar mi brazo.

—Tío, no está nada mal. ¿Qué haces?

—Tengo una de esas barras de dominadas. No hago nada más, de verdad. Y solía surfear mucho en Los Ángeles.

—¿Lo echas de menos?

—Solo el surf.

Ella hizo una pausa.

—Mierda, ¿qué hora es?

Comprobé el reloj.

—Las nueve y cuarto. ¿Por?

—Quería volver a las nueve y media.

—¿Qué ocurre a las nueve y media?

—Que este hermoso vestido se convierte en harapos.

Giró sobre sí misma. Yo me incliné, la agarré y la cargué sobre el hombro.

—¡Oh, cielos, bájame! —gritó.

—No, princesa. Estarás de vuelta antes de las nueve y media.

Abrí la puerta de la residencia de un puntapié y corrí escaleras arriba, con Grace sobre mis hombros golpeándome el trasero con los puños. Oí que alguien a mis espaldas decía: «Vaya, colega, menuda borrachera lleva la tía».

La deposité justo delante de su puerta, comprobé la hora y alcé las manos.

—Las nueve y veintinueve, cariño.

Ella chocó los cinco.

—¡Lo has conseguido! Gracias, colega.

Por el pasillo, a espaldas de Grace, se acercaba una chica vestida escuetamente con una minifalda vaquera y unos tacones. Grace miró por encima de su hombro. Cuando volvió a encararme, le sonreí con aire inocente.

—¿En serio? ¿Ese es tu tipo?

Me apoyé en la puerta y me crucé de brazos.

—No demasiado.

—¿Eras un donjuán en Los Ángeles?

—En absoluto.

—¿Con cuántas chicas has estado? —preguntó adoptando un aire serio.

—¿Es una pregunta trampa?

—Solo tengo curiosidad porque eres guapo y…

—Tú eres muy guapa. ¿Quiere decir eso que has estado con mucha gente?

—Vale, no hace falta que contestes —resopló ofendida.

—He estado con unas pocas chicas, Grace. No muchas.

—¿Has estado alguna vez con una virgen?

Sorprendido, eché la cabeza hacia atrás y advertí que su labio temblaba y que me miraba con mirada atenta y aire serio.

—No, no he estado nunca con una virgen —confesé.

Busqué su mirada, pero ella enseguida la bajó hacia sus zapatillas.

Estaba a punto de preguntarle si era virgen, pero ya sabía la respuesta y no quería incomodarla.

—Bueno, será mejor que me ponga a practicar —dijo.

—Espera un segundo. —Salí disparado hacia mi cuarto, rebusqué entre mis cosas y regresé con el álbum *Surfer Rosa/Come on Pilgrim,* de The Pixies—. Es fantástico, uno de mis favoritos. La pista siete es la mejor.

Leyó el título.

—¿«Where is My Mind?»?

—Esa misma.

—Genial. Gracias, Matt. Oye, mañana después de clase… —vaciló—. Pensaba subir al tejado a estudiar.

—Ajá.

—Y, bueno…, ¿te apetece venir? Podemos escuchar música.

—Sí, me parece un buen plan.

—De acuerdo, termino a las tres. Si quieres, preparo unos sándwiches.

—Suena genial.

Hice ademán de darle un abrazo. Cuando me envolvió la cintura con sus brazos, le di un beso en la coronilla y me invadió el olor a lila que desprendían sus cabellos.

Ella se apartó y me miró, entornando los ojos.

—¿Acabas de darme un beso en la coronilla?

—Ha sido un beso de amigos. Como este. —Me acerqué y le di un beso en la mejilla. Ella se quedó inmóvil, con expresión sorprendida—. Buenas noches, Gracie.

—Buenas noches, Matty —susurró mientras yo me encaminaba hacia mi cuarto.

Después de eso, Grace y yo quedamos prácticamente todos los días y pronto cierta rutina se estableció entre nosotros. Vendíamos nuestra sangre, quedábamos para cenar en pijama y encontrábamos diferentes maneras de ahorrar algo de dinero. Estudiábamos juntos y ella practicaba mientras yo le sacaba fotografías. Su larga melena rubia le caía sobre el rostro mientras tocaba apasionadamente, sacudiendo la cabeza de un lado a otro siguiendo el movimiento del arco. Pronto se convirtió en lo que más me gustaba ver.

A lo largo de todo el otoño y ya entrado el invierno, Grace y yo salimos mucho, sobre todo con sus compañeros de facultad. Brandon y Tati se convirtieron en nuestra pareja de amigos y, pese a que Grace y yo no éramos en absoluto pareja, lo parecíamos. Grace y Tati encontraban siempre la manera de entrar sin pagar en los museos e incluso me colaron en un concierto de música clásica. No compartía el entusiasmo de Tati y Brandon por aquel tipo de música, todavía menos durante dos horas seguidas, y estaba seguro de que no iban a dejarme entrar por llevar vaqueros, pero me sorprendió lo mucho que me gustaba y lo geniales que eran todos.

Sin embargo, por mucho que a Grace le interesara la música, también buscaba cosas que me interesaran a mí. Deslizaba recortes de prensa sobre exposiciones de fotografía en la ciudad por debajo de mi puerta. Hacíamos todo lo que estaba en nuestras manos para salir de nuestros cuartuchos y dejar atrás el penetrante olor a varitas de merluza que emanaba de la habitación de Daria.

¿Os suenan esos libros para viajar sin dinero, como la *Rough Guide: Hawái* o ese de *Nueva York con cinco dólares en el bolsillo*? Juro por Dios que nosotros lo hicimos todo con dos pavos. Implicó una gran cantidad de ramen y de saltarnos los torniquetes de los accesos al metro, pero nos las arreglábamos para ver la ciudad desde todos sus ángulos.

Nueva York tiene una energía que echa raíces en tu interior. Incluso un forastero como yo llega a conocer los diferentes barrios, como si fueran organismos vivos que respiran. No hay uno igual. La ciudad se convierte en un personaje de tu vida, un amor que no puedes olvidar. El misterioso elemento humano de este lugar puede enamorarte y romperte el corazón al mismo tiempo. Cuando escuchas sus sonidos, cuando respiras sus aromas, la compartes con toda la gente que camina a tu lado por la calle, la que va contigo en metro o la que observa desde uno de los rascacielos al otro lado de Central Park. Sabes al instante que estás vivo y que la vida es hermosa, preciosa y efímera. Debe de ser por esa razón que los neoyorquinos se sienten tan conectados entre ellos: la ciudad se aprovecha de ese amor y admiración colectivos. Juntos, Grace y yo nos estábamos enamorando de ella.

Durante casi todas las tardes de los dos meses siguientes, me encontraba con Grace en la sala común, donde ella me esperaba estudiando. Nuestra amistad se había vuelto tan natural que rozarnos, hacerla girar, tomar su mano o llevarla a cuestas era totalmente normal. A veces se producían silencios en los que parecía que quería que la besara —y Dios sabe las ganas que tenía de besarla—, pero ella siempre acababa hablando o apartaba la mirada. No me importaba; lo único que deseaba era estar a su lado. Descubrí que había perdido el interés por salir con otras chicas; ni siquiera reparaba en ellas.

—Ya es tarde, ¿verdad? —preguntó una de las muchas noches que pasamos juntos sin hacer nada en especial.

—Son las dos —dije mirando el reloj.

—Debería volver a mi cuarto.

Grace estaba acostada en perpendicular sobre mi cama, con la cabeza apoyada en el borde y suspendida bocabajo. Llevaba unos pantalones deportivos, una camiseta de Sex Pistols y el pelo recogido en un moño despeinado. Pese a que ambos estábamos agotados, sabía que no deseaba marcharse.

—Espera, juguemos a «Yo nunca...».

—Vale. Tú primero —murmuró.

—Yo nunca he robado algo...

Durante un instante, adoptó un aire triste y, acto seguido, escondió uno de sus dedos.

—¿Qué robaste? —pregunté.

—Bueno, varias cosas. Me da vergüenza contarte la peor.

Se volvió y enterró el rostro en el edredón.

—Venga, dímelo. Prometo no juzgarte.

—Le robé cuarenta dólares a mi vecino —murmuró hacia la manta.

—¿Para qué? Vamos, dímelo. Es parte del juego.

—Ya no me gusta este juego.

Le di la vuelta para que me mirara.

—¿Para qué?

Alzó la mirada y clavó sus ojos en los míos.

—Para comprarme el anuario de fin de curso, ¿vale? Fue una gilipollez y tengo intención de devolvérselo.

Me sentí mal por ella. No me hacía a la idea de lo que era no poder pedir a mis padres cuarenta dólares. De entre todas las cosas, había robado dinero para comprarse un anuario, algo que la mayoría de los chavales dan por sentado. Qué triste.

—Vamos a jugar a otra cosa —sugerí—. ¿Qué te parece «Follar, casarse, matar»?

Se animó un poco ante la propuesta.

—Vale. Los tuyos son… A ver, déjame pensar, hum… Courtney Love, Pamela Anderson y Jennifer Aniston.

—Puaj, mato, mato, mato.

—En serio, so psicópata, tienes que contestar.

Me dio un pescozón.

—Vale, mato a Courtney, eso seguro, me follo a Pamela y me caso con Jennifer. ¡Ya está! Te toca. Bill Clinton, Spike Lee y yo.

—¡Ja! ¡Facilísimo! Me follo a Bill, me caso con Spike y te mato a ti.

—Eres muy mala.

—Y tú me quieres.

Se puso en pie dispuesta a irse.

—¿Grace?

—¿Sí?

—Nada.

Me hubiese gustado preguntarle qué sucedía entre nosotros. Quería saber si podíamos ser algo más que amigos. Le di la espalda y miré por la ventana.

Se dejó caer sobre la cama y me pasó un brazo por encima del hombro.

—Supongo que me casaría contigo.

—¿En serio? Yo esperaba algo como «Mato a Bill, me caso con Spike y…».

—¡Ja! —Se acercó y me dio un beso en la mejilla—. Eres un buen tío.

La verdad es que me merecía un premio por el increíble autocontrol que había demostrado hasta el momento.

—¿Y ya está?

—¿Qué es lo que buscas, Shore?

—Yo no busco nada, Grace. Solo que, a veces, esto… —Sacudí la mano entre nosotros—, es poco natural.

—Esto ¿qué? ¿Que seamos amigos?

Solté una carcajada.

—Sí, algo así.

Me esforzaba mucho en evitar la cuestión del sexo, pero a menudo pescaba a Grace observándome mientras me cambiaba la camiseta o cuando me ponía el cinturón. Me resultaba difícil no pensar que me deseaba con la misma intensidad que yo la deseaba a ella. Y, secretamente, me estaba volviendo posesivo. Veía cómo los chicos la miraban sin que ella se diera cuenta y me aterraba que acabara en brazos de algún capullo sin corazón.

Se puso en pie y se encaminó hacia la puerta. Antes de hacer girar el picaporte, se volvió y se apoyó contra la hoja. Miró al suelo.

—No me presiones. —Alzó la mirada buscando la mía—. ¿Vale?

No estaba enfadada, sino que su expresión era sincera, casi como si suplicara.

—No lo he hecho.

—Lo sé. —Esbozó una sonrisa—. Y por eso me gustas tanto.

—¿Te ocurrió algo? ¿Es por eso que…?

—No, no, nada de eso. Mi madre me tuvo a los dieciocho años. No sé, supongo que, de algún modo, siento que le arruiné la vida.

—Es terrible que te haya hecho sentir eso.

Me incorporé y me acerqué a ella.

—No me ha hecho sentir eso. Es solo que no deseo esa vida para mí. Siempre me ha parecido que mi padre estaba resentido con ella. No sé, Matt, supongo que me he concentrado en los estudios para no perder el rumbo. Esa es la razón por la que no salgo con nadie. Aunque me gusta lo que tenemos. Sin presiones.

—Lo pillo.

Pese a sus palabras, sabía que percibía la tensión entre nosotros tanto como yo. Me pasaba la mitad del tiempo tratando de disimular mis terribles erecciones, mientras que ella se dedicaba a fingir que no miraba mis brazos torneados. ¿A quién queríamos engañar?

—Gracias por ser tan comprensivo —dijo.

—De nada. —Me acerqué y le di un beso en la mejilla—. Eres una buena chica. —Sentí que se estremecía y entonces añadí en un susurro—. Quizá hasta demasiado buena.

Ella me apartó y puso los ojos en blanco.

—Buenas noches, Matt.

Mientras se alejaba por el pasillo, le grité:

—¡Estás sonriendo! Sé que lo estás haciendo, Gracie.

De espaldas a mí, levantó el dedo índice y el corazón e hizo el signo de la paz.

7. Te convertiste en mi musa

MATT

Al día siguiente, en el laboratorio, el profesor Nelson examinó mi hoja de contactos y esbozó una amplia sonrisa.

—Matt, tienes una mirada muy natural. Tu composición es perfecta y muy original. Nada que ver con lo que hacen tus compañeros. Me encanta el grano y cómo fuerzas el carrete. ¿A qué velocidad tomaste esta y qué fotografiaste?

—Está a cuatrocientos. La forcé a trescientos veinte.

—Bien, supongo que te pusiste nervioso al revelar el negativo, ¿no?

—Sí.

—Esta es magnífica. ¿Eres tú?

Había configurado el temporizador para sacar una fotografía de Grace en primer plano y yo en segundo, sentado en el suelo. La única cosa que estaba enmarcada eran sus piernas, justo por debajo del dobladillo de su vestido de lana. Mis brazos abrazaban sus pantorrillas. En la foto no se ve, pero le estoy dando un beso en la rodilla.

—¿Has pensado en hacer más cosas en color, más paisajes…, algo más del estilo documental?

—Sí. Justo el otro día utilicé un carrete a color. Aún no lo he revelado. Pero este tema me encanta —confesé señalando a Grace.

—Es impresionante.

—Lo es.

—¿Sabes, Matt? Lamentaría ver que desaprovechas tus habilidades y tu talento.

—Estoy pensando en dedicarme a la fotografía publicitaria.

El profesor asintió sin convencimiento.

—Tus fotos tienen un don poco común: el de contar historias. Podemos hablar de composición, encuadre, contraste o incluso de técnicas de ampliación, pero creo que la auténtica marca de un artista es la capacidad de hacer una declaración sobre la humanidad en una simple imagen.

Me sentí incómodo ante sus elogios, pero también aliviado al oír finalmente lo que yo ya sabía: que era bueno.

—Nunca dejaré la fotografía. Aunque no sé cómo convertirlo en una carrera.

—Tengo un amigo que trabaja en National Geographic. Cada año elige a un estudiante para que lo acompañe a sus reportajes en el extranjero. Necesitarás presentar tu candidatura, pero creo que tienes muchas posibilidades. Cuentas con la técnica.

Aunque su propuesta me tomó por sorpresa, lo que más me desconcertó fue que, en aquel instante, mis objetivos se plasmaron cristalinos como el agua.

Pensaba que National Geographic era un sueño imposible.

Una de esas cosas a las que aspiras de niño, como convertirte en jugador profesional de béisbol o en presidente de los Estados Unidos. A mi modo de ver, viajar por todo el mundo tomando fotos era el éxito total y no creía que la oportunidad me cayera del cielo así, sin más, aunque solo fuera en forma de prácticas.

—Por supuesto que estoy interesado.

No sabía qué iba a hacer una vez que me graduara, pero ahora todo cobraba forma.

Ese día hice una ampliación extra y la deslicé por debajo de la puerta de Grace durante mi pausa. En el camino de regreso a clase, la vi a lo lejos, cruzando la calle. La llamé, pero no me oyó. Casi cuando estaba a punto de alcanzarla, advertí que entraba a toda prisa en un centro médico. Sin esperar a que el semáforo se pusiera en verde, miré a un lado y a otro de la calzada y la crucé a toda prisa. Ya en el interior, recorrí todas las plantas hasta que la encontré, en la quinta, de pie junto a una mesa repleta de dónuts y con un termo de café. Llevaba una bata de hospital y removía un pequeño vaso de poliestireno con una cucharilla. Cuando me acerqué, se sobresaltó.

—¿Qué estás haciendo aquí?

—¿Qué estás haciendo aquí?

—Por lo general, el historial médico de alguien es personal. —Alzó un bollo—. ¿Te apetece un dónut sin agujero?

—No trates de distraerme. ¿Estás enferma, Grace?

Ante la idea, yo mismo sentí que enfermaba.

—No, no es eso. Me he apuntado para un estudio clínico. ¿Quieres hacerlo tú también?

—¿Vas a permitir que te utilicen como conejillo de indias por unos dónuts y café gratis?

—Saco ochenta pavos al día. Es mucho dinero.

—Grace, ¿has perdido el juicio? ¿Qué clase de estudio es?

—Solo tengo que tomar este medicamento; luego dejaré de tomarlo y comprobarán si tengo síndrome de abstinencia.

—¿Cómo? Ni hablar —dije negando con la cabeza con incredulidad. Agarrándola de los hombros, la obligué a dar la vuelta y señalé hacia la cortina—. Ve a vestirte. No permitiré que lo hagas.

Miré la abertura trasera en la bata del hospital. Estaba tan mona con esa ropa interior de florecillas... Junté ambos lados de la bata y le até las dos tiras. Ella me miró por encima del hombro con esos enormes ojos verdes llenos de lágrimas.

—Tengo que hacerlo, Matt. Necesito recuperar mi chelo.

—¿Cómo que recuperar tu chelo?

—Lo he empeñado para pagar el resto de la matrícula.

—¿Y qué pasa con los préstamos estudiantiles y las ayudas financieras?

—Tuve que pasarle una parte a mi madre porque mi hermana pequeña necesitaba arreglarse un diente y no podían pagarlo.

Las lágrimas empezaron a resbalarle por las mejillas. Levanté la mano para secárselas, pero ella me rechazó con un estremecimiento.

—Grace, no permitiré que lo hagas. Encontraremos una solución, lo prometo.

Me parecía un disparate que hubiese empeñado su chelo, teniendo en cuenta la carrera que estaba cursando. No llegaba a comprender su nivel de desesperación.

—No lo entiendes.

—Pues explícamelo.

Se cruzó de brazos.

—He estado ayudando a mis padres. Su situación es más grave de lo que he dejado entrever, así que les he estado enviado lo que he podido del dinero del préstamo estudiantil. Apenas me queda dinero para pasar el semestre. Mi madre me llamó y me informó de que iban a desahuciarlos. Tenían el dinero para pagar el alquiler, pero mi hermana se rompió un diente y había que repararselo, y el banco no aceptó concederles otro préstamo. No tenían más crédito, así que había que pagar en efectivo. No podía soportar la idea de que mi hermana fuera a la escuela dolorida y con un diente frontal roto.

Por muy conmovedor que fuera aquello, Grace no tenía por qué participar en estudios clínicos potencialmente peligrosos.

—No es problema tuyo.

—Es mi familia. Leí lo del estudio y tendré el dinero antes de la semana que viene. Pagan a diario. Recuperaré mi violonchelo y todo saldrá bien. Pero tengo que hacerlo, Matt. No es gran cosa.

—Sí que lo es, Grace. No tienes ni idea de los efectos secundarios que puede tener la medicación.

—Sigues sin comprenderlo.

—Lo intento. Oye, tengo algo de dinero. Recuperaré tu chelo.

Grace negó con la cabeza.

—No lo permitiré. Tienes que comprar papel fotográfico y carretes.

—Aún me quedan algunos, no te preocupes. —Grace no soportaba que la ayudara. Quería ser autónoma—. Ve a vestirte… Todo irá bien.

Arrastrando los pies, se alejó y desapareció tras la cortina. Cuando volvió a salir, sonreía insegura.

—Debes de pensar que he perdido el juicio.

—Me gustan tus neuras. —Le rodeé los hombros con el brazo—. Pero no pienso permitir que te utilicen como rata de laboratorio.

Al pasar cerca de la mesa con los refrigerios, cogió un puñado de envases individuales de leche y se los metió en el bolso. Allá donde fuera, robaba los envases de leche, que después aguaba y vertía sobre sus cereales. Esbocé una sonrisa y negué con la cabeza.

—Solo he ido de compras —dijo poniendo una vocecita.

Nuestro humor cambió de repente y ambos salimos al exterior entre carcajadas. Pese a ello, me dolía pensar que Grace enviaba dinero a sus padres, dinero que, con toda probabilidad, su padre se bebía en cervezas.

Fuimos al banco y saqué los últimos trescientos dólares de mi cuenta. No le dije a Grace que, en realidad, tenía un saldo negativo de ochocientos después de aquel reintegro. Me condujo hasta el establecimiento donde había empeñado el chelo. Nos atendió un hombre de mediana edad tras un mostrador.

—Hola, Grace —saludó.

La fulminé con una mirada reprobatoria.

—¿Te conoce? —susurré.

Grace frunció el ceño.

—Algo así.

—¿Has venido a por tu chelo?

—Sí —dijo Grace.

Le tendí al hombre los trescientos dólares. Este fue a la trastienda y regresó unos instantes después con el enorme estuche. Grace completó el papeleo y nos marchamos. Una vez en el exterior, me volví hacia ella.

—Espera aquí un momento. Volveré enseguida.

Regresé a la tienda de empeños y le pedí al hombre un trozo de papel.

—Este es mi número. Por favor, no deje que Grace vuelva a empeñar su chelo. Es una intérprete extraordinaria. Lo necesita para las clases. Si vuelve a ocurrir, llámeme y yo lo resolveré.

Aquella noche, después de que Grace se fuera a la cama, me escabullí hasta la sala y telefoneé a mi padre a cobro revertido desde el teléfono público.

—¿Hijo?

—Hola, papá.

—Hola. ¿Qué tal por ahí? ¿Ya has dejado impresionados a todos los de la NYU?

Sentí el sarcasmo en cada una de sus sílabas. Nunca lograba ocultar su desprecio.

—Te llamo porque una amiga mía necesita ayuda y me preguntaba si podrías dejarme algo de dinero para prestárselo a ella.

Me acababa de quedar sin orgullo. Cerré los ojos y esperé respuesta.

—¿Una amiga? ¿Es tu novia?

—No, papá. No va por ahí.

—¿Has metido a alguna chica en un aprieto? ¿Es eso lo que quieres decirme?

Respiré profundamente.

—Es mi mejor amiga aquí y no tiene ayuda económica de ningún tipo. No es como nosotros, como Alex y yo. Está financiándose los estudios casi ella sola. Estudia música y necesita un nuevo chelo, pero no puede permitírselo.

Tuve que mentir un poco; no deseaba entrar en detalles.

—Ya sabes que tengo que pagar la boda de tu hermano.

—¿No iban a pagar la boda los padres de Monica?

—Bueno, queremos que tengan una bonita fiesta de compromiso, y después está la prueba del menú y la barra libre, y…

—Vale, papá. No hay problema.

Un instante de silencio.

—Bueno, al menos empiezas a apreciar todo lo que hemos hecho por ti. ¿Cuánto necesitas, hijo?

—Unos pocos cientos de dólares.

—Mañana lo tendrás en la cuenta. Ya sabes que quiero ayudarte, Matthias. No creas que porque hayas decidido tomar el camino más difícil para tu futuro…

Solté una carcajada. No podía evitarlo.

—Conseguiré un trabajo y te lo devolveré. Gracias, papá.

Colgué.

Por muy doloroso que me resultara haberlo llamado, no me importó. Solo podía pensar en lo mucho que se esforzaba Grace, en todos los sacrificios que hacía solo para poder tocar. Creía en ello, tenía fe en que valdría la pena y ¿no hay que perseverar en la fe? Eso era precisamente lo que estaba aprendiendo de ella: a tener fe en mí mismo y en mi visión artística.

Lo que sentía por Grace ya estaba en mi interior incluso antes de que pudiera expresarlo en voz alta. Podría habérselo dicho un millón de veces, pero ahora que sabía cómo llamarlo, sonaba diferente. Cuando pensaba en nosotros, no me importaba si solo era una relación de amistad. Estaba enamorado de ella.

8. Me hiciste cambiar

GRACE

Pese a que dominaba a la perfección el arte de correr con un enorme estuche de chelo a la espalda, al día siguiente llegué tarde a clase.

Afortunadamente, al profesor Pornsake le caía bien y su materia no me presentaba dificultades, y no porque fuera la preferida del profe, como solía afirmar Tatiana. Todo se reducía a tocar el chelo, la única cosa que sabía hacer. La mayoría de los días, cerraba los ojos, lo olvidaba todo y me escapaba con la música. Pero ese viernes fue diferente.

—Llegas otra vez tarde, Graceland.

—Grace —lo corregí mientras sacaba del estuche el chelo y el arco, que tenía varias cerdas rotas.

Trataba de quitarlas cuando advertí que Dan, ataviado con unos caquis abrochados por encima de la cintura y con su polo naranja dos tallas más pequeño, se acercaba. Le lancé una mirada molesta, tratando de decirle que no merecía tantas atenciones.

—¿Qué? —solté.

Me quitó el arco de la mano y lo examinó.

—Es de nailon.

—Lo sé.

—Grace, eres el primer chelo. Hazme el favor de conseguir un arco de calidad. ¿Por qué utilizas esta porquería?

Una parte de su bigote le sobresalía del labio superior y se movía mientras hablaba.

—Soy miembro de PETA. No utilizo arcos hechos con cerdas de caballo.

Tatiana, sentada delante de mí, empezó a partirse de la risa.

Pornsake hizo una mueca.

—Venga ya. ¿En serio?

Me ofendí.

—Conseguiré un arco nuevo esta semana.

Sabía que no podía permitírmelo, pero tenía razón: los arcos de nailon eran una porquería.

—Estupendo. Bien, vamos a empezar con el «Canon» de Pachelbel.

Tatiana soltó un sonoro suspiro. Estábamos hartas de tocar esa canción. Era como si todos los profesores de música nos prepararan para formar parte de esos cuartetos de cuerdas que tocan en las bodas. El «Canon» de Pachelbel, la «Música acuática» de Händel y la «Marcha nupcial» de Mendelssohn estaban tan arraigados en nuestra mente y en nuestros músculos que empecé a creer que estaban afectando a mi habilidad para tocar otras canciones.

Pornsake se ubicó en la parte delantera del aula y empezó una cuenta atrás desde tres. Le di un golpecito a la silla de Tati.

—Estilo irlandés —susurré.

Empezamos a interpretarla según el modo tradicional y poco a poco fuimos incrementando el ritmo, con lo que nuestros compañeros no llegaban a seguirnos. Muchos de ellos dejaron de tocar y se nos quedaron mirando mientras Tati y yo convertíamos el clásico en una cancioncilla irlandesa.

Los músicos con cierto sentido del humor apoyaron sus instrumentos y empezaron a batir palmas y algunos incluso trataron de seguirnos. Aunque al final se oyeron unos aplausos débiles, Pornsake se mantuvo inmóvil como una estatua en la parte delantera, con los brazos cruzados.

—Muy bonito. Quizá las dos podríais tocar en la calle. Todo el mundo sabe que Nueva York necesita desesperadamente más músicos callejeros.

No abrí la boca porque ya me encontraba en terreno peligroso, pero Tatiana sí lo hizo.

—Profesor Porn… sake… —titubeó. Me llevé la mano a la boca para sofocar la carcajada mientras Tati continuaba, completamente seria—. Solo queríamos aderezarlo un poco.

—Bien. En cualquier caso, hoy no estoy de humor. Podéis marcharos. Practicad en el parque, que os dé un poco el aire. Mañana lo repetiremos.

Me incliné para abrir el estuche del chelo, celebrándolo para mis adentros durante unos instantes, pero entonces advertí que Pornsake se acercaba de nuevo.

—Excepto tú, Grace. Tú te quedas —añadió.

Paralizada en mi asiento, clavé los ojos en sus náuticas de color beis. Sentí que se me revolvían las entrañas y me pregunté si iba a esperar a que todo el mundo se marchara para insinuarse.

Apoyada en el frío respaldo metálico de la silla y cruzada de piernas y brazos, esperé a que el resto de mis compañeros guardara los instrumentos. Tati se volvió y me miró extrañada. Se peinó su rizada melena castaña con los dedos y se hizo una coleta.

—¿Por qué te ha pedido que te quedes? —susurró.

—Ni idea —respondí encogiéndome de hombros.

—Oye, ¿quieres que salgamos esta noche con Matt? Brandon quiere emborracharse.

—¿Por qué siempre piensas que estaré con Matt? No estamos saliendo.

Puso los ojos en blanco.

—Sí, ya, no estáis saliendo. Pienso que estarás con Matt porque siempre estáis juntos.

—De hecho, tengo que estudiar. Esta noche me quedaré en casa. Matt puede hacer lo que le dé la gana.

Por lo visto, todo el mundo pensaba que Matt y yo éramos pareja. Necesitaba sacar buenas notas para poder entrar en el posgrado (la lógica decía que era el siguiente paso), pero si Matt andaba cerca, mi autocontrol se esfumaba. Deseaba estar con él a todas horas, pero eso repercutía en mi rendimiento y sabía que perdería el puesto del primer chelo si seguía con mis payasadas.

—¿Por qué no te lo tiras de una vez y así zanjáis ya el tema?

Pornsake se acercó a nosotras justo en ese instante.

—Vaya, Tatiana, para ser franco, es una suerte, casi diría un milagro, que tu vulgaridad no afecte a tu destreza musical.

Pornsake siempre estaba parloteando sobre la destreza musical. Tatiana era una intérprete fantástica, pero, en cuanto dejaba el violín, no había nada de clásico en ella. Tenía un aspecto duro y su carácter reflejaba muchos rasgos de chica de Jersey.

—Gracias, profe. Me lo tomaré como un cumplido. Adiós, Grace. —Recogió el estuche de su violín. Antes de llegar a la puerta del aula, añadió por encima del hombro—: Pasaos esta noche después de tirarte a Matt.

Pornsake me miró con expresión inmutable.

—¿Damos un paseo?

Pensé que estar en público era una buena opción.

—Claro.

Me puse en pie y lo seguí. Caminaba a paso ligero y, tratando de seguirle el ritmo cargada como iba con mi estuche, pronto me quedé sin aliento.

—¿Adónde vamos? —pregunté.

—Enseguida lo verás. No está muy lejos.

Anduvimos cuatro manzanas hasta que doblamos la esquina de un edificio de ladrillos y nos detuvimos ante una tienda de instrumentos musicales. No había ningún letrero, pero se vislumbraban a través de la puerta de cristal.

—Esta es la tienda de Orvin. El mejor arquetero del mundo.

—Profesor… —protesté.

—Por favor, llámame Dan.

—Dan… No tengo dinero para comprarme un arco nuevo. Pensaba cambiarle las cuerdas a este.

Movió la cabeza en señal de comprensión.

—Grace, no suelo hacer este tipo de cosas con mis alumnos, pero contigo es diferente.

—¿A qué se refiere?

—Voy a comprarte un arco porque tienes mucho talento. Me

encanta cómo tocas y tu instrumento es bueno. —Bajó la mirada hacia el estuche—. Lo único que te falta es un buen arco.

Mientras esperaba mi respuesta, miré las pequeñas arrugas que se formaban en las comisuras de sus ojos cuando sonreía y, por primera vez, encontré su rostro jovial y encantador.

—De acuerdo —respondí.

—Ven, tienes que conocer a este tipo.

Abrió la puerta y me cedió el paso. Detrás del mostrador había un hombre bajito de al menos setenta años al que le salían salvajemente unos mechones de cabello cano de los costados de su cabeza.

—Daniel, mi chico —dijo en un marcado acento alemán—. ¿A quién me has traído?

—Orvin, esta es Grace, mi alumna de más talento.

«Vaya, ¿en serio? No tenía ni idea».

Deposité mi chelo en el suelo, me incliné sobre el mostrador y le estreché la mano. Él sostuvo mi mano en la suya durante unos pocos segundos, examinándola.

—Pequeña y delicada para una violonchelista, pero fuerte, no hay duda.

—Sí. Grace necesita un nuevo arco y me gustaría que fuera el mejor.

—Claro, claro. Tengo uno que sería perfecto para ella.

Entró en la trastienda y regresó con el arco más hermoso que había visto en mi vida. Me lo tendió. Entre mis dedos, la madera blanda de la base parecía mantequilla.

—Vaya, qué suave.

—Es madera de Pernambuco y plata auténtica, hecho con las cerdas de caballo más selectas —dijo Dan.

Orvin asintió. Un instante después, Dan sacó la chequera del bolsillo, miró a Orvin y alzó las cejas.

—Mil cien —dijo Orvin.

—Mil cien ¿qué? —pregunté yo elevando la voz.

No obtuve respuesta.

—Vuelvo en un momento —anunció Orvin.

Desapareció de nuevo en la trastienda y regresó un instante después con el arco envuelto. Dan le tendió un cheque, tomó el arco y me miró.

—¿Lista?

Horrorizada, lo fulminé con la mirada.

—Estás de broma, ¿no? ¿Acabas de comprarme un arco de mil cien dólares?

—Considéralo como una inversión. Vamos.

Una vez en el exterior, me tendió el arco envuelto en papel.

—Dan, de verdad, no puedo aceptarlo. No puedo devolverte el dinero. Apenas tengo para comprar comida.

—Entonces permíteme que te invite a cenar —dijo al instante.

Sorprendida, lo miré fijamente mientras él esperaba una respuesta.

—Yo…

—No es una cita, Grace.

—Pues lo parece.

No sabía si debía aceptar su invitación; aún no tenía claro qué quería Dan de mí.

—Es solo una cena. Podemos hablar de la orquesta que quiero formar este verano. Pensaba proponértelo.

—Está bien. Hum…

—Venga... Por favor...

Mi profesor de música de la universidad estaba suplicándome que fuera a cenar con él. Eché un vistazo a mi alrededor, en busca de alguna señal que me confirmara que había sido transportada a un universo alternativo.

—¿A qué hora?

—Pasaré a buscarte a las siete. ¿Te gusta la comida tailandesa?

—Claro.

—Hay un lugar a dos manzanas de tu residencia. Es bastante bueno.

—Conozco el sitio. Nos veremos allí.

El restaurante se encontraba justo frente a la tienda de fotografía en la que Matt acababa de conseguir empleo. Confiaba en no toparme con él.

Para cuando llegué a la residencia, hacía mucho frío. Crucé sigilosamente el vestíbulo y subí a mi habitación, donde practiqué durante unas pocas horas con el nuevo arco. Era asombroso cómo cambiaba la calidad del sonido. Amplificaba aún más la música, llenando la estancia de nítidas notas.

Sobre las seis de la tarde tenía tanta hambre que me moría de ganas de ir a cenar con Pornsake, pese a que sabía que no me sentiría muy cómoda. Mi plan era disfrutar de una comida gratis y mantener una charla ligera. Elegí un atuendo consistente en unos leggins de lana morados y un jersey holgado gris, que rematé con unas botas. Me sujeté el pelo en un moño en lo alto de la cabeza y después me envolví una gruesa bufanda negra alrededor del cuello. Añadí un poco de rímel y brillo de labios y, a continuación, en contra de mi buen juicio, me fumé medio porro. Pensé que una cena con mi profesor de música merecía cierta alteración química de la mente. Bajé las escaleras y me fui a la sala común a por una taza de chocolate caliente.

Carey Carmichael y Jason Wheeler, dos estudiantes que vivían en mi planta, estaban sentados en el sofá de piel, cuchicheando.

—Eh, Grace, ¿dónde está Matt? —me preguntó Carey.

Ojeé la pila de revistas que había en el aparador detrás del sofá.

—Creo que está en el cuarto oscuro de la escuela, revelando fotos.

Advertí que Carey miraba a Jason con aire inquisitivo.

Jason se volvió hacia mí.

—Bueno, entonces, ¿estáis saliendo juntos o qué?

«Otra vez no».

—Somos amigos —respondí con cautela—. ¿Por?

—Oh, bueno —dijo Carey riendo—. Pensábamos que salíais juntos, rollo pareja.

—¿Y si lo fuéramos?

«¿Y por qué os importa tanto?».

—Pero no lo sois —concluyó Carey.

La fulminé con la mirada. No me había fijado nunca en que parecía la versión femenina de Danny Bonaduce, uno de los hijos de la señora Partridge en *Mamá y sus increíbles hijos.*

—¿Y si lo fuéramos? —repetí, con aire despreocupado.

—Todo el mundo sabe que los viernes se montan unas juergas tremendas en el laboratorio fotográfico del campus. Meten alcohol a escondidas y se dedican a follarse los unos a los otros en los cuartos oscuros. Es como una enorme orgía de celuloide.

Me quedé boquiabierta. Matt solía ir cada viernes por la

noche a la facultad y siempre regresaba un poco borracho y fumado.

—Vale, puede que no sea una orgía —rectificó Carey, al ver mi cara—. Todo el mundo tontea. Ya sabes lo estrechos que son los estudiantes de fotografía. Pero hay rumores de que se lo montan en los cuartos oscuros.

No tenía ni idea de lo que estaba diciendo. Matt nunca me había mencionado nada parecido. Y tampoco sé por qué me preocupaba. Era su vida y yo no era nadie para decirle qué hacer.

—Carey —dijo Jason mirándola fijamente—. Me juego algo a que Matt no se dedica solamente a revelar fotos.

Sentí como si me acabaran de dar un puñetazo en el estómago.

—Que te jodan, Jason.

—¿Tienes algún problema, Grace? No serás una santurrona o algo así, ¿verdad?

—Ningún problema. —Miré la hora. Eran casi las siete—. Tengo que irme.

9. ¿Por qué no nos lo dijimos?

GRACE

Ya en el exterior, una ráfaga de viento glacial me golpeó el rostro. El invierno estaba llegando. Fui a paso ligero hasta el semáforo, pulsé el botón para cruzar, miré a la acera de enfrente y, entonces, me quedé de piedra. Allí estaba Matt, mirándome. Llevaba una camiseta negra con otra termal de color gris debajo, unos pantalones vaqueros y sus botas. No iba muy abrigado y agarraba los tirantes de la mochila. Desde el otro lado de la calle me pareció ver que temblaba.

Mi corazón dio un vuelco; tragué saliva. Él esbozó una sonrisa y yo se la devolví, aunque lo que realmente deseaba era hacerle un millón de preguntas que sabía que no debía formular. Era su vida, y solo éramos amigos. Cuando llegó el momento de cruzar, caminamos el uno hacia el otro y nos detuvimos en mitad del paso de peatones.

—¿Adónde vas? —preguntó.

—A cenar.

Me inspeccionó de arriba abajo y, acto seguido, volvió a posar sus ojos en los míos. En los tres meses que llevábamos siendo amigos, no me había visto con nada más bonito que una sudadera y protector labial. Me miraba con cierto anhelo.

—Deja que te acompañe.

Le castañeteaban los dientes, lo que hizo que me fijara en sus labios carnosos y en su mandíbula sin afeitar. Solo deseaba sentir su tacto en mis mejillas.

No faltaba mucho para que el semáforo de los peatones volviera a ponerse en rojo y tuvimos que salir de la calzada.

—Matt, estás helado. Vete a casa. Estaré bien.

Hombro con hombro, llegamos a la acera.

—¿Adónde vas a cenar?

—Al tailandés que hay al doblar la esquina.

Tenía las manos hundidas en los bolsillos y los brazos completamente pegados a su cuerpo.

—Puedo acompañarte.

—Matt, está solo a dos manzanas. Puedo ir sola. Estaré bien.

Una mueca sutil apareció durante un instante en su rostro. Dio un paso hacia mí, sacó la mano del bolsillo y, con nuestros cuerpos separados por unos pocos centímetros, me acarició la mejilla. Dejó escapar un suspiro débil y frustrado.

—¿Con quién vas a cenar? ¿Grace?

Miré por encima del hombro de Matt y distinguí a Dan, allí, de pie, con una expresión inescrutable. Matt se volvió y después me miró, arqueando las cejas.

—¿Con Pornsake?

No me gustó en absoluto el tono de mofa con el que lo había pronunciado.

Le di un empujón.

—Que te jodan, Matt. Estoy segura de que encontrarás algo que hacer. ¿No tienes que ir a ninguna orgía hoy?

—¿Cómo?

—Tu aliento huele a ron.

—¿Y qué? Me he tomado un trago con mis amigos de fotografía. He vuelto a casa para ver si te apetecía que hiciéramos algo juntos.

—No puedo. Tengo planes. Adiós, Matt.

Me di media vuelta, sin mirar atrás.

Dan saludó de forma afectada a Matt, dedicándole una sonrisa amistosa. No deseaba ver la cara que ponía Matt, así que lo cogí del brazo y nos encaminamos hacia el restaurante.

Una vez en el interior, Dan me ofreció asiento. Era atento y caballeroso, y sugirió que tomáramos vino. Conseguimos pasar la primera hora de la cena charlando de la orquesta que planeaba formar antes de que empezara el verano. Estaba pensando en dejar la NYU para seguir su sueño de crear una orquesta a tiempo completo y salir de gira. Sin su fachada de maestro y con aquel entusiasmo por la música, lo vi más bien como un igual que como un profesor. Nos reímos mucho y la conversación se desarrolló con naturalidad. Algo en él, su madurez y experiencia, hizo que lo encontrara atractivo por primera vez desde que lo conocía.

—¿Matt y tú estáis saliendo? —preguntó.

Tuve que tomar una decisión rápidamente. No me gustaba mentir, pero tampoco quería dar falsas esperanzas a Dan, e intuía por qué hacía aquella pregunta.

—Digamos que es complicado.

Dirigió la mirada hacia sus manos inquietas.

—Esta mañana he oído que Tatiana decía que…

—Me gusta Matt —solté de repente, lo que no era una mentira en absoluto.

—Eso tiene sentido.

—¿A qué te refieres?

No estaba segura de si pensaba que Matt y yo hacíamos buena pareja o si hablaba de forma general sobre la cuestión de salir con alguien en la universidad.

—A las chicas como tú siempre les gustan los chicos como Matt.

Su comentario me cabreó. No me gustaba que asumiera que sabía algo sobre él, aunque en aquel momento mi opinión sobre Matt no fuera mucho mejor que la suya.

—Vaya, Dan, ¿así que ahora estamos en primaria? —De repente, me había puesto a la defensiva—. ¿Cierto tipo de chicas solo salen con cierto tipo de chicos? —Entorné los ojos y me incliné hacia él—. Un momento, ¿es esa la razón por la que me has comprado el arco y me has invitado a cenar? ¿Pensabas que iba a acostarme contigo?

Alzó la mano, pidiéndome que me detuviera.

—Espera, espera. Antes de dejar volar la imaginación, la respuesta es no. No quiero acostarme contigo. —Alzó la mirada hacia el techo y ladeó un poco la cabeza—. Bueno, de hecho…

—Olvídalo.

Me puse en pie.

—Grace, espera un momento. Lo que quiero decir es que en la universidad los chicos como Matt solo tienen una cosa en la cabeza, ¿sabes? Yo fui como él en el pasado; sé de qué va todo esto. Te he comprado el arco porque quería que lo tuvieras. Te he invitado a cenar porque me gusta hablar contigo. Las cosas no son siempre tan blancas o negras como nos parecen cuando somos jóvenes. Tengo diez años más que tú y eso es lo que he aprendido: que hay muchas áreas de grises. El hecho de salir a cenar con un hombre no significa que tenga que acabar en sexo.

Tragué saliva, pero seguía sin encontrar las palabras.

Dan alargó el brazo por encima de la mesa y me agarró la mano.

—¿Vale?

—Vale —respondí.

Nos sumimos en un silencio incómodo durante el resto de la velada.

Después de cenar, me acompañó hasta la residencia y ni siquiera se atrevió a darme un abrazo. Le agradecí que me hubiera comprado el arco y la cena y nos despedimos hasta la mañana siguiente. Nada más abrir la puerta y entrar en el vestíbulo, oí que sonaba una canción de Operation Ivy a toda pastilla en el equipo de música de la sala común, lo que me dispuso a proceder con cautela. Escuché varias carcajadas y voces, y, cuando doblé la esquina, distinguí a Matt encima del sofá, rodeando con un brazo los hombros de una chica igualita que la Rachel de la serie *Friends*. Al verme, levantó un chupito lleno de un líquido marrón y gritó: «¡Chupitos corporales!». Metió una rodaja de limón en la boca de la chica, agitó un salero sobre su escote y, acto seguido, y no es broma, sonrió de oreja a oreja hacia mí antes de lamer la parte superior de su pecho. Engulló el chupito y cubrió la boca de la muchacha con la suya.

Desvié la mirada de la repugnante escena que sucedía ante

mí y el resto de los presentes se hicieron visibles. Todo el mundo parecía estar divirtiéndose de lo lindo. Matt, que había conseguido liberar su boca, me observaba.

—¿Quieres uno? —propuso alzando una botella de tequila.

Le saqué una peineta y me dirigí hacia las escaleras, pero enseguida lo noté a mis espaldas.

—¿Qué tal tu cita con Pornsake?

No me molesté en volverme.

—No ha sido una cita. Solo una cena.

—Vale, Grace. Lo que tú digas.

Furiosa, al llegar al descansillo, lo encaré.

—¿Y si te dijera que me he acostado con él?

—Pues te contestaría que eres una mentirosa.

Había bebido mucho. Se veía a la legua. Nada iba a detenerlo.

—Me ha comprado un arco para mi chelo, así que le he hecho una mamada en el baño del restaurante tailandés.

Desalentado, dejó de sonreír y me miró a los ojos.

—Ah, ¿sí? Entonces, ¿por qué no te animas y bajas a la sala con mis colegas? Nos encantan las chicas a las que les gusta hacer mamadas.

—Vale, vamos.

Dejándolo atrás, bajé tres peldaños.

Él se quedó clavado en las escaleras durante unos segundos, inmóvil, con aire desconcertado. A continuación, me siguió.

En la sala, agarré la botella de tequila y di un par de tragos. Después, fui hacia un chico alto con el pelo largo y rubio.

—Soy Grace —dije tendiéndole la mano.

—Hola, Grace —respondió estrechándomela con delicadeza—. ¿Eres la Grace de Matt?

Solté un bufido.

—No soy la Grace de nadie.

Le pasé la botella y miré a mi alrededor hasta que divisé a Matt tumbado otra vez en el sofá, con la diferencia de que ahora estaba solo, observándome.

Pasó una hora, durante la que bebimos y fumamos. Estaba completamente colocada. Rachel de *Friends* había regresado y mi amigo rubio se acercaba cada vez más a mí mientras charlábamos. Matt seguía sin quitarme los ojos de encima.

—¿Quieres ir a mi habitación? —preguntó mi amigo rubio.

—Claro.

Me llevó de la mano hacia las escaleras. Al llegar al primer descansillo, me acorraló contra la pared y trató de besarme. Yo aparté el rostro.

—No.

Él soltó una carcajada.

—¿Y qué crees que vamos a hacer en mi habitación?

—¿Hablar? —dije sonrojándome.

Tiró la cabeza hacia atrás.

—¿Así que eres de las que solo provocan?

—Ya basta. —Matt agarró al chico rubio por la nuca con un gesto amistoso, pero que dejaba claras sus intenciones—. Tío, va fatal. ¿De verdad te apetece acostarte con eso? Pero si está hecha una pena.

Fruncí el ceño.

Chico Rubio desvió su atención hacia él.

—Tienes razón.

Mirándome, puso los ojos en blanco y después se marchó escaleras abajo, de vuelta a la sala.

Exhausta, me desplomé en los brazos de Matt. Solo quería que todo fuera normal entre nosotros. Quería que me lo contara todo y que fuera de nuevo mi mejor amigo, pero me preocupaba que todo hubiera cambiado de un día para otro. Matt me abrazó.

—¿Qué estás haciendo, cariño? —me susurró al oído.

Rompí a llorar. Tengo que admitir que llorar era patético, pero el alcohol, los porros y mi comportamiento estúpido habían hecho estragos en mis emociones.

—¿Te doy asco?

—Pero ¿qué dices?

—Le has dicho a ese chico: «¿De verdad te apetece acostarte con eso?». ¿A qué te referías?

—Grace, tienes los ojos casi completamente cerrados. Vas supercolocada y borracha. Conozco a ese chico y sé que le habría dado igual que te hubieras desmayado; se habría aprovechado de ti de todas formas.

Me tapé la cara con las manos y empecé a llorar todavía más. El poco rímel que llevaba resbaló por mis mejillas.

—Vamos. Olvidémonos de toda esta mierda.

Aupándome, me llevó escaleras arriba.

Ya en mi cuarto, dejé las llaves sobre el escritorio y salí directa hacia el baño. Oí que Matt ponía un CD de U2 en la minicadena.

Cuando solo estábamos nosotros dos, todo parecía ir bien y podíamos ser Grace y Matt. No había necesidad de discutir. Pero ahí fuera, en el mundo real…

Salí del baño y lo encontré toqueteando el termostato.

—Me estoy asando. ¿Qué cojones pasa con la calefacción? —exclamó.

—Daria ha pedido que lo arreglen. La avisé ayer.

La caldera de nuestro pasillo se había estropeado y llevaba tres días sin funcionar, pero, de repente, se había puesto en marcha otra vez y ahora no había manera de detenerla. Suele pasar cuando vives en un edificio antiguo de Nueva York.

Empecé a contonearme para sacarme las medias.

—Vuélvete —ordené, pero Matt continuó mirándome—. Vuélvete, voy a cambiarme.

Finalmente, lo hizo. De mala gana. Me puse un vestido veraniego con estampado de flores que estaba en una pila de ropa sobre la cama y, a continuación, me senté en el suelo mientras Matt se quitaba los zapatos. En calcetines sobre los tablones de madera del suelo, trató de abrir la ventana.

—Si la abres, nos congelaremos.

Se volvió y observó aquel vestido de tirantes diminuto. Y entonces se quitó la camiseta. No podía más que contener el aliento cada vez que lo veía sin camiseta. Sus hombros eran anchos y su cintura estrecha, y llevaba los pantalones a la altura de la cadera, a veces con calzoncillos, a veces no. Esa noche no llevaba y los sujetaba con el cinturón que yo le había fabricado con los cordones de sus zapatillas.

—¿Qué estás mirando?

Se acercó, sonriendo con satisfacción.

—No te flipes. Estaba admirando tu cinturón.

—Sí, ya.

Agarró la botella de tequila de la estantería, dio un trago y me la tendió, pero, con un gesto, la rechacé. No podía beber ni una gota más.

—Se me ha roto el cinturón de verdad. Mi madre me hará uno nuevo y me lo dará cuando vaya por vacaciones.

—¿Hace cinturones?

—Sí, es una artista.

—¿Y cómo los hace?

—Utiliza unas pequeñas cuñas de metal con las que graba dibujos en el cuero.

Señaló hacia la correa de piel de su cámara, que estaba sobre la mesita de noche, donde la había dejado el día anterior. No miré hacia allí. Seguía ocupada con la línea que nacía por debajo de su ombligo y que desaparecía en sus pantalones…, algo que no se le escapó. Cuando alcé la mirada, vi sus ojos clavados en los míos, sin pestañear.

Me obligué a salir de mi ensimismamiento y estiré el brazo para coger la cámara. Había un elaborado dibujo de círculos y triángulos perforados en la piel.

—Mola mucho.

Matt se cernió sobre mí y me tendió la mano.

—Venga, baila conmigo.

—¿Cómo? Ni lo sueñes.

—Levántate y baila conmigo, gallina.

—Soy muy torpe y bailo fatal.

—Pues antes, en la sala, no lo hacías tan mal con ese Como Se Llame.

—Por favor, ni lo menciones. Me siento muy estúpida. En cualquier caso, eras tú el que estaba jugando a chupitos corporales con Jennifer Aniston.

—¿Verdad que se parece a Jennifer Aniston?

Puse los ojos en blanco.

—Venga, levántate. Yo te llevaré. Todo lo que tienes que hacer es seguirme.

Acepté su mano tendida y me puse en pie. Solté una risita nerviosa, pero él no vaciló; posó una mano en la parte baja de mi espalda, me cogió la otra mano y tiró de mí hacia su torso desnudo.

—Mano en mi hombro, Gracie.

La canción «With or Without You», de U2, empezó a sonar. Matt se balanceaba siguiendo el ritmo y entonces me alejó de él y me hizo dar una vuelta. Cuando me acercó de nuevo, nuestros cuerpos estaban más pegados que antes. Dejando caer la cabeza, me besó el hombro. Mi corazón empezó a latir desbocado. Podía sentir el calor de su piel contra la mía. Dejamos de movernos y nos separamos, solo unos pocos centímetros. Seguí con el dedo índice el hueco de sus oblicuos y admiré los músculos esculpidos de la parte baja de su abdomen. La profunda uve que formaban parecía apuntar hacia abajo, lo que hizo que mis ojos viajaran hacia el sur. Por la manera en que su torso se movía, intuí que su respiración también se había acelerado.

—¿Qué estás haciendo? —dijo en voz baja.

—Perdona...

Traté de quitar la mano, pero él me agarró y la volvió a poner sobre su estómago.

—No pares.

Puse las manos en su cintura y recorrí hacia arriba sus fuertes costados, acariciando después el pecho y la suave mata de pelo en el centro, antes de posarlas sobre su nuca. Empezamos a balancearnos, como si estuviéramos bailando música lenta. Matt permanecía con los ojos cerrados, pero sonreía.

—Mmmm. Ahora me toca a mí.

—No me tomas en serio, ¿verdad, Matt?

Sus ojos se abrieron de golpe. Me apretó contra su cuerpo y noté su dureza contra mí.

—¿Te parece esto suficientemente serio? —dijo bruscamente.

Lo aparté y me alejé, tambaleándome. Él se dejó caer sobre la cama y apagó la música con el pie. Inclinándose hacia delante, apoyó los codos en las rodillas y escondió la cabeza entre las manos.

—Lo siento.

—Yo también lo siento.

Me acerqué arrastrando los pies, sintiéndome avergonzada por primera vez en mucho tiempo. Me senté junto a él y le rodeé los hombros con el brazo. Nos dejamos caer hacia atrás sobre la cama y clavamos la mirada en el techo. Yo apoyé mi cabeza en su brazo, tal como habíamos hecho tantas veces en el pasado.

—Lo que te he hecho no es justo. Lo siento mucho, Matt.

—No pasa nada —dijo, aunque tuve la sensación de que mentía.

Pese a todas las vueltas que le había dado a cómo decirle lo que quería decirle, no me salía bien.

—¿Quieres que me desnude para que…, es decir, quieres sacarme una foto, sacarme una foto sin…, bueno, ya sabes, como la de la chica desnuda en la…?

Él soltó una risita.

—¿De verdad piensas que eso va a ayudarme, Grace?

Alzó la cabeza y miró hacia su entrepierna.

Sentí mi rostro acalorado y completamente rojo.

—No, es decir… —Tragué saliva y las lágrimas empezaron a empañarme la vista. No reconocía mi voz. Sonaba muy débil—. Matt, soy virgen.

No había muchas vírgenes de mi edad en la NYU y empezaba a preguntarme si no se me había pasado el arroz. Es lo que suele ocurrir: a medida que te haces mayor, se hace más y más difícil mantener una relación íntima con alguien. Me había concentrado mucho en los estudios y en la música y no lo había hecho. Para cuarto de secundaria, era la única persona que conocía que todavía era virgen. Me sentía ridícula. Y temía que los chicos pensaran que era un bicho raro o una inexperta.

Matt me miró con expresión arrepentida y los ojos abiertos de par en par.

—Ya lo sé, Grace. Lo sé desde…, bueno, desde el primer día que nos conocimos. No tienes que hacer nada. Siento haberte hecho sentir así.

—¿Lo sabías?

Asintió. Supongo que resultaba evidente. ¿Es que llevaba un tatuaje que ponía «Virgen» en la frente?

—Solo he pensado que igual querrías sacarme una fotografía, como hiciste con la otra chica…

En ese instante, vi que Matt intuyó que, más que para él, aquello era importante para mí.

—Me encantaría fotografiarte, Grace. Siempre querré fotografiarte.

Se levantó y respiró profundamente, recobrando la compostura, antes de coger la cámara. Me miró, hecha un ovillo con mi vestido, y dijo:

—Yo iré tomando fotos. Tú haz aquello que te haga sentir cómoda, ¿vale?

—Vale. ¿Podemos poner música?

—Claro.

Extrajo el CD y puso el álbum de Jeff Buckley *Lover, You Should've Come Over.* Me acerqué al borde de la cama, me quité el vestido por encima de la cabeza, lo tiré y después me bajé la ropa interior hasta los tobillos y la lancé, sin mirarlo ni una sola vez. Cubriéndome los pechos desnudos con los brazos, lo oí disparar un par de veces mientras yo permanecía sentada, inmóvil, con los ojos clavados en el suelo. Se acercó a la lámpara y cubrió la pantalla con una tela delgada, atenuando la luz. Yo me volví y quité el edredón, revelando las sábanas blancas antes de reclinarme sobre la almohada. Finalmente lo miré, pero seguí cubriéndome el cuerpo con las manos tanto como pude.

Ladeaba la cabeza, como estudiando la composición, mientras sostenía la cámara con la mano izquierda por el objetivo. Al acercarse, pude ver que trataba de interpretar la expresión en mi rostro. Se acercó a la cama y me acarició la rodilla levantada antes de bajar la mano por la pantorrilla.

—Trata de relajarte, ¿vale, cariño?

Asentí con nerviosismo.

—Tengo las tetas muy pequeñas.

Matt negó con la cabeza y esbozó una sonrisa.

—Descúbrete, Grace. Eres preciosa.

Algo en la confianza que desprendía Matt y en su seriedad a la hora de tomar fotografías me ayudó a posar para él. Cuando se apartó la cámara de los ojos, pude ver una expresión de beatitud en su rostro. Me recordó a cómo me sentía yo cuando tocaba. Era como si algo trascendente ocurriera en su interior al tomar fotografías. Cerré los ojos y, conteniendo el aliento, alcé los brazos y puse las manos en la nuca mientras oía el clic del disparador y a Jeff Buckley prometiéndome que aquello nunca terminaría.

Más tarde, tumbada y envuelta entre las sábanas, observé a Matt rastreando la habitación.

—¿Qué haces?

—Estoy buscando mi camiseta.

La saqué de debajo de la cama.

—La encontré. Pero ahora es mía.

Me la puse. Me encantaba el olor de su ropa, algo así como a suavizante y jabón masculino.

—¿Ahora te dedicas a secuestrar mi ropa?

—¿Te quedas conmigo?

Me miró durante lo que me parecieron unos instantes incómodamente largos.

—¿Matt?

—De acuerdo —dijo en voz baja.

Se quitó los pantalones y, en calzoncillos, se acercó a mí. Yo aparté el viejo edredón para que entrara en la cama.

—Ven aquí, Gracie —dijo atrayéndome hacia él.

Me dormí entre sus brazos.

¿Podré dejar de pensar algún día en lo agradable que era que me rodeara con sus brazos de aquel modo? Era como si nuestros cuerpos fueran uno. Dormir sola no volvería jamás a parecerme normal. Los movimientos de Matt eran confiados, varoniles. Sumergirme en su abrazo fue lo más natural. Quizá fuera porque llevábamos muchos meses estudiándonos el uno al otro. Esperando este momento. O quizá fuera porque él ya lo había hecho antes.

10. En ese momento fui tuya

GRACE

Por la mañana, Matt ya se había ido. No cabía duda de que estaba poniendo a prueba su autocontrol.

El sábado, durante los ensayos, Pornsake actuó con total normalidad, pero Tatiana me lanzó una mirada curiosa.

—Grace, estás radiante. ¡Oh, madre mía! —Se recostó en la silla, inclinándose hacia mí—. ¿Te tiraste a Pornsake anoche?

—¡Cielos, no! Y cállate —dije echando un vistazo a mi alrededor.

El resto de los alumnos nos observaban.

Dan empezó a hablar, lo que nos ahorró la incomodidad de convertirnos en el centro de atención.

—Estoy montando una orquesta, así que aquellos que estéis interesados en participar y viajar al extranjero el año que viene, por favor, quedaos después de clase —anunció—. Esta tarde haremos las audiciones.

Guardé el chelo y seguí a Tatiana hacia la puerta. Dan me detuvo, agarrándome del brazo.

—¿No vas a presentarte a la audición, Grace?

Bajé la mirada hacia su mano, que me sujetaba el codo. La cercanía de Dan me incomodaba.

—Pensaba que te lo había mencionado. Me he matriculado en un posgrado. Justo hoy he presentado el papeleo.

—Pero anoche estuvimos hablando sobre la gira…

—Dan… Profesor, llevo pensando en hacer un posgrado desde que empecé la universidad. Ahora no es momento de desaparecer y arrinconarlo durante un año.

—El posgrado puede esperar, Grace. Siempre me he arrepentido de no haber hecho más cosas de este tipo a tu edad. Esa es la razón de que ahora me permita tomarme este tiempo libre.

Parecía frustrado.

—Esto no tiene nada que ver con…

—¿Cómo?

—No importa. —Sentí que se ponía celoso. Traté de aclarárselo—. Cuanto antes termine mis estudios, antes empezaré a ganar dinero.

—No deberías hacerlo por dinero, Grace. Estamos hablando de música. En toda mi vida de docente no he conocido a ningún estudiante con tanta pasión como tú.

Miré hacia Tati, que nos escuchaba apoyada en el umbral de la puerta.

—Pues yo sí que lo hago por dinero, porque no tengo. —Solté una amarga carcajada—. Y, además, tengo que devolver todos esos jodidos préstamos estudiantiles.

Me zafé de él.

—Entiendo —dijo en tono mordaz y asintiendo.

Me apresuré a alcanzar a Tati.

Una vez fuera del aula, Tati me dio un codazo.

—Creo que acabas de romperle el corazón a Pornsake.

—Es muy amable, pero no lo comprende.

—Supongo que yo tampoco.

—¿A qué te refieres? No tengo medios ni dinero. ¿Crees que viajar por Europa sale gratis?

—Tengo la sensación de que hay otro motivo.

Sabía que quería sacar a Matt a colación.

—Ni lo menciones. Si te parece tan buena idea, preséntate tú a la audición.

Tatiana se detuvo en seco.

—Creo que lo haré. —Se volvió y regresó al aula—. Hasta luego, Grace.

Tati no tenía nada que demostrar. Era muy buena. Sabía que Pornsake la elegiría, pero creo que deseaba que yo también me uniera. Resultaba frustrante que no entendiera mi situación.

De camino a la residencia, pasé por delante de la tienda de Orvin. Lo encontré sentado en un banco frente al establecimiento.

—Hola, Orvin. —Alzó la mirada y me inspeccionó con los ojos entornados—. Soy yo, Grace. ¿Se acuerda de mí? Vine con Dan.

—Ah, sí. —Dio unos golpecitos en el banco para que tomara asiento—. Siéntate, bonita.

Era ya algo tarde y hacía frío, y el tráfico constante de taxis enviaba unas ráfagas de viento glacial hacia nosotros.

—Por cierto, el arco nuevo es una maravilla.

Sonrió de oreja a oreja.

—Me alegro mucho de oírlo, Grace.

—Parece increíble lo diferente que suena.

Orvin continuó mirando al frente, pero posó su mano sobre la mía.

—No olvides que solo es una herramienta. La música viaja a través de las herramientas, pero nace en tu interior, en tu alma.

«Vaya».

—Sí —susurré, comprendiendo a la perfección a qué se refería.

—Dan tiene mucha fe en ti.

—Así es. Pero me aburre lo clásico, y a veces eso me mete en líos.

—¡Ja, ja! Es normal, querida. Los mejores músicos suelen romper las reglas. La cuestión es que para ello hace falta conocerlas bien.

Permanecimos allí, en silencio, durante un buen rato. Cerré los ojos.

—Hay música por todas partes, ¿verdad? —dijo él.

Oía el chirrido de los coches, las bocinas, unas risas infantiles y el ruido metálico que producían las tuberías en las alcantarillas. Y entonces, de repente, todos esos sonidos mitigados se fusionaron en una hermosa sinfonía. La banda sonora de mi vida.

Abrí los ojos y advertí que Orvin me observaba.

—¿Lo comprendes ahora? Está en tu interior.

Achaqué mi visión borrosa al viento, aunque creo que más bien se debía a la emoción que me embargaba.

—Sí.

—Antes de alzar el vuelo, debes aprender a volar.

Le di mil gracias a Orvin por sus consejos. Cada día que

pasaba aprendía a simplificar mi vida. Quizá madurar consistía precisamente en eso. Los adultos siempre hablan de lo complicada que se vuelve la vida al hacerse uno mayor, aunque, en realidad, creo que lo único que hacemos es buscar desafíos más grandes. Nuestros mayores miedos van de no poder dormir con nuestro osito favorito porque lo hemos perdido a descubrir que nuestra vida no tiene propósito. ¿Daban el tiempo, la madurez y el hecho de salvar obstáculos la satisfacción de la que hacía gala Orvin? ¿O, sencillamente, nos rendíamos sin más y nos conformábamos con la vida que ya llevábamos?

—Vuelve pronto —dijo poniéndose en pie.

—Lo haré.

Guardaba en el monedero una tarjeta telefónica que me había tocado en la rifa mensual de la residencia. Encontré una cabina y llamé a mi madre.

—Grace, cariño, ¿cómo estás?

Parecía ocupada. Oí a mi padre de fondo, gritando a mis hermanos.

—¿Qué tal está todo el mundo?

—Tu padre ha vuelto a perder el empleo.

—Oh, no, otra vez no —lamenté, aunque no me sorprendía en absoluto.

Mi madre suspiró con exasperación.

—Sí, otra vez.

—Pensaba volver a casa por Navidad. Intentaré encontrar un trabajo de temporada en el centro comercial y ayudar un poco.

—Oh, Grace, eso sería maravilloso. ¿Puedes pagar el vuelo?

—He pensado que podríamos utilizar el dinero de los regalos para comprar el billete de avión.

En mi interior, se encendió una diminuta chispa de esperanza. Pero su respuesta la apagó sin contemplaciones.

—Lo siento, cielo. No podemos permitírnoslo.

Llevaba casi un año sin volver a casa. No quería apenar más a mi pobre madre, pero echaba de menos el hogar y a mis hermanos, sus charlas y la energía que desprendía nuestra familia, incluso en tiempos difíciles. La simple idea de pasar las vacaciones sola y en la residencia me horrorizaba. Sería como aquellas últimas semanas de verano cuando no había nadie. Las semanas antes de que llegara Matt.

Siguió un largo e incómodo silencio.

—De acuerdo, mamá. Oye, tengo que ahorrar los minutos de esta tarjeta.

—Sí, claro, lo entiendo. Te queremos, cariño.

—Yo también, mamá.

Pasé la tarde sola, en mi cuarto, bebiendo vino barato y sintiendo lástima de mi madre y, básicamente, de mí misma. Había dejado la puerta entornada. Ya de noche, Matt, que regresaba del trabajo, apareció por el pasillo y la abrió de par en par.

—Toc, toc.

—Pasa. Entra.

Me encontraba junto a la ventana, con la camiseta de Matt de los Ramones, tocando el chelo.

Él entró y dejó su mochila.

—Supongo que puedo ir olvidándome de esa camiseta, ¿no?

Lo observé, sonriendo junto a la puerta. Y entonces algo se apoderó de mí. Me levanté y fui hacia él mientras me quitaba su camiseta con descaro. No llevaba más que un sujetador y ropa interior. Le tendí la prenda.

—Aquí la tienes.

Él parpadeó un par de veces.

—Hum…

—Bésame, Matt.

Cerró la puerta con el pie.

—¿Estás borracha?

—Bésame.

Me abracé a su cuello. Matt posó su mano en la parte baja de mi espalda y, atrayéndome hacia él, me besó.

Al principio, el beso fue lento y suave, pero enseguida empezamos a movernos con más avidez; las lenguas se enroscaron y las manos se desplazaron. Nuestras pieles ardían y la urgencia nos invadió. Nos besamos una y otra vez, y pronto lo único que deseaba era que acariciara todo mi cuerpo.

Manoseé torpemente su cinturón.

—Ya lo hago yo —dijo mientras se sacaba los zapatos.

Mientras yo me deshacía de la ropa interior, él se quitó los pantalones. Acaricié la parte delantera de los calzoncillos.

—¿Quieres? —pregunté.

—¿Que si quiero qué? —dijo casi sin aliento.

—¿Acostarte conmigo?

Tomando mi mentón, me obligó a mirarlo. Lo único que expresaban sus ojos era pura veneración.

—¿Quieres que sea yo?

Asentí.

Bajó la cabeza y me besó otra vez y, acto seguido, sus labios se movieron hacia mi oreja.

—Grace, no he deseado algo tanto en mi vida como estar dentro de ti ahora mismo —susurró.

Sentí calambres en mis brazos y piernas ante la idea de tenerlo en mi interior.

—Pero no vamos a hacerlo si has bebido. Confía en mí, ¿vale?

—Pero me siento más animada y soy más valiente cuando bebo.

—Ya lo sé, pero lo último que quieres es estar grogui.

—Ah, ¿no?

—No, cariño.

Sabía que tenía razón.

—De acuerdo.

Me abrazó contra su pecho durante unos segundos antes de separarse. Llevé mi brazo hacia su entrepierna y la acaricié por encima de los calzoncillos.

—Podemos hacer otras cosas.

Vi cómo tragaba saliva.

—Métete en la cama —ordenó.

Obedecí y él se quitó los calzoncillos.

Era la primera vez que lo veía así, desnudo y vulnerable, y con tal erección que me dio lástima. Aunque no era la primera vez que veía un pene, sí era el más asombroso en aquellas circunstancias. Me asusté un poco. No podía creer que unos segundos antes prácticamente lo pidiera a gritos.

—No te preocupes —dijo al ver mi expresión de terror—. Cuando estés preparada, te sentirás bien.

Se metió en la cama, acurrucándose detrás de mí. Nuestros cuerpos, que se presionaban entre ellos, desprendían calor. Apartándome un mechón, me besó el hombro. Yo me estremecí y, acto seguido, me relajé y cerré los ojos.

Con una mano rodeándome la cintura y la otra acariciándome los costados de mi pecho, siguió besándome la nuca.

—¿Por qué estabas tan enfadada conmigo el otro día? Quería preguntártelo —susurró.

Me encogí de hombros.

—Dímelo.

—Porque Carey y Jason me dijeron que los de fotografía montáis orgías en el cuarto oscuro los viernes por la noche.

Su pecho retumbó al reírse.

—Qué tontería. Si quieres, te llevo este viernes. Verás cómo allí no hay nadie, excepto un par de artistas chiflados como yo.

—¿Y por qué dijeron eso?

—No lo sé. Quizá sea una leyenda urbana que corre por el campus.

Junto a él, me relajé aún más. Matt me agarró con fuerza la cadera con la mano que me rodeaba la cintura.

—Tienes que decirme en qué piensas.

—En este momento, en nada. Tus manos me han incapacitado el cerebro.

Solté una risita, pero Matt no lo hizo.

—¿Y qué hay de Pornsake?

—Se llama Dan.

—¿Qué pasa con ese tal Dan?

—Nada. Es simpático. Es mi profesor. Me compró un arco y me invitó a cenar. Fin de la historia. Ah, y está formando una orquesta para salir de gira por toda Europa. Quiere que me una.

Sentí que se ponía tenso.

—¿Durante cuántos meses?

—Año y medio… Pero no voy a ir. Es mucho tiempo y no quiero retrasar el posgrado.

Me besó la oreja.

—De acuerdo.

Sentí que se relajaba de nuevo.

Su mano serpenteó hacia abajo y ahogué un grito cuando tocó la parte más sensible de mi cuerpo. Al principio, se dedicó a dibujar unos círculos con suavidad y después añadió presión. Podía sentir el aire que rodeaba mis pezones y un hormigueo me recorrió la columna. Me temblaban las piernas.

—¿Te han tocado así antes?

—No —suspiré.

Volvió a besarme la oreja.

—¿Te has tocado así antes?

Asentí.

—Dime lo que te gusta.

—¿Lo que estás haciendo? —gemí.

—Te deseo tanto, Gracie.

Con toda la tensión acumulada entre nosotros durante los últimos meses y después de varios minutos del empeño manual de Matt, sentí que llegaba. No cambió de movimiento; sabía exactamente qué estaba haciendo. Estaba tan excitada que casi me daba vergüenza, pero necesitaba alcanzarlo. Coloqué mi mano sobre la suya para que no se detuviera. Mi estómago se contrajo y unas frías ráfagas de electricidad me recorrieron las piernas. Durante un instante, pensé en lo que Matt estaba viendo en aquel momento y la sensación placentera desapareció.

—Relájate. Déjate ir —susurró.

Así lo hice y todo regresó, más intensamente, hasta que ya no hubo vuelta atrás. Mi cuerpo empezó a convulsionarse una y otra vez. Matt no apartó su mano grande y caliente y siguió besándome y lamiéndome el cuello hasta que los estremecimientos cesaron.

Yo relajé la cabeza, que había estado empujando contra su hombro.

—Dios mío.

Fue lo único que se me ocurrió decir. Él me acarició los brazos.

—Eres tan hermosa...

Había experimentado antes esa sensación, pero siempre había sido a solas y jamás había esperado que iba a sentirme tan cómoda con alguien como para dejarme llevar de aquel modo. Matt sabía exactamente qué debía hacer. Me volví hacia él y nos besamos.

—Gracias —le susurré al oído.

Traté de ir más allá con el beso, pero él me detuvo.

—Es hora de acostarse, señorita —dijo pellizcándome el trasero.

—¡Ay, imbécil!

—A dormir, Grace.

—¿No quieres que juegue un poco contigo?

—Sí, claro, antes de que muera seguro, pero no esta noche.

—¿Dónde lo aprendiste? —pregunté con voz ronca.

Estaba tumbado de espaldas y yo me encontraba de lado, con la cabeza apoyada en el ángulo de su brazo, mirándolo.

—¿Dónde aprendí el qué?

—Lo que acabas de hacerme. ¿Saben hacerlo todos los chicos?

Matt guardó silencio. Vi que parpadeaba un par de veces, con la vista clavada en el techo, creo que tratando de encontrar una respuesta. Un débil resplandor entró por la ventana desde el exterior. La luz de la luna que se filtraba a través de las cortinas me permitió ver que esbozaba una leve sonrisa.

—No sé si todos los chicos saben hacerlo, pero, si te dijera cómo lo aprendí, te reirías.

Oh, ahora tendrás que decírmelo. —Le di un mordisco en el brazo—. ¿Qué, eres un entendido del porno?

—No. Los hombres no aprendemos nada del porno. Creo que está más centrado en el placer del hombre.

Para su edad, era muy maduro.

—Hum, entonces quizá debería ver un poco.

—No será necesario. Tu mera existencia ya da suficiente placer. Créeme.

Me alejé de su brazo y me di la vuelta, dándole la espalda.

—Matt, por favor. No te rías de mí. No tengo ni idea y voy a ponerme en evidencia cuando lo hagamos.

Él se acercó y me atrajo hacia sí, en una postura de cucharilla. Hablaba en voz baja.

—No pienses en hacerlo, ¿vale, Grace? Deja que ocurra de forma natural.

—Vale —respondí bostezando.

Permanecimos en aquella posición, tumbados con aquella tenue luz, a punto de dormirnos.

—Me lo enseñó mi madre.

—¿Cómo? —Sus palabras me espabilaron de golpe—. ¿Qué te enseñó tu madre?

—Bueno, digamos que es algo así como una *hippie* feminista. No es que me mostrara qué tenía que hacer. Siempre procuraba que mi hermano y yo aprendiéramos a tratar a las mujeres como iguales, y supongo que eso entraba en el lote.

—¿Y entonces…?

—Me dio un libro sobre el orgasmo femenino y, básicamente, me dijo: «No seas gilipollas».

Me reí tanto que tuve que hacerme un ovillo.

—¡Vaya! —dije entre carcajadas—. Matt, tu madre me cae muy bien.

—Congeniaríais.

—¿Así que leíste el libro? —pregunté.

—Cada maldita página. Muchas veces.

—Bueno, la práctica la has bordado, aunque estoy segura de que no era la primera vez que pasabas el examen.

—Basta de charla, Gracie. Cierra los ojos.

—Quizá algún día conozca a tu madre.

—Sí. —Durante unos minutos se hizo el silencio—. Eso espero.

A la mañana siguiente me desperté sola. En mi mesita había un bollo, café y una nota:

> G.:
>
> He tenido que salir. Daria tenía bollos, así que le he birlado uno para ti. No lo huelas y cómetelo o, de lo contrario, te llegará el tufillo a varitas de merluza ☹. ¿Qué demonios le pasa a esa mujer? Tengo que trabajar esta noche, pero pásate por PhotoHut y hablamos. Regreso a California por Navidad. ¿Quieres acompañarme? Así conocerás a mi madre y podrás agradecerle mis habilidades en persona.
>
> Paz,
>
> M.

La mera idea de pasar las Navidades con él me hizo esbozar una enorme sonrisa.

11. Nos hicimos promesas sin hacerlas

GRACE

Pasé toda la tarde en el parque de Washington Square con Tati. En teoría, habíamos quedado para practicar, pero acabamos fumándonos un porro y yo le conté la noche anterior. Supongo que pensó: «No puedo creer que hayas sentido "el gran O". Es como saltarse diez pasos e ir directa a la casilla de "Años de experiencia sexual"». Creo que me sonrojé en diez tonalidades como mínimo.

El día enseguida se puso gris y bajó la temperatura, y cuando me despedí de Tati en el parque sentí la primera gota de lluvia sobre la mejilla. Mierda. Estaba aún a seis manzanas de distancia, sin paraguas ni dinero para un taxi y con un chelo enorme.

En el tiempo que me tomó llegar al PhotoHut, cayó una tromba de agua y en pocos minutos estaba calada hasta los huesos. La campanilla sonó cuando entré en el establecimiento, pero no vi a Matt detrás del mostrador.

—¡Estoy aquí, Gracie! —gritó desde la trastienda.

—¿¡Cómo has sabido que era yo!? —le pregunté también alzando la voz.

Me dirigí hacia la esquina y lo encontré de espaldas ante un escritorio sobre el que había una lamparita encendida. Miró por encima del hombro y esbozó una sonrisa.

—Lo sé y ya está.

—Demuéstralo.

Matt soltó una carcajada.

—Abres la puerta de par en par para poder entrar con el chelo, incluso si no lo llevas. La campanilla suena un segundo más contigo que con los clientes habituales.

Alzó la mirada del escritorio apenas iluminado y entonces me vio.

—Cielos, Grace. Vas a congelarte.

Se levantó y se acercó a toda prisa, cogiéndome el chelo.

—Está lloviendo a cántaros —dije y, acto seguido, me estremecí visiblemente.

Tenía los dedos entumecidos y no conseguía desabrocharme el abrigo. Matt lo hizo por mí; me lo quitó, dejando que cayera al suelo. Me envolvió con su cuerpo y, en cuestión de segundos, entré en calor.

—Estaba en el parque con Tati y, de repente, se puso a llover.

—Chist, estás empapada. Deberías quitarte la ropa.

Se alejó un momento y empezó a rebuscar en un armario mientras yo comprobaba que el agua no hubiese penetrado en el estuche del chelo.

Me tendió una toalla.

—Sabía que estaban aquí por alguna razón. ¿Quieres quitarte el jersey y lo pongo en la secadora?

—¿Tenéis una secadora aquí?

—Bueno, una para las ampliaciones. Es como una apisonadora enorme y muy caliente, pero, al menos, evitaremos que te congeles.

—Puedo volver a casa.

Frunció el ceño.

—No me mires así.

—¿No quieres que hablemos?

—Supongo que sí —titubeé. Iba a quitarme el jersey, pero advertí que me miraba fijamente, así que le pedí—: Vuélvete.

—Grace, que ya te he visto desnuda.

—¿Y qué? Vuélvete, pervertido.

Riendo, me obedeció.

—Menuda tarada.

Cuando me quité el jersey se lo tiré a la nuca y rápidamente me envolví con la toalla. Matt fue hacia la esquina y manipuló los botones de la secadora mientras yo daba vueltas cada vez más rápidas sobre una de las sillas de oficina.

Al terminar, se sentó en otra de aquellas sillas y, empujándola, la hizo rodar por el suelo de linóleo hasta mí.

—¡Autos de choque! —gritó, justo antes de golpearme y de que ambos cayéramos al suelo.

—¿A esto es a lo que tu llamas «hablar»? —dije mientras él se ponía sobre mí con una sonrisa traviesa.

Se inclinó, me besó la punta de la nariz y, acto seguido, se puso en pie de un brinco, tendiéndome la mano para ayudarme a hacer lo propio. Agarrando la toalla con fuerza, me senté de nuevo. Sus movimientos no eran torpes en absoluto y siempre parecía muy seguro de sí mismo. Me resultaba terriblemente sexi.

Acercó su silla a la mía, se puso frente a mí y sonrió de nuevo.

—¿Vas a venir conmigo a California por Navidad o tenías pensado regresar a casa a ver a tus padres?

—No puedo permitirme ninguna de las dos opciones.

Bajé la mirada hacia el regazo. Pese a que Matt conocía mi situación, me seguía resultando difícil no sentirme incómoda.

—Yo te pagaré el billete para que vayas a tu casa. Me encantaría que vinieras conmigo, pero no quiero ser egoísta.

Quería estar con él y, aunque tenía muchas ganas de ver a mi familia, sabía que iba a echarlo mucho de menos durante las tres semanas que pasaríamos separados.

—¿En serio quieres que conozca a tus padres?

—Sí, Grace.

—Sería fabuloso visitar California. No he estado nunca.

—Entonces, decidido. Ah, otra cosa... —añadió esbozando una sonrisa de satisfacción—. Anoche me pediste que me acostara contigo. ¿Lo recuerdas?

Me sonrojé al instante.

—Claro que lo recuerdo. No estaba tan borracha.

—Bien... ¿Y eso, en qué nos convierte?

—¿Tú que crees? —respondí rápidamente.

—¿Quieres salir conmigo? ¿O solo estás buscando a alguien para perder la virginidad?

Me remetí la toalla por debajo de los brazos, me recliné en la silla y lo fulminé con la mirada.

—¿No existe una palabra para definir a dos amigos que se enrollan? —dije.

—Sí, se llaman «novios».

Tenía una expresión extraña, como esperando mi reacción.

—Pero sin ir en serio, ¿vale?

—Bueno, ambos tenemos que estudiar mucho, además, este verano me marcho y tú debes prepararte para el posgrado.

El mundo se detuvo.

—¿Te marchas este verano?

«¿Por qué demonios yo no sabía nada?».

—Sí.

Se levantó y fue al mostrador a buscar un papel. Me lo tendió. Era una carta de National Geographic en la que le informaban de que lo habían elegido para unas prácticas.

La leí dos veces y, al alzar la mirada, me encontré con su enorme sonrisa de orgullo. Pese a que estaba a punto de dejarme llevar por el egoísmo y romper a llorar, me levanté y lo abracé.

—¡Matt! ¡Me alegro un montón! Felicidades. No puedo creerlo. Es decir, sí puedo porque eres muy bueno, pero esto es una gran oportunidad. Cielos, eres el único estudiante de último curso al que han elegido.

—Lo sé. Para mí también ha sido una sorpresa. Es una oportunidad que solo ocurre una vez en la vida. Siento no habértelo dicho antes; tenía miedo de gafarlo.

Seguí mirando la carta.

—¡Es fantástico! ¡Estoy muy orgullosa de ti!

—Pasaré el verano fuera y, cuando regrese, tú estarás en el posgrado. Con suerte, si todo va según lo planeado, tendré trabajo.

No podía creer que Matt fuera a marcharse. Tenía sentimientos encontrados, pero sabía que era lo mejor para él.

—Así que, de momento…, ¿nada de ir en serio? —pregunté.

—No me apetece salir con otra persona y tampoco quiero encontrarme con que te lo montas con alguien en el pasillo, pero podemos llamarlo así si tú quieres.

—Vale.

—¿Vale qué, Grace?

—A mí tampoco me apetece salir con otra persona.

Jamás.

En ese instante, un olor peculiar invadió la estancia. Husmeé un par de veces y abrí los ojos de par en par. Lana quemada.

—¡Mi jersey!

—¡Mierda!

De un brinco, Matt fue hacia la secadora. Apretó un botón y sacó lo que quedaba de mi prenda favorita.

—Oh, cielos, me parece que tendrás que quedarte aquí, desnuda —bromeó conteniendo la risa.

—No tiene gracia, Matt. Es mi jersey favorito.

Lo tiró al escritorio y me aupó entre sus brazos.

—No lo necesitas.

Dejando la toalla a un lado, empezó a besarme el hombro y el cuello. Ladeé la cabeza para que siguiera y, en ese preciso momento, se oyó la campanilla de la puerta.

—¡Mierda!

Bajé de un salto y recogí la toalla del suelo mientras Matt se dirigía al mostrador. Una voz familiar llegó hasta mis oídos. Era Dan.

Pegada a la pared, escuché la conversación.

—Hola, Matthew.

—Me llamo Matt.

—Hola, Matt. Tatiana me ha dicho que encontraría a Grace aquí.

—Sí, hum... En este momento está algo ocupada.

—Solo necesito hablar con ella un momento.

No podía ver a Matt, pero apostaría lo que fuera a que su expresión era divertida y satisfecha.

—Tío, está en la trastienda medio desnuda.

—Hum... ¿Cómo...? —balbució Dan.

Matt se apiadó de él.

—Ha llegado completamente empapada a causa de la lluvia y ahora está sentada ahí detrás, envuelta en una toalla hasta que se le seque la ropa.

Alcé una ceja. Lo de que estuviéramos enrollándonos era completamente secundario.

—Oh.

—¡Hola, Dan! —grité.

—Hola, Grace. Creo que deberíamos hablar.

—¿No puedes esperar hasta el viernes, en clase?

—Sí, supongo que sí. —Hizo una larga pausa. Me pregunté si Matt estaría mirándolo de arriba abajo—. Sí, lo dejamos para entonces. Hasta luego.

Se despidieron cortésmente y, acto seguido, oí la campanilla de la puerta de nuevo. Un minuto más tarde, Matt estaba de vuelta y me encontró aún en pie, con mis pantalones vaqueros empapados y una toalla cubriéndome los hombros como si fuera un elegante chal.

—Tengo que cerrar en unos minutos —dijo juntando las manos—. Bueno, entonces, ¿qué hemos decidido?

—Creo que hemos decidido que haremos lo que nos apetezca. —Él asintió—. Solo entre nosotros..., hasta que te marches.

El estruendo que hacían los distintos aparatos se había detenido. Reinaba el silencio y la calma.

—Pero amigos para siempre, ¿verdad?

Examinó mi rostro con detenimiento, como si estuviera catalogando mentalmente el recuerdo.

Era imposible apartar la mirada.

Puede que lo de «amigos para siempre» fuera algo trillado, pero a mí me sonó a poesía o a música. Sabía que significaba algo más. Sabía que era un «te necesito en mi vida». Traté de detectar alguna señal de sorna en su voz, pero no la encontré... Lo decía en serio. Nos quedamos en pie, tan jóvenes y tan seguros el uno del otro, en esa estancia húmeda y fría que, de repente, se había llenado de luz. Matt parpadeó y yo sentí que me mareaba ante la calidez que me recorría de pies a cabeza. Me tendía las manos, invitándome a fundirme en su abrazo, pero no podía moverme; me había reducido a un charco de emociones solo con su manera de mirarme.

Resulta imposible recrear la primera vez que prometes querer a alguien o la primera vez que sientes que alguien te quiere. No se puede revivir la sensación de miedo, admiración, autoconciencia, pasión y deseo juntos, porque solo sucede una vez. La persigues durante el resto de tu vida, como si fuera el primer subidón, el primer momento de euforia. No significa que no puedas amar a otra persona o pasar página; es solo que ese momento espontáneo, esa milésima de segundo en la que diste el paso con el corazón desbocado y la mente hecha un lío con miles de «¿y si...?», ese momento jamás sucederá de nuevo de la misma manera. Jamás será tan intenso como esa primera vez. Al menos, así es como yo lo recuerdo. Por eso mi madre siempre dice que sobrevaloramos el pasado. Todo se ve mejor desde el recuerdo.

—Sí. Para siempre —respondí finalmente.

12. Todo parecía ir bien

GRACE

Dos semanas más tarde, estábamos haciendo las maletas para ir a pasar las Navidades a California. Sumergidos en la vorágine de los exámenes trimestrales y con Matt haciendo horas extra para pagarme el billete de avión, apenas nos habíamos visto desde esa noche en el PhotoHut.

—¿Dónde nos quedaremos una vez allí?

—En casa de mi madre. Tiene una casita en Pasadena, pero hay una habitación de invitados. Es mejor que la de mi padre, en donde tienen hasta servicio. Es absurdo.

Estaba sentado sobre un puf de color morado en un rincón de mi cuarto, hojeando un ejemplar de *National Geographic,* con las piernas estiradas cubiertas por sus vaqueros desgarrados y descalzo. Con su camiseta de Sonic Youth y su gorrita de repartidor de periódicos, parecía cómodo y relajado.

—¿A qué te refieres con «servicio»?

Agitó la mano vagamente.

—Pues a doncellas y toda esa mierda.

—Oh.

De repente, el pánico me invadió. Aunque no nos quedáramos allí, sabía que, en algún momento, nos encontraríamos con su padre, su hermano y su madrasta, y no podía dejar de preguntarme qué pensarían de mí. Pobre Grace, qué patética, con esos harapos de segunda mano.

—No te asustes, Grace. Es todo fachada. Sé tú misma. Eres perfecta. —Apartó la mirada de la revista y la alzó hacia mí—. Por cierto, ¿qué quería Pornsake el otro día, cuando se presentó en la tienda buscándote?

—Insiste en que vaya de gira. Tati también va, así que trata de convencerme con ese argumento.

—Oh —exclamó en voz baja. Desvió la mirada durante unos instantes y añadió—. Por su comportamiento, parecía urgente.

—Es habitual en él —lo excusé.

—Es insistente.

Matt continuó hojeando la revista y no me miró.

—Es importante para él.

—Quiere meterse entre tus bragas.

—Tú también.

Me acerqué, le quité la revista y la lancé a un lado.

—Eso es cierto —admitió guiñando un ojo.

En pie entre sus rodillas, me incliné y le besé la coronilla. Él acarició la parte posterior de mis piernas desnudas.

—¿Te pones estos vestidos cortos para hacerme perder la cabeza? —dijo con voz ronca.

Aparte de besarnos, no habíamos hecho nada más desde aquella vez en que Matt demostró sus habilidades. Habíamos dormido juntos unas pocas noches, acurrucándonos el uno contra el otro, exhaustos después de sesiones maratonianas de estudio, pero nada más. Francamente, tenía un autocontrol digno de un santo. Estábamos listos, yo estaba lista, y Matt lo sabía. Ahora que habíamos soltado el estrés de los exámenes finales, la única tensión que nos atormentaba era la que pugnaba por salir de nuestros cuerpos cada vez que nos rozábamos.

—Ya casi he terminado de hacer la maleta. Vendré después de ducharme. ¿Tienes vino en tu habitación? —pregunté.

—Creo que me queda un poco —murmuró en mi estómago, mientras yo no dejaba de revolverle el pelo.

—Solo quiero un poquito, para que me ayude.

Me agarró con más fuerza las piernas y alzó la mirada hacia mí. Lo entendió.

—Compraré vino.

Asentí.

—¿A qué hora tenemos el vuelo mañana?

—A las seis y cuarto.

—Vaya, qué temprano.

Comprobé el reloj. Ya eran las once.

Matt se puso en pie, me envolvió el rostro con las manos y me besó con dulzura.

—Pásate cuando acabes. Ya dormiremos en el avión.

Tragué saliva y asentí.

Antes de llegar a la puerta, se volvió.

—Oye, Grace…

Se agarró al marco de la puerta y miró hacia el suelo. Se balanceó un par de veces y yo admiré los músculos marcados en su abdomen.

—¿Sí?

—Esta noche, cuando vengas..., tenlo claro..., ¿vale? —Alzó la mirada y entornó los ojos—. Y ponte ese vestido.

Se le había subido la camiseta y yo no podía apartar la mirada de la parte baja de su abdomen. Cuando lo hice, esperaba encontrar una sonrisa picarona, pero su semblante era serio.

—Vale.

En cuanto se fue, saqueé el armario en busca de un atuendo digno de la casa de su acaudalado padre.

Básicamente, me dediqué a meter en la maleta todas las prendas de ropa que encontré y, acto seguido, me quité el vestido, lo dejé sobre la cama y fui a la ducha. Un millón de inseguridades me pasaron por la cabeza mientras preparaba cada centímetro de mi cuerpo.

Cerré los ojos y respiré profundamente varias veces, dejando que el agua caliente resbalara sobre mí. Instintivamente, mi mano bajó mientras fantaseaba con Matt tocándome. Me acaricié los pechos, imaginando qué sentiría él. Me preguntaba si le resultaba atractiva sexualmente. Traté de imaginarme qué posturas adoptaría o cómo se movería mi cuerpo. No tenía ni idea.

Después de la ducha, me sequé rápidamente el pelo y me apliqué un poco de brillo de labios. Solo tenía un conjunto de ropa interior, uno barato, de encaje negro, con las braguitas un poco descosidas por la parte de arriba. Me las puse y me miré en el espejo de cuerpo entero. Me ahuequé los pechos por encima del encaje y dejé caer los brazos a los costados, junto a las caderas, tratando de calmar los nervios. Necesitaba saber qué sentiría él: la calidez y suavidad de mi piel y, cuando fui más abajo, la humedad. Me puse el vestido rojo con flores negras.

Junto a la puerta, todo estaba listo para el viaje. Lo único que aún no había tachado de la lista era perder la virginidad. Estaba más nerviosa que nunca, pero me sentía preparada.

Llamé a la puerta unos instantes después y, al oírlo acercarse arrastrando los pies, se me hizo un nudo en el estómago. Me había pedido que lo tuviera claro y ahora las dudas me asaltaban.

Abrió la puerta de par en par, con una copa de vino en la mano, la cual me tendió.

—He pensado que lo necesitarías.

Como siempre, empecé a balbucear de manera torpe.

—Sí, bueno, no sé qué demonios estoy haciendo o qué esperar, o lo que te gusta o..., bueno, cómo tengo que hacerlo o qué aspecto debo tener... o cómo debo sentirme...

—Basta, Grace. No hace falta hablar. Bébete el vino y pasamos el rato juntos. Relájate y seamos nosotros mismos.

—Buena idea.

Fui hacia sus CD y puse el álbum *The Bends*, de Radiohead.

—Buena elección, señorita —aprobó desde el otro extremo de la habitación, metiendo un par de cosas en su mochila.

No llevaba camiseta y los vaqueros negros sin cinturón le colgaban por debajo de sus calzoncillos.

Me tumbé en la cama, dejé la copa en el suelo y cogí la cámara.

—Di «patata».

Se volvió y sonrió mientras yo lo miraba por el visor.

—Tú sales mucho mejor que yo. Dame.

Me tendió la mano y yo le di la cámara. Me tumbé de espaldas y levanté las rodillas, con lo que el vestido se deslizó a la altura de mis muslos. Matt empezó a disparar.

—Eres tan hermosa, Grace...

—Pero ¿crees que soy sexi?

—Sí. Mucho.

Me senté en el borde de la cama y él dejó la cámara en la mesita. Tomé el último sorbo de vino justo cuando empezaba a sonar la canción «Fake Plastic Trees».

—Me encanta esta.

Matt deslizó la mano por el dobladillo del vestido y yo fui hacia el botón de sus pantalones vaqueros.

—Levántate, cariño.

—No sé qué hacer, Matt.

—Lo sabrás.

Me quitó el vestido y, agarrándome de la nuca, me besó como si fuera lo único que le importara en la vida. Nuestra temperatura corporal se triplicó. Recorrió con la otra mano mi espalda, el trasero, hasta que la introdujo bajo el encaje. Podía sentir su erección. Dejé de besarlo y retrocedí. Su pecho subía y bajaba sin cesar. Observé cómo me miraba, esperándolo, deseándolo allí en pie.

Asintió.

—Esto me gusta —dijo.

Algo se apoderó de mí y, por primera vez, me sentí con confianza, animada. Recorté la distancia que nos separaba, le quité los pantalones y los calzoncillos y me puse de rodillas.

—Guau —exclamé.

«Un momento. ¿En serio había dicho "guau"?». Menuda tontería. Era incapaz de comportarme como una chica sensual; no podía actuar como si supiera lo que estaba haciendo, especialmente ahora que tenía ante mis ojos aquella cosa. Todo aquel descaro y confianza desaparecieron en un instante.

Oí que Matt se reía entre dientes.

—Grace, levántate.

—¿Por qué? —me quejé, mientras él me obligaba a incorporarme cogiéndome de las axilas.

Lo miré y estaba sonriendo, de oreja a oreja.

—Eres la cosa más mona del mundo, ¿lo sabías?

Me crucé de brazos e hice pucheros.

—La idea era ser sexi, joder.

—También lo eres. Tumbémonos un rato y tomémonoslo con calma.

La gente nunca menciona lo incómodos que pueden llegar a ser estos momentos. Cuando tratas de hacer lo que has visto en la tele o lo que has leído en algún libro, todo sale mal. Alcancé la botella de vino y di un trago. Matt estaba completamente desnudo y se tumbó. Su calma y autoconfianza eran una suerte disfrazada; no era «ese tipo de chico», tratando de ser sensual y experimentado. Me saqué el sujetador y las braguitas sin muchos aspavientos y me tumbé a su lado mientras él miraba el techo.

Se puso de costado, apoyándose en el codo.

—Cierra los ojos —dijo acercándose.

Me besó y, al hacerlo, sentí que me invadía una ola de calor y que la urgencia crecía.

Cuando me mordió el labio inferior pensé que iba a perder la cabeza. Su mano se deslizó entre mis piernas y me tocó. No dejé de respirar, no ahogué un grito, no lo detuve. Quería más, más presión, más contacto. Coloqué mi mano sobre la suya y presioné. Ya me lo había dicho: sabría qué hacer. La incomodidad había desaparecido.

Recorrió con sus labios todo mi cuerpo, deteniéndose en mis pechos, jugueteando con la lengua en uno de mis pezones mientras su mano seguía acariciándome allí abajo. Podía oír los sonidos que salían de mí, unos suaves «aah» en voz baja, no como los de las mujeres de las películas, sino más bien involuntarios, frutos del placer. Me agarró con fuerza la cadera y me besó aún más ardientemente. Fue hacia mi cuello y mi oreja y los lamió y besó hasta que empecé a retorcerme debajo de él. Pura. Dicha.

—Solo siénteme —susurró.

¿Cómo no iba a hacerlo? Estaba lista para él. Agarré su erección y lo atraje hacia mí con la otra mano.

—Todavía no —dijo.

Se sentó en sus tobillos y abrió el envoltorio de un condón.

—¡Tomo la píldora! —grité con torpeza.

Matt me miró, sorprendido. Yo no pestañeé. En el cuarto había suficiente luz como para distinguir nuestros rostros. Debo admitir que un momento cómico produce cierto alivio y no está de más cuando estás a punto de perder la virginidad.

Cuando rio, me acerqué a él con descaro y volví a agarrarlo.

—Solo házmelo, ¿vale?

Sonreía, pero había algo más en su expresión, algo parecido a la veneración.

—Eres una caja de sorpresas, Grace.

Se colocó encima de mí, apoyando su peso en los brazos. Me besó con ternura, absorbiendo mi labio inferior en su boca. Todo se ralentizó y entonces deslizó su mano por el espacio entre mis piernas y me tocó de nuevo, incluso más suavemente que antes.

—Aaah —gemí.

Emitió un sonido de satisfacción y entonces me agarró la parte posterior del muslo, subiéndola. Mi cuerpo estaba abierto para él. Esperé.

La anticipación lo intensificaba todo, el calor, los latidos y punzadas que sentía en todo mi cuerpo. Supe que era lo correcto.

—Te quiero —me dijo al oído y, a continuación, entró en mi interior.

Hubo un momento de presión, pero no fue ni la mitad de doloroso de lo que había esperado. Se movió con un ritmo lento hasta que las sensaciones fueron normales, como si no fuera la primera vez que lo hacía.

Aumentamos la velocidad, acompañando nuestros movimientos de gemidos naturales y auténticos. Era muy extraño que ambos nos moviéramos en busca del placer propio mientras que, al mismo tiempo, se lo proporcionábamos al otro. A diferencia del resto de las cosas, el sexo es egoísta y altruista a la vez. Caliente y frío, yin y yang, blanco y negro, y todos los matices entre ellos. Finalmente, el mundo cobraba sentido. Ahora yo también compartía el secreto.

Mientras nos movíamos, el eco de su voz no dejó de resonar en mis oídos: «Te quiero. Te quiero. Te quiero». «Yo también te quiero». Siempre. Para siempre.

13. ¿Algo cambió?

GRACE

Cuando la alarma del despertador sonó, Matt y yo no llevábamos durmiendo ni veinte minutos. Después de apagarla, se puso encima de mí, presionando su cuerpo desnudo contra el mío. Le acaricié el pelo mientras él se sumergía y jugueteaba con mi pezón, mordiéndolo y lamiéndolo. La habitación aún estaba a oscuras, pero cargada de electricidad.

—¿Te duele? —susurró.

—No.

Quería sentirlo por todas partes. Esperaba que hubiera cierto dolor residual, sangre o un recuerdo que, como si de una pesadilla se tratara, me recordara que unas pocas horas atrás era virgen. Pero no, no había nada de aquello; solo dos jóvenes insaciables y hambrientos que se deseaban ardientemente.

Subió hasta mi cuello, cubriéndolo de besos desde la clavícula hasta la oreja. Yo jadeaba y su barba de dos días me hacía unas cosquillas exquisitas. Podía sentir su erección contra mi muslo.

—Aaah, Matt.

—Me encanta ese sonido.

Su voz cerca de mi oído hizo que me temblaran las piernas. Todo mi cuerpo se estremeció. Ya no había vuelta atrás. La intensidad me dejó sin aliento. Nuestros cuerpos se difuminaron, abrazándonos, atrayéndonos el uno al otro, besándonos, succionándonos, moviéndonos arriba y abajo, cambiando de lugar. Y, de algún modo, realizábamos todos esos movimientos de forma perfectamente fluida en la diminuta cama individual de Matt. Me pidió que subiera a horcajadas sobre él.

—Así —dijo, y entonces movió mis caderas y se metió dentro de mí.

Arqueé la espalda, presionando con las manos su firme estómago.

Podía oír mis pequeños maullidos, que se mezclaban con unos sonidos profundos, silenciosos, de satisfacción que retumbaban en su pecho.

—¿Lo sientes, Matt? ¿Lo sientes?

Subí el ritmo.

—Sí, cariño.

El deseo le hacía entornar los ojos y sus labios estaban entreabiertos.

Me moví con más ímpetu y luego me incliné hacia atrás, apoyando las manos en la parte superior de sus muslos, lo que hizo que la fricción fuera aún más intensa. Presionó con el pulgar el manojo de nervios situado justo encima del punto por el que permanecíamos unidos. Sus pequeños y sutiles movimientos me hicieron olvidar el mundo. Las paredes podrían haberse derrumbado, mi violonchelo podría haber estado ardiendo ante mis propios ojos..., que me hubiera quedado donde estaba hasta el final, moviéndome a horcajadas sobre Matt, con nuestros cuerpos conectados.

De repente, aceleró. Me agarró de la cintura y se tensó. Sentí que abría la boca, pero de ella no surgió sonido alguno. No me atrevía a respirar por miedo a que todo se esfumara. Cerré los ojos y me dejé llevar. Era extraño. No había olvidado que Matt estaba allí —habría sido imposible—, pero era como si no fuera consciente, como si no estuviera presente. Como si me hubiera olvidado de que estaba allí. Justo entonces, unas oleadas de frío y calor me recorrieron el cuerpo. Ahí abajo noté palpitaciones más fuertes que nunca. Matt emitió un sonido estrangulado desde el pecho. La palabra «Sí» surgió de mi garganta, casi en un suspiro. No fue triunfal, como en las películas. Fue calmado. Eufórico.

Un último pensamiento me cruzó la mente antes de desplomarme sobre él: «Tengo que conseguir ese libro que le dio su madre».

Momentos después, Matt empezó a moverse. Me dio un beso en la coronilla y tomó aliento.

—¿No teníamos que irnos? —dije hacia la mata de pelo que poblaba su pecho.

—Sí, aunque tampoco suena tan mal quedarnos en Nueva York y pasarnos todo el día en la cama.

—¿Y no te daría pena perderte las Navidades con tu familia?

—No —respondió adoptando una expresión inescrutable.

—¿En serio?

—Puede que lamentara no ver a mi madre, pero desde luego no voy a echar de menos las aburridas cenas con el desagradable de mi hermano.

—¿Cómo es que sois tan diferentes?

Salió de la cama, dejándome tumbada de espaldas.

—Supongo que tuve suerte —dijo esbozando una sonrisa arrogante—. Voy a la ducha.

Me quedé mirando su espectacular trasero mientras se alejaba. Pese a la tenue luz de primera hora de la mañana, se apreciaban los elegantes y definidos músculos de su espalda.

En el asiento trasero del taxi que nos llevó al aeropuerto, me dormí con la cabeza apoyada en el hombro de Matt.

—Despierta, cariño. Ya hemos llegado. —Matt comprobó la hora en su reloj—. Mierda, tenemos que darnos prisa.

Sacó su mochila y mi pequeña maleta de ruedas del vehículo, corrimos hacia la cola para facturar y, antes de que me hubiera dado cuenta, estábamos embarcando. Yo me senté en el asiento central y Matt, junto a la ventana. Antes de despegar, ya volvía a dormir sobre su hombro.

A medio vuelo, me desperté por unas turbulencias. Matt estaba dormido, con los auriculares puestos. Fui al baño y, cuando volví, vi que Matt había pedido un par de *bloody mary*. Me miró con ojos radiantes mientras yo regresaba a mi asiento.

—Gracie —dijo tendiéndome una copa de plástico.

—Matthias —contesté.

Entre nosotros saltaban chispas.

—Te he pedido uno doble.

—Nunca lo he probado —confesé abrochándome el cinturón—. Pero hay que probarlo todo. —Tomé un sorbo e inmediatamente me sorprendió el sabor picante y salado del tomate—. Vaya, apenas se nota que lleva alcohol.

Soltó una carcajada.

—De eso se trata.

Me volví y lo miré. Tenía unas marcadas ojeras y su pelo castaño revuelto. Pero, de algún modo, su aspecto seguía siendo sexi. Dio un sorbo y, mirándome, sonrió de oreja a oreja.

—Está bueno, ¿eh? —dijo en voz baja y tono ronco.

Sentí que un estremecimiento me recorría todo el cuerpo hasta alcanzar la entrepierna.

—Ajá —respondí, casi sin aliento.

Pensé en lo que Matt y yo habíamos hecho horas atrás y lo que significaba, en qué nos convertía.

Como si me leyera la mente, dejó de sonreír y adoptó una expresión seria.

—¿Estás bien?

—Sí.

Estaba bien, incluso me sentía feliz, bullía de anticipación, aunque también experimentaba un poco de inquietud. ¿Por qué? Mi primera vez había sido perfecta, había ido hasta demasiado bien para ser verdad. Después de oír las terroríficas historias de las chicas del instituto sobre lo vergonzosas, dolorosas y sucias que habían sido sus primeras veces, ¿cómo no iba a evocar lo que habíamos hecho? Cada momento con él había sido increíble. No me había presionado y se había comportado con paciencia y respeto. Había mostrado una actitud tierna pero también experta, y después había sido dulce y atento. Todos los pensamientos y recuerdos empezaron a arremolinarse en mi mente: la forma en que sus manos me habían tocado bajo las sábanas de su estrecha cama, su boca por todo mi cuerpo…

Matt me observaba mientras yo estaba con la mirada perdida. Sus ojos se desplazaron hasta mi boca, entreabierta. Sabía en qué estaba pensando. Parpadeó.

—Me encanta esa boca.

Me acerqué y rocé con mis labios los suyos, buscando alivio. Nos rendimos a la electricidad que circulaba entre nosotros, casi como si tuviéramos que alimentarla, satisfacerla. Nos besamos lenta y suavemente, con nuestras lenguas bailando, hasta que oí el inconfundible sonido de un carraspeo intencionado. Miré por encima del hombro y vi que la mujer que ocupaba el asiento del pasillo nos observaba atentamente. Parecía una sureña bastante jovial, muy maquillada y con una enorme melena rubia con algunas canas.

¿Estábamos perdiendo nuestros modales por enrollarnos en los estrechos asientos de un avión? Seguro que sí, pero no me importaba lo más mínimo. Casi estaba dispuesta a desnudarme allí mismo si Matt me lo pedía. Sonreí hacia la mujer. Ella me devolvió la sonrisa y, tras mirarme como diciendo «Lo entiendo», puso los ojos en blanco.

Matt parecía agotado. Me tomó lánguidamente la mano y la envolvió entre las suyas antes de dejar caer la cabeza hacia atrás y cerrar los ojos. Cogí la copa de la bandeja y me la acabé de tres grandes tragos. Estaba deliciosa y el alcohol hizo su efecto de inmediato. Me apoyé en el hombro de Matt y me dormí.

—Se me ha olvidado preguntarte cómo vamos a ir a casa de tu madre.

Matt agarró mi maleta violeta de la cinta de equipajes.

—Viene a buscarnos.

Justo al llegar a la acera frente al aeropuerto de Los Ángeles, una furgoneta granate se detuvo ante nosotros.

—Es ella.

Matt deslizó la gran puerta y apoyó los brazos.

—¡Mamá!

Ella estaba radiante de felicidad.

—¡Matthias! ¡Cuánto te he echado de menos! ¡Entrad, vamos!

—Mamá, te presento a Grace —dijo Matt.

Yo esperé allí, de pie, nerviosa, mientras él cargaba el equipaje.

—He oído hablar mucho de ti, Grace. Es un placer conocerte. Soy Aletha.

Acercándose a mí, me estrechó la mano. Tenía un sutil acento griego y era de constitución pequeña, con rasgos marcados pero hermosos y la misma nariz que Matt. Su cabello oscuro estaba salpicado de canas y llevaba una bufanda larga y delgada a la que había dado tantas vueltas que parecía un jersey de cuello alto.

—Igualmente, Aletha.

Matt subió al asiento delantero y yo me abroché el cinturón en el asiento central de atrás. Los asientos de la tercera fila que por lo general tienen las furgonetas habían sido sustituidos por un montón de material artístico, incluyendo un gran torno alfarero de metal.

—Matthias, encontré ese torno por unos centavos. Necesito que me lo pongas en el Louvre. Yo no puedo cargarlo.

—Claro, mamá.

Lanzándole una rápida mirada, esbozó una amplia sonrisa.

—¿Qué, ya no me llamas «mama»? ¿Mi hijo es demasiado mayor para llamarme «mama»?

—Mama —dijo Matt imitando la voz gritona de un bebé.

—Tontito.

Entre ellos todo fluía con facilidad. Deseé tener la misma relación con mi madre.

—Bueno, Grace, Matthias me ha dicho que eres intérprete.

—Sí, estoy estudiando música.

—Violonchelo, ¿verdad?

—Sí, aunque también puedo tocar otros instrumentos. Solo que el chelo se me da mejor.

—Bueno, el padre de Matt tiene un piano enorme en su casa. Cuando los visitéis deberías tocar algo para ellos. Sería una pena que ese instrumento siga viviendo su existencia como un mueble.

—Estoy de acuerdo —intervino Matt.

—Puede que lo haga. Tendré que pensar en algo que pueda gustarles.

Sin embargo, no estaba muy segura de que fuera buena idea. Por lo que sabía, la familia de Matt desaprobaba a cualquier tipo de artista.

Un poco más tarde, entramos en un largo y estrecho camino de acceso que daba a un pequeño pero encantador bungaló de estilo Craftsman, con tejas de madera verde y ventanas de doble hoja pintadas en granate. El patio delantero se asemejaba a un jardín inglés, lleno de plantas silvestres que nos llegaban hasta la cintura, aunque estaba lo suficientemente cuidado como para no dar sensación de abandono. El aire era fresco, aunque no tan glacial como en Nueva York.

—Qué lugar más bonito —dije empezando a recorrer el sendero.

—Ahora que mis hijos son mayores, tengo mucho más tiempo para ocuparme del jardín.

Aletha abrió la puerta principal, flanqueada por unos apliques de mica.

—Ven, Grace, te mostraré tu habitación. Matthias, por favor, ¿puedes meter el torno, cariño?

Accedimos a la casa y Matt regresó a toda prisa a la furgoneta.

No sabía qué esperar. ¿Iba a hacerme un tercer grado o enumeraría las reglas de la casa? Me sentía terriblemente nerviosa, fuera de lugar. Con paso torpe, llegamos a la habitación de invitados. Aletha abrió enseguida la ventana y el aire fresco invadió la estancia. Era lo mismo que hacía Matt cuando entraba en una habitación. Se parecían tanto: la misma elegancia al moverse, el mismo temperamento relajado. Me pregunté qué rasgos habría heredado Matt de su padre, si es que había heredado alguno.

Aletha se acercó y me tomó de las manos. Sentí un nudo en el estómago.

—No te pongas nerviosa —dijo sonriendo con ternura—. Quería tener un momento contigo para decirte que Matthias parece muy feliz últimamente y supongo que tú tienes algo que ver.

—¡Oh! —exclamé tratando de guardar la calma.

—Bueno, solo quería darte la bienvenida a mi casa.

Dejé la maleta y advertí la mochila de Matt en un rincón.

—Muchas gracias por recibirme, Aletha. Soy muy afortunada por poder acompañar a Matt estas vacaciones. —Señalé la cama de matrimonio, cubierta con una colcha de flores—. ¿Dormiré aquí?

—Sí, creo que aquí estaréis bien. A Matthias le encanta esta cama.

Tragué saliva. «Estaréis». Tenía los ojos secos y pegajosos, como si no hubiese parpadeado en un buen rato. Quizá no lo había hecho.

Aletha soltó una carcajada y me abrazó.

—Oh, Grace —exclamó—. Dulce Grace. Que no nací ayer.

Salió de la habitación y yo me quedé allí, de pie, atónita. Exhausta, me dejé caer sobre la cama.

Esa misma tarde, al cabo de un rato, tras una larga siesta, Matt y yo nos sentamos en la mesa de roble del comedor mientras Aletha nos servía unos cuencos humeantes con una aromática sopa de pollo.

—¿Has hablado con Alexander? —le preguntó a Matt tras depositar los cuencos sobre la mesa.

—No.

Lo escrutó por encima de las gafas cuadradas que se mantenían en precario equilibrio sobre su nariz. Parecía enfadada, pero no la conocía tan bien como para asegurarlo.

—No, mamá, no lo he hecho. Alex y yo no tuvimos una charla muy fluida la última vez que lo vi.

Depositando el tenedor, clavó su mirada en mí y después la desvió hacia Matt.

—Sois hermanos. De niños erais inseparables. ¿Qué ha pasado con esta familia? —se lamentó quebrándosele la voz.

—Hablaré con él, mamá. —Le tendió la mano en ademán de tomar la suya. Ella se la llevó a los labios, le dio un beso en el dorso y después la soltó—. Lo que ocurre es que siento que las personas como Alex son un lastre para nuestra especie. Lleva pantalones cortos de color rosa y polos, y además se cree que es un Adonis. Hasta él mismo lo dice —bromeó Matt esbozando una sonrisa.

No pude evitar ponerme a reír y casi me atraganté con un trozo de pollo. Incluso Aletha lo hizo. Estaba llorando de la risa, soltaba unas ruidosas carcajadas, tan fuertes y seguidas que apenas podía respirar.

—¡Oye! —consiguió chillar—. Que estás hablando de mi hijo.

Aquello relajó el ambiente enseguida.

—Ya, aunque eso no es culpa tuya —respondió Matt mientras tratábamos de recuperar el aliento.

—Oh, Matthias. Es lo único que has sacado de tu padre.

—¿El qué?

Mi curiosidad se despertó al instante.

Aletha sonrió con franqueza.

—Él y su padre son muy frívolos y alegres. No pueden tomarse nada en serio. En menos de dos minutos, ya lo han convertido en una broma.

—Él ya no es así —interrumpió Matt.

Aletha rio en silencio, moviendo los hombros.

—Bueno, al menos, solía serlo.

Terminamos nuestros cuencos de sopa en medio de una conversación agradable y Matt se levantó.

—Gracias, mamá. Estaba delicioso. Grace, ¿quieres darte una ducha mientras yo ayudo a mi madre a recoger?

—Sí, vale. Pero también puedo ayudar.

—No digas tonterías. Ya lo hacemos nosotros.

Aletha se acercó y le dio un par de palmadas a su hijo en el hombro.

Antes de salir del comedor, un aparador de madera lleno de fotos me llamó la atención. Matt se percató. Había varias instantáneas de Alex y Matt de niños, así como un montón de proyectos artísticos, lámparas con mostacillas, cámaras viejas, piezas artesanas de cerámica y varias fotos en blanco y negro de una Aletha mucho más joven que sonreía alegremente.

—Las tomé de niño —explicó Matt.

—Son increíbles. —Me aproximé para examinarlas de cerca y Matt me siguió—. Fue algo así como tu primera musa.

Al darme la vuelta y cruzarme con sus ojos oscuros y entornados, todo a mi alrededor se congeló. Él bajó la vista hacia mi boca, ligeramente entreabierta. Con las yemas de los dedos, me acarició la mejilla y la parte rugosa de sus pulgares contra mi piel me provocó escalofríos.

—Tú eres mi primera musa, Grace.

La música que Orvin me había enseñado a percibir regresó. Los sonidos entraron como un torrente en mis oídos mientras Matt se acercaba a mí y me besaba con ternura.

El lado de la cama de Matt estaba frío y vacío cuando me desperté a la mañana siguiente. Fui hacia el comedor y encontré a Aletha sentada a la mesa, sola, sorbiendo un café y tomando cucharadas intermitentes de un enorme bol de avena.

—Buenos días, querida.

—Buenos días, Aletha. ¿Matt se ha marchado?

—Sí, ha ido a hacer unos recados. No quería despertarte. ¿Avena?

—Solo café, gracias.

—Siéntate.

Al incorporarse, vi que llevaba un delantal salpicado de yeso y pintura y unos zapatos para trabajar en el jardín. Aletha comprendió que estaba analizando su atuendo.

—He estado en el Louvre. Es mi estudio de arte en la parte trasera, la caseta comúnmente conocida como «cobertizo». Lo llamo así porque, bueno, me gustaría exponer mis obras en el Louvre, y esto es lo máximo a lo que llegaré. Si quieres te lo enseño después de desayunar.

Se encaminó hacia la cocina y yo me senté. Distraídamente, empecé a seguir con el dedo una veta en la madera mientras observaba a la madre de Matt buscando una taza en una alacena. Parecía estar en paz consigo misma, como si la vida ya no fuera un misterio para ella.

—Estoy nerviosa por conocer al padre de Matt y a su familia —admití, sin caer en la cuenta de que igual la había ofendido al haberme referido a ellos como «su familia».

Durante un instante dejó de moverse y se balanceó graciosamente de puntillas. Fue suficiente para que intuyera que el comentario la había irritado.

—Estarás bien —dijo sin mirarme.

Cuando regresó al comedor, me tendió sonriendo una taza de cerámica hecha a mano en la que rebosaba un fragrante y espeso café.

—El padre de Matt, Charles, se parecía mucho a Matthias.

—¿«Se parecía»?

Aletha señaló una bandeja de plata en el centro de la mesa que contenía una pequeña jarra metálica de leche.

—Gracias, lo tomo solo —respondí a su pregunta tácita.

Se sentó frente a mí y, recostándose en la silla, se quitó las gafas, dejándolas junto al cuenco de avena vacío. Guardó silencio unos segundos y, acto seguido, dijo:

—A veces el dinero cambia a la gente. En cuanto a Alexander, el hermano de Matt, no debes preocuparte por él. Es a Monica a la que tendrás que vigilar, especialmente cuando esté cerca de Matthias. Es un poco lianta. Alexander es solo..., bueno, creo que Matt lo describió bastante bien anoche. Es inofensivo, aunque no exactamente buena persona. Creo que esa es la manera más agradable de decirlo.

Abrí los ojos de par en par, sorprendida por su candor.

—Me limito a decirlo tal como es, Grace. Monica siempre sintió algo por Matt. Es solo que pudo más lo que sentía por el dinero. Creo que Alexander lo sabe y que eso ha abierto una brecha entre él y su hermano. Siempre fueron diferentes, pero estaban muy unidos antes de que ella apareciera.

Desesperada por cambiar de tema, asentí con la cabeza y sorbí el café con un nudo en el estómago.

—Me gustaría regalarle algo a Matt. —Hice una pausa y ella esperó a que continuara—. No tengo mucho dinero. ¿Tienes idea de qué podría gustarle?

Alzando la mirada, esbozó una sonrisa.

—Sí, y me alegro de que me lo preguntes. Creo que tengo algo perfecto. Acompáñame al estudio.

Seguí a Aletha hasta el cobertizo, que parecía tan viejo como la casa, pero que en cambio no había gozado de tanto mantenimiento. Las tejas de color beis estaban hechas polvo y necesitaban una reparación urgente. Me invitó a pasar y cerró la puerta enseguida, riendo, como si fuéramos colegialas haciendo una travesura. Estaba repleto de estantes con piezas de cerámica secándose, esculturas, y había un caballete con un paisaje aún por terminar. Las paredes estaban forradas con grandes sistemas de estanterías que llegaban hasta el techo y llenas de latas con pinceles, herramientas de metal y tarros de cristal. Distinguí el torno de alfarero en una esquina. La única superficie brillante e inmaculada era su gran tapa de metal. Aletha cogió un guardapolvo de detrás de la puerta y me lo tendió.

—¿Qué te parece si le haces algo?

—Sí, pero ¿qué? Nunca se me ha dado muy bien... —Cogí un cilindro de metal lleno de pequeños objetos plateados—. ¿Para qué son?

—Son para el cuero.

—¡Oh! Matt necesita un cinturón. Ha estado usando unos cordones de zapatos.

—Perfecto —exclamó.

Se encaminó hacia un armario metálico y sacó una rígida tira de piel con cuatro agujeros circulares en uno de sus extremos.

—Solo necesitas la hebilla. Seguro que encontramos una en alguna tienda de segunda mano.

A cada segundo que pasaba, me iba enamorando más y más de esta mujer.

Agarré un pequeño martillo y uno de aquellos objetos plateados del cilindro y se lo mostré.

—Entonces ¿los clavo en el cuero y ya está?

—Primero hay que humedecer un poco la tira de piel para

que sea más flexible. De ese modo, el dibujo se fijará y durará más tiempo, quizá para siempre.

Fue hacia un antiguo fregadero y regresó un momento después con un trapo mojado. Con él, impregnó el cuero y después retrocedió un paso.

—Toma, querida.

—¿Qué tipo de dibujo puedo hacer?

—Eso depende de ti.

Examiné las diferentes formas en los extremos de las pequeñas herramientas. Había un círculo formado por tres líneas garabateadas. Lo cogí, junto con un pequeño círculo sólido, y presioné el círculo más grande con facilidad en el cuero, dejando una marca permanente. Acto seguido, tomé el círculo más pequeño y di un golpe seco en el centro del dibujo que había hecho.

Ella se acercó y se colocó junto a mí.

—Vaya, parece un ojo, ¿no?

—Sí, supongo que sí.

—Vamos a darle un aire femenino. ¿Me permites?

Asentí y ella tomó una herramienta con la forma de una fina lágrima e hizo tres marcas por arriba del ojo y tres por debajo. A continuación, dibujó un segundo ojo y repitió el proceso. Cogiendo una herramienta con forma de medialuna, la presionó con un golpe seco varias veces en la parte superior e inferior de la tira, creando una especie de ribete. Antes de que me diera cuenta, ya teníamos cinco centímetros de dibujo en el cinturón. Era tan abstracto que parecía un estampado de cachemira o unos ojos de mujer que miraban desde una cenefa de remolinos tribales.

—Vaya, es impresionante.

—Ahora ya tienes el patrón. Si tuviera que ponerle nombre, lo llamaría «Ojos para Matt» —dijo riendo.

—Mis ojos para Matt —corregí, y ella rio aún más.

—Le va a encantar. Ahora repite el diseño una y otra vez hasta llegar al otro extremo del cinturón.

Colocó un alto taburete de madera detrás de mí. Yo me senté y me puse a trabajar.

14. ¿Tuviste dudas?

GRACE

Terminé el cinturón unas horas más tarde, justo al mismo tiempo que oí el estruendo de una motocicleta en el camino de acceso. Aletha estaba en casa, preparando unas tazas de té. Colgué el cinturón en el armario, lo cerré y fui hacia la puerta del cobertizo justo cuando Matt la abría. Me empujó hacia el interior y me besó apasionadamente. Yo lo envolví con mis brazos. Dejé que me aupara del suelo y le rodeé la cintura con las piernas. Cerró la puerta y me apoyó contra ella.

—No puedes negarte —me dijo al oído.

—Matt, tu madre…

—Quítate esto.

Dejé caer el guardapolvo al suelo.

—De hecho, quítatelo todo.

Intentó desnudarme, pero lo detuve.

—No entrará —me aseguró, casi sin aliento.

—¿Por qué?

Sus brazos se desplomaron.

—Porque sabe que estamos aquí dentro. Bien, ¿por dónde íbamos? —Alzó la mirada hacia el techo y, tras darse un par de golpecitos en el mentón, apuntó su dedo índice hacia mí—. Ah, sí, estaba desnudándote.

—Espera, puede que piense que tenemos algo de respeto.

—Puede que piense que somos jóvenes y estamos enamorados —contraatacó.

Nos quedamos mirando en silencio, como si el aire de la habitación hubiese sido succionado y nos encontráramos en un espacio vacío. La expresión de Matt era imperturbable.

Yo alcé las cejas.

Él se encogió levemente de hombros.

—¿Qué?

—¿En serio?

—¿El qué? ¿Lo de ser jóvenes? Sí, relativamente.

—No… ¿En serio estamos…?

—¿Tú que crees, Grace?

Y entonces cubrió mi boca con la suya, pero la urgencia de su beso había desaparecido. El beso, tierno y romántico, se alargó más y más, como si tratáramos de fundirnos el uno en el otro.

Finalmente, me aparté.

—¿Tienes una moto? —pregunté distraídamente.

Asintió en mi cuello y me dio un beso debajo del lóbulo como respuesta.

—¿Te apetece llevarme a dar un paseo?

—Ni te lo imaginas.

—¿Sabes?, al final no hemos hablado de lo de la otra noche.

—Pero ¿tenemos que hablar de eso?

De repente, había adoptado un tono severo.

Una repentina oleada de paranoia hizo que me apartara un par de centímetros de él. Estaba evitando el tema. ¿Por qué? Me pregunté que quizá me ocultaba algo. «¿No era lo suficientemente buena? ¿Y cómo iba a serlo?», pensé. Él era como un dios que supuraba una embriagadora mezcla de dulzura y sexo. No podía dejar de mirarlo. Además, era amable, inteligente, fuerte y tenía sensibilidad artística.

«¿En serio, universo? Eso es mucho. ¡Es más que suficiente! ¿Cómo el universo ha podido crear a una persona tan deliciosa? No es justo».

Matthias era el tipo de chico con el que todas soñaban casarse, el tipo de chico cuyo apellido hubieses garabateado después de tu nombre en la cubierta del portafolios. «Graceland Shore. Graceland y Matthias Shore. Señor y señora Shore». Verías mentalmente las imágenes borrosas de vuestra familia, como si fueran estrellas fugaces. Tú, de pie, radiante y embarazada por duodécima vez, con todos tus niños tan hermosos como Adonis y Afrodita aferrados a tus piernas mientras ambos os miráis a los ojos. Y gritarías a los cuatro vientos: «Este. Hombre. Es. Mío». Y siempre le harías un montón de mamadas. Yo ni siquiera lo había hecho, pero ya contaba con ello. De todos modos, la cuestión es que harías cualquier cosa por él. Y después, como si de una criatura mitológica se tratara, te destrozaría el corazón con completa indiferencia.

«¿En serio tenemos que hablar de eso?».

¡Uf!

Me miró con los ojos entornados, suplicante, buscándome. ¿No estaría jugando conmigo? Sentí un nudo en el estómago.

—Vale, Grace, ¿me puedes decir qué ocurre?

No pude contenerme.

—¿Estuve muy mal en la cama?

—¿Cómo? Pero ¿qué mosca te ha picado? ¿Estás de broma?

—¿Piensas responder a mi pregunta?

Matt se irguió.

—¿Cómo tengo que decirte que estoy enamorado de ti? Pensaba que lo habías pillado. Hostia, Grace. Tengo una enorme erección y estoy tratando desesperadamente de deshonrarte contra la pared del repugnante cobertizo que mi madre tiene en su patio trasero. Pensaba que eso de «hechos, y no palabras» servía para algo. —Nos miramos el uno al otro y entonces bajó la voz—. La noche pasada fue, con diferencia, la más agradable de mi vida, te lo juro. Dudo que pueda superarse. Eres de una hermosura única y muy sexi, y te moviste tan bien que no he dejado de pensar en ello desde que ocurrió. —Bajó la mirada hacia su entrepierna y rio—. Algo que ha hecho que la vida en aviones y en la casa de Aletha me resulte bastante difícil.

Se había ganado mi corazón. Era suya.

Me tomó de la mano.

—Vamos, tontita. Quiero llevarte a casa de mi padre para almorzar, y ya es tarde.

—¿En serio? —Miré el reloj. No imaginaba que Matt quisiera quedar con su padre y me avisara con apenas tiempo—. Mierda.

Como si fuera un derviche, entré en la casa de Aletha dando vueltas frenéticamente.

—No sé qué ponerme… —gemí.

Matt me siguió y se sentó sobre la cama, observándome con las manos en la nuca y una sonrisa de satisfacción en su rostro.

—Ponte lo primero que encuentres. Estás genial con cualquier cosa, y sin nada también…

—Oh, cielos. Oh, cielos. Oh, cielos…

Las prendas de ropa empezaron a salir volando de la maleta y a caer en el suelo de la habitación.

—¡No tengo nada!

—Esto —dijo Matt recogiendo una de ellas—. Ponte esto. —Era el vestido, el de las florecillas negras y la espalda descubierta—. Con unas medias y las botas. Te queda brutal.

Se lo arrebaté y examiné la tela arrugada.

—Pásamelo —dijo una voz que nacía desde el umbral de la puerta.

Allí estaba Aletha, con las manos extendidas. Casi me puse a llorar al ver su cálida sonrisa. En mi casa era yo la que planchaba no solo mi ropa, sino también la de mi padre y mis hermanos. Mi madre siempre decía que tenía que colaborar. Incluso cuando iba de vacaciones, me pasaba horas planchando y con quehaceres domésticos. Odiaba planchar. Solo con ver una tabla me ponía furiosa. El pequeño gesto de Aletha me recordó lo mucho que anhelaba el amor de una madre, una que no permitiera que el alcoholismo de mi padre gobernara nuestras vidas, una que se entusiasmara cuando la llamaba por teléfono, que se interesara por mí, una más dulce.

—Gracias, Aletha.

—Un placer, cariño.

Creo que lo decía de verdad, que plancharme el vestido la hacía realmente feliz.

Veinte minutos después, me encontraba en el asiento del copiloto de la furgoneta de Aletha, nerviosa, mientras Matt ponía a todo volumen Sex Pistols y golpeaba el volante siguiendo el compás, esquivando el tráfico y totalmente ajeno a mi nerviosismo.

—¡Oye! —grité por encima de la música.

Bajó el volumen y me miró.

—No tengas miedo, Grace. Son una panda de gilipollas pretenciosos. Tú toca algo para ellos. Quedarán impresionados. Y Monica se pondrá celosa. Alexander seguro que se comporta como un idiota. Mi padre y su mujer serán amables y corteses contigo, pero engreídos. Mencionarán a algún chef famoso que ha cocinado para nosotros y él comentará lo caro que es el vino.

—Me siento mal por presentarme allí con las manos vacías.

—Mi madre me ha dado una botella de Prosecco.

—¿Qué es?

—Un vino espumoso, parecido al champán.

—Perfecto —suspiré aliviada.

Cuando llegamos a la entrada de lo que modestamente calificaría de mansión, los ojos se me salieron de las órbitas. La fachada estaba decorada con unas luces blancas y en el círculo central que formaba el camino de acceso había un magnífico árbol de Navidad adornado con unos lazos grandes y extravagantes y unas enormes bolas de cristal.

—A mi madrastra le encantan estas chorradas, pero no lo hace ella. Contrata a gente para que lo decoren.

Recordé la botella de vino en el asiento trasero y la cogí. Ambos nos encaminamos hacia la puerta con cierto recelo. Matt llamó al timbre; me pareció extraño que no tuviera las llaves de la casa en la que había crecido.

Abrió la puerta una mujer rolliza de unos sesenta años, ataviada con un delantal que pensaba que solo llevaban en las películas. Era la Alicia de *La tribu de los Brady*, pero en la versión menos alegre.

—Matthias —saludó.

Su acento era rudo y se apreciaba cierto deje alemán.

Matt se inclinó hacia ella y le dio un par de besos.

—Naina, esta es Grace.

—Encantada de conocerte.

Me estrechó la mano con firmeza y dio media vuelta. La seguimos a través de un vestíbulo y después por un largo pasillo.

«¿Quién es?», pregunté articulando las palabras con los labios.

—El ama de llaves —susurró Matt, y después, acercándose a mi oído, añadió—: Es mala.

Abrí los ojos de par en par.

Naina giró sobre sus talones y se paró en seco.

—Que te oigo, pequeño.

Matt sonrió.

—Naina lleva con nosotros desde que yo tenía doce años. Me ayudaba con los deberes, me enseñaba palabrotas en alemán y siempre me daba toneladas de chocolatinas a escondidas.

Naina dio un golpe en el suelo con el pie y puso los brazos en jarras sobre sus anchas caderas.

—¡Matthias! —lo regañó. Sin embargo, un segundo después, se sonrojó y empezó a reír—. Ven aquí, granuja. —La robusta mujer le dio un abrazo de oso que prácticamente levantó a Matthias del suelo—. Te he echado de menos. Esto no es lo mismo sin ti.

Se separaron.

Matt la apuntó con el pulgar.

—Soy su favorito.

—Vamos, vamos, ya basta —contestó Naina volviéndose y reemprendiendo la marcha.

Aunque ignoró el comentario de Matt, intuí que era cierto.

Faltaban dos días para Navidad y yo estaba a punto de conocer al padre de Matt, a su hermano, a su madrastra y a su vengativa exnovia/futura cuñada. Me sentía feliz de llevar algo al entrar en la sala; era como un escudo contra aquello que, fuera lo que fuera, nos aguardaba en el enorme salón. Sin embargo, Matt me arrebató la botella de Prosecco de las manos —adiós, escudo— y entró en la sala primero, con los brazos extendidos, sacando pecho y con el vino en la mano derecha.

—¡Feliz Navidad, familia! ¡Ya he llegado!

Vi al padre y a la madrastra de Matt en pie junto a una ventana que iba desde el suelo hasta el techo y que daba a un espléndido jardín trasero con una fulgurante piscina. Su padre llevaba traje oscuro y corbata. Su madrastra iba ataviada con una falda lápiz beis, una blusa blanca y un reluciente juego de perlas. Con aquel pelo rubio, cortado en un impecable bob, y la piel tersa y operada era justo lo contrario de Aletha.

Su padre tenía el aspecto distinguido de un hombre que pasaba mucho tiempo frente al espejo, pero su sonrisa era genuina, como la de Matt. Una figura se levantó del sofá. Supe sin lugar a dudas que se trataba de Alexander. Vestía un traje blanco, camisa rosa y no llevaba corbata. Los tres botones superiores estaban abiertos, revelando un pecho bronceado y lampiño. Su cabello era de un tono más claro que el de Matt y parecía plastificado por la gomina.

En tres zancadas se plantó ante Matt.

—Sí, Matt ha llegado, tarde como siempre —dijo jovialmente. Cogió la botella que sostenía Matt y la examinó—. Y, vaya, mirad: nos ha traído una botella de champán para pobres. ¿Qué os parece? A lo mejor podemos utilizarla para asar el cerdo.

«¿Lo decía en serio? Madre mía».

Sentí que se me revolvían las tripas y que el corazón me daba un vuelco al recordar a Aletha dándole la botella a Matt, y Matt, que sospechaba la reacción de su familia, sin atreverse a decírselo... o a decírmelo a mí.

Quizá ese era el motivo por el que me la había arrebatado en el último segundo.

Ignorando a su hermano, se apartó y me cogió del brazo.

—Os presento a Grace.

Saludé torpemente.

—Hola, querida. Soy Regina —dijo educadamente su madrastra acercándose.

Mientras le estrechaba la mano, el padre de Matt se acercó a él y lo abrazó sin decir palabra. Acto seguido, volvió a desviar su atención hacia mí.

—Hola, Grace, encantado de conocerte. He oído hablar de ti y de tu música.

Tragué saliva, preguntándome qué habría oído.

—Gracias, señor. Un placer conocerlo.

—Por favor, llámame Charles.

Me entraron ganas de decirle «¿Qué tal, Charlie?», y solté una risita.

—De acuerdo, Charles.

Alexander se hizo a un lado y vi a una mujer de pelo negro

que entraba en la estancia desde el extremo opuesto. Era guapa, la típica chica perfecta. Pelo largo y liso, ondulado en las puntas. Grandes ojos marrones, con una mirada sorprendentemente cariñosa. Sin embargo, enseguida advertí su sonrisa de Joker, grande y falsa, con un toque de picardía. Se acercó con movimientos felinos.

—Matthias.

Su voz era altiva.

—Hola, Monica. Te presento a Grace.

Aquella espeluznante sonrisa fingida regresó mientras me recorría de arriba abajo, desde las botas hasta mi rostro. Le tendí la mano, pero quedó allí, suspendida en el aire.

Finalmente, la estrechó.

—Encantada de conocerte. Pareces su tipo.

—Hum…

Monica miró de nuevo a Matt.

—¿Sabe hablar?

—Chicos, pasemos al comedor —interrumpió Charles.

Se lo agradecí.

Los seis nos acomodamos alrededor de una gran mesa brillante y de color negro, dispuesta con una cubertería de plata y unas copas de champán de cristal. Matt y yo nos sentamos frente a Alexander y Monica, mientras que Regina y Charles se ubicaron cada uno a un extremo. Naina empezó a servirnos con movimientos rápidos y elegantes.

Charles anunció que el chef Michael Mason había preparado la comida. Me incliné hacia Matt.

—¿Quién es? —susurré.

—¿A quién le importa? —dijo Matt en voz alta.

Todos fingieron no haber oído nada.

Regina y Monica charlaban sobre algún diseñador que trabajaba en el vestido de novia de Monica, mientras que Charles le contaba a Alexander las últimas negociaciones contractuales de la empresa. Así que, básicamente, se dedicaron a ignorarnos durante la mayor parte de la comida, y yo debería haberlo agradecido. Cuando llegó el postre, y tras un par de copas de champán, Monica y Alexander centraron toda su atención en nosotros.

—Tocas el violonchelo, ¿verdad? —preguntó Alexander.

—Sí.

—Vaya, ¿así que tú eres la violonchelista? —dijo con tono perspicaz.

—Sí —repetí.

Advertí la preocupación grabada en el rostro de Matt, que miraba fijamente a Monica, tratando de descifrar sus intenciones. Su sonrisa empalagosa y su risa falsa me provocaron un escalofrío. Miró a Alexander, pero me señaló a mí.

—¿Así que es esta? —Y desviando la mirada hacia el padre de Matt, añadió—: Esta es la chica a la que sacaste del apuro, ¿verdad, Charles?

—¿Cómo dices? Ejem..., ¿apuro? No sé a qué te refieres —dije casi en un susurro.

«¿Quién era esta chica dócil y estúpida en la que me había convertido con aquella gente?».

—No se refiere a nada. Monica, no me parece una conversación adecuada para una sobremesa.

El tono de Matt era cortante.

Separé un poco mi silla de la mesa.

—¿El baño? —pregunté a quien quisiera rescatarme.

—Al final del pasillo, segunda puerta a la derecha —indicó Regina.

Al incorporarme, me tambaleé un poco por culpa del champán y me sentí mareada. Matt se levantó, pero yo enfilé rápidamente el pasillo, con él siguiéndome de cerca. Entré en el cuarto de baño y traté de cerrar la puerta, pero la enorme puntera de una de las botas militares de Matt me lo impidió.

—Espera. Déjame entrar.

—¡No! —grité.

—Grace, hablo en serio. Déjame entrar… Por favor.

Con los ojos llorosos y la mirada gacha, abrí la puerta y le franqueé el paso. Matt me cogió del mentón y lo levantó. Su mirada era furiosa, ardiente, como ron en llamas.

—Escúchame. Le pedí prestado dinero a mi padre para ayudarte a recuperar el violonchelo. No entré en detalles con él porque sabía que…, bueno, que no entendería tu situación. Además, no tienen por qué saberlo. Eres buena, amable y pura, y no necesitas que esta gente te lo diga. Deja que piensen lo peor. Deja que Monica saque sus prejuicios de mierda. Deja que Alexander piense que hemos utilizado el dinero en tu quinto aborto. Que se vayan todos al infierno. No me importa y a ti tampoco debería importarte. Nunca en su vida se sentirán satisfechos porque, por mucho que tengan, siempre querrán más. Ahora mismo quieren arrebatarnos la dignidad porque tenemos algo que ellos no tienen.

—¿El qué? —bufé.

—Esto.

Se inclinó y me besó suave y lentamente. Acto seguido, cruzó el cuarto de baño, abrió el armario debajo del lavamanos y rebuscó en su interior, estirando el brazo para alcanzar el fondo del mueble.

—¡Aquí está! Sabía que Naina no me fallaría.

Era una botella de tequila. Desenroscó el tapón y bebió un trago.

—Tengo que conducir, pero tú puedes emborracharte. Adormecerá el dolor de tener que soportar a mi familia, créeme.

Después de tres grandes tragos, sentí cómo el calor se extendía por mi rostro. Siempre me sonrojaba al instante cuando bebía tequila.

—Estoy lista.

Me revolvió el pelo.

—Ahora sí que lo estás. Parece que acabes de echar un polvo. Vamos a hacer que se retuerzan de envidia.

Cuando regresamos, los encontramos en la sala de estar, en pie, junto al reluciente piano de cola. Al advertir nuestra presencia, Monica nos lanzó una mirada sorprendida. Alexander parecía celoso, y Charles y Regina nos observaban con expresión curiosa mientras yo me abanicaba con la mano.

—Sí que has tardado —me reprochó Alexander.

—Sí. Matt se toma su tiempo —murmuré pasando por detrás de él.

Me senté en la banqueta del piano y me abaniqué con dramatismo por última vez antes de posar mis dedos sobre las teclas.

—¿Puedo tocaros algo?

—Eso sería fantástico, Grace —celebró Charles.

El tequila que me corría por las venas relajaba mis músculos, rígidos a causa del estrés. Empecé a tocar, primero despacio, intensificando poco a poco la melodía. La música empezó a repetirse una y otra vez, más y más alto, haciendo emerger sensaciones y emociones, como si de una experiencia espiritual se tratara. Me entraron ganas de gritar: «¿Alguien puede decir "amén"?». Cerré los ojos y toqué durante cinco minutos sin equivocarme en una sola nota.

Cuando terminé, todos guardaron silencio. Con los nervios a flor de piel, esperé a abrir los ojos hasta oír el sonido de los aplausos.

Primero miré a Charles, que estaba radiante.

—Ha sido magnífico, Grace. ¿Qué era, Bach?

—Pink Floyd. «Comfortably Numb» —sonreí.

—Bueno, en cualquiera de los casos, ha sido precioso —alabó Regina.

—Gracias.

Me puse en pie y advertí que Monica se había situado junto a Matt y que lo miraba fijamente. Él no se daba cuenta porque tenía los ojos clavados en mí y sonreía, una enorme sonrisa cursi llena de un millón de megavatios de orgullo.

Cuando me acerqué a él, hizo el gesto de disparar el obturador de una cámara imaginaria.

—Joder, qué hermosa eres —dijo.

Monica lo presenció todo, pero lo mejor fue que a Matt no le importó si ella lo veía o no. Sospecho que ni siquiera la tenía en mente. Alexander pasó junto a él y le propinó un fuerte golpe en la espalda.

—Menudo talento de chica, hermano.

Matt abrió mucho los ojos, claramente sorprendido, quizá por el recuerdo del amor fraternal que habían compartido en el pasado o quizá porque Alexander me contemplaba como si fuera un trofeo.

—Así es —dijo sin desviar la mirada—. Tenemos que irnos.

Matt me tomó de la mano y tiró de mí hacia la puerta, rodeándome el hombro con el brazo.

—Gracias, papá y Regina. La comida ha estado genial. Volvemos con la furgoneta de mamá. —Inclinándose, me besó la oreja y susurró—: Te quiero toda para mí.

Justo antes de salir por la puerta, nos volvimos. Matt exclamó un «¡Feliz Navidad!» y nos marchamos, dejando a nuestras espaldas una habitación llena de caras boquiabiertas.

—¿A santo de qué ha venido todo eso? —le pregunté mientras recorríamos el camino de acceso.

—Les he dicho que eres mía.

No podía dejar de sonreír.

Los Sex Pistols volvieron a sonar. Matt subió el volumen y empezó a hacer su mejor imitación de Sid Vicius, cantando algo sobre unas vacaciones al sol. Sonreí y observé por la ventanilla cómo el tráfico de la calzada contraria se convertía en un conjunto de estelas borrosas de color rojo.

Pasamos los siguientes tres días en casa de su madre, explorando las calles en la moto de Matt. En un mercadillo de segunda mano encontré una hebilla de cinturón cuadrada, muy chula, de peltre negro con un búho gris en el centro. Matt esperó fuera mientras la pagaba. Cuando salí de la tienda, me estaba esperando montado sobre la moto aparcada, tan sexi como siempre. De brazos cruzados y con los ojos entornados, deslumbrado por el sol, esbozaba una sonrisa, su típica sonrisa traviesa. Al acercarme a él, una ráfaga de viento me echó el pelo hacia atrás. Matt levantó la cámara invisible y sacó una foto.

—Espero que me hayas comprado la hebilla del búho, Gracie...

Le di un puñetazo en el brazo.

—Imbécil. ¿Por qué has tenido que estropearlo?

—Bésame.

—Has arruinado la sorpresa —le reproché.

—BÉSAME. BÉSAME.

La mañana de Navidad nos sentamos alrededor del árbol de Aletha e intercambiamos nuestros regalos, la mayoría de ellos caseros. Aletha había hecho cuatro bonitas tazas con su nuevo torno y nos las ofreció.

—Las he esmaltado. Llevan vuestras iniciales en la parte inferior: hay dos con las tuyas y otras dos con las de Grace —explicó Aletha mientras Matt las sacaba de la caja.

—Eh... Son geniales, mamá. Gracias.

Le entregó un gran marco envuelto.

—Esto es de parte de los dos.

Le apreté la mano, agradecida. Sabía que no había podido comprarle nada.

Aletha lo desenvolvió y lo observó. Yo no tenía ni idea de qué era, así que me levanté y me puse detrás de ella. Al verlo, tragué saliva y sentí que se me llenaban los ojos de lágrimas.

Era un collage de los dos. En ninguna de las fotos se veían nuestras caras, pero éramos nosotros: nuestras piernas, brazos, manos, cabello, la mayoría entrelazados, o el uno sobre el otro abrazados o tumbados ociosamente. Algunas tenían una luz borrosa, así que solo se veían nuestras siluetas. Era una colección impresionante que demostraba a la perfección el talento de Matt.

—Matthias, hijo… —exclamó Aletha, sin aliento—. Hijo…, estas fotos son increíbles. Y Grace, eres de una hermosura natural impresionante. Jamás me desprenderé de ellas.

Al abrazarme, una lágrima cayó de mi mejilla y aterrizó sobre el hombro de Aletha. Ella me miró sorprendida.

Sacudí la cabeza, avergonzada, y aparté la mirada.

—¿No lo habías visto, Grace? —preguntó.

—No —dije con la voz entrecortada—. Matt, es increíble.

—Me alegro de que te guste, porque te he comprado lo mismo —bromeó—. Está en tu cuarto de la residencia, esperando a que vuelvas. Lo dejé allí a escondidas, justo antes de marcharnos.

Me precipité hacia él y le planté un beso. Él me abrazó.

—Me encanta. Gracias.

Cuando le di el cinturón, lo examinó.

—Los ojos de Gracie —anunció.

Yo asentí.

—Ya te dije que lo pillaría —dijo Aletha.

Cuando a principios de enero regresamos a Nueva York, adoptamos una rutina. Explorábamos la ciudad, íbamos a clase, estudiábamos juntos en nuestros cuartos o, al menos, intentábamos estudiar. No conseguíamos quitarnos las manos de encima. Las tardes en que Matt trabajaba en el PhotoHut, yo me juntaba con Tati para practicar.

Aproximadamente un mes después, Matt me pidió que nos encontráramos en el salón, insinuándome que tenía planes y que quería llevarme a un lugar especial.

—Es la otra parte de tu regalo de Navidad. Tenía muchas ganas de dártelo —me dijo con una mirada radiante.

Me tomó de la mano y me sacó de la residencia.

Caminamos abrigados de la cabeza a los pies hasta Arlene's Grocery, un pequeño local donde tocaban bandas locales.

—No mires los carteles —me advirtió.

Nos abrimos paso entre la multitud hasta el escenario. Matt se adelantó, apartando a la gente, pero yo no veía más que espaldas. Cuando por fin llegamos cerca del escenario, me encontré mirando fijamente a los ojos de Jeff Buckley, que afinaba su guitarra.

Joder. Joder.

Vimos todo el concierto desde allí, en primera fila, con la gente balanceándose, a menos de un metro de mi intérprete favorito. En un momento, me pareció que Jeff posaba sus ojos en mí y esbozaba una sonrisa, pero luego desvió la mirada y comenzó a divagar sobre su parche de nicotina. Me volví hacia Matt y, moviendo los labios, le dije: «OH. DIOS. MÍO». Sabía que estaba en presencia de lo más grande.

Jeff desapareció después del concierto, pero no me molesté en buscarlo. Seguramente un año antes lo habría esperado como una *groupie* para que me diera un apretón de manos o para decirle lo mucho que lo admiraba, pero esa noche lo único que deseaba era regresar a la residencia con Matt. Estaba inspirada. Quería mi chelo.

—No ha tocado «Hallelujah» —comenté distraídamente de camino a casa—. Qué lástima.

—Seguro que está harto de tocarla —contestó Matt mientras nuestras manos se balanceaban adelante y atrás.

—Sí, puede que tengas razón. Por cierto, gracias. Ha sido increíble.

—Haría lo que fuera por ti.

—No te pongas cursi conmigo, Matthias.

Él soltó una carcajada.

—¿Quién es el que no se toma nada en serio?

15. Gracie…

MATT

Después de las vacaciones, Grace y yo pasamos todo el tiempo que pudimos juntos, casi siempre desnudos. Parecía como si tratáramos de condensar toda una relación en los pocos meses que faltaban para irme a Sudamérica. Puede que hubiéramos dicho un millón de veces que lo nuestro no iba en serio, pero, honestamente, no lo parecía. Grace evitaba cualquier conversación sobre qué haría cuando yo me marchara. Se obstinaba en recordarme que éramos jóvenes y a mí me parecía que trataba de quitarle hierro al asunto. Creo que intentaba protegerse. Y creo que yo también lo hacía.

Salíamos mucho con Tati y Brandon, y cada viernes íbamos a conciertos en salas de mala muerte en el Lower East Side y en Brooklyn. También pasábamos juntos los domingos, jugando o estudiando en la residencia. Pero al terminar el invierno y con la llegada de la primavera, todos empezamos a prepararnos para la recta final de la universidad y la siguiente fase de nuestras vidas. Si no hubiera sido porque vivía al lado de Grace, no sé si hubiésemos llegado a vernos.

Finalmente, el primer día cálido de abril, Grace decidió juntarnos a los cuatro bajo la estricta orden de encontrarnos frente al Old Hat a las diez de la mañana. El Old Hat era un garito de mala muerte al que íbamos después de que otros locales más amables hubiesen cerrado; era un lugar extraño para empezar el día.

Junté las manos y di una palmada.

—Muy bien, señorita, ¿de qué va todo esto?

—Whisky —respondió impasible.

Brandon rio.

—Son las diez de la mañana, Grace —le reprochó Tati, con los brazos en jarras.

Claramente, aquello no le hacía ni pizca de gracia.

Grace me tomó de la mano y me arrastró al interior.

—¿No os parece genial? Tenemos todo el día. Venga, somos jóvenes. Aprovechémoslo.

El camarero del Old Hat nos saludó. Grace alzó cuatro dedos.

—Cuatro whiskies, por favor.

—Madre mía. —Oí murmurar a Tati.

—¿De verdad, Grace? ¿Qué te propones?

Estaba completamente confundido.

Los cuatro nos sentamos en línea en la barra.

—Todos hemos estado muy ocupados últimamente y Matt se marcha pronto. Solo quiero pasar un rato con vosotros, emborracharnos y divertirnos, y nada de estudiar. Tengo todo el día planeado.

Tati levantó su chupito.

—Me has convencido. Me apunto.

—¡Salud! —exclamó Brandon.

Después de habernos terminado los chupitos de whisky, Grace nos miró.

—Muy bien, andando.

—Y ahora, ¿adónde vamos?

—Al cuarto oscuro —dijo con la mirada radiante y, tendiéndome un carrete, añadió—: Hay que revelar esto.

—Por favor, decidme que no son fotos de desnudos vuestros —bromeó Brandon.

—No, a estas alturas, ya están hartos de eso —sentenció Tati.

—No es eso —aclaró Grace—. Es una pista.

—¿Y qué se supone que vamos a hacer nosotros mientras lo reveláis? —preguntó Tati.

—Venís con nosotros —respondió Grace—. Matt os enseñará a hacer una ampliación.

Sonreí con satisfacción.

—Sí, será divertido.

Nos encaminamos hacia el laboratorio fotográfico del campus, absorbiendo el ambiente cálido y primaveral durante el trayecto. Había una serie de pequeñas estancias, destinadas a que los estudiantes reveláramos nuestros carretes, y una habitación más grande iluminada por una luz roja y llena de ampliadoras y bandejas. Puse varios negativos que tenía a mano para que Tati y Brandon hicieran las copias en las ampliadoras. Eran unas instantáneas mías y de Grace haciendo muecas estúpidas; un proyecto desechable, pero, al menos, serviría para mantener a Tati y Brandon ocupados mientras Grace y yo revelábamos el carrete. Recorrimos el pasillo y acorralé a Grace en uno de los cuartos más pequeños.

—Gracias por planearlo. Es divertido.

Apoyándola contra la puerta, la besé y coloqué su pierna por encima de mi cintura, acariciando su muslo y subiéndole el vestido.

—Creía haberte oído decir que no hacíais estas cosas aquí dentro.

—No sé lo que hace la otra gente y la verdad es que me da igual.

Grace gimió, pero se apartó.

—Vamos, Romeo. Tenemos que revelar ese carrete.

—Aguafiestas —murmuré—. De acuerdo, lo haré, pero, tarde o temprano, conseguiré lo que busco.

—Para entonces me tendrás a tu disposición, pero antes hay que revelar el carrete.

—Bien, tengo que apagar la luz roja para revelarlo, así que aquí dentro estará oscuro como boca de lobo durante más o menos doce minutos.

—¿A qué huele? —preguntó Grace arrugando la nariz.

—Es el líquido revelador.

Los olores químicos eran sumamente intensos en aquella habitación de dos metros cuadrados, en la que hacía un calor y humedad insoportables. En un lado, había un fregadero de acero inoxidable y una encimera, junto a un tanque estrecho con la solución en la que se sumergía la película. Sobre la encimera se veía un temporizador con unas manos que brillaban en la oscuridad. Al otro lado había un banco de madera.

Me agaché y encendí la radio que había debajo del fregadero. La música —cierto tipo de jazz suave que ponían en la radio de la universidad— salió de unos altavoces por encima de nuestras cabezas.

—No puedo cambiarlo, pero algo es algo.

Miré a Grace, sentada en el banco.

—¿Estás lista? Voy a apagar la luz.

—Lista.

Pulsé el interruptor. Los laboratorios fotográficos son tan oscuros y hace tanto calor que te entra sueño de inmediato. Grace dio un sonoro bostezo al otro lado de la estancia. Mis sentidos empezaron a funcionar a toda máquina. Abrí el carrete y, sin ver nada, sujeté la película con unas pinzas. Tanteando hasta el fregadero, conseguí depositarla con manos expertas en el tanque sin hacer ruido.

—¿Estás bien, cariño? —pregunté.

—Sí —respondió Grace con voz adormecida.

—Dame un minuto más.

Puse el temporizador y me imaginé a Grace a horcajadas sobre mí.

—Desnúdate.

Ella soltó una carcajada.

—¿Lo dices en serio?

—Soy capaz de muchas cosas en doce minutos —respondí tanteando hacia ella.

La agarré del brazo con firmeza y, acto seguido, empezamos a besarnos. No necesitábamos ningún sentido más; todo se redujo al tacto a partir de ese momento. La besé desde el lóbulo de la oreja hasta la base de su cuello y, a continuación, le quité el vestido. Ella me desabrochó el cinturón y me bajó los pantalones. Le di la vuelta. Desde detrás, le besé el hombro y le acaricié la espalda, las nalgas, hasta que le metí los dedos. No emitió ningún sonido.

—¿Estás bien? —pregunté.

—No pares —dijo jadeando.

Y después me deslicé en su interior. Oíamos nuestras respiraciones aceleradas, pero tratábamos de amortiguar los jadeos. Me moví, entrando y saliendo, primero lentamente y después con más rapidez y urgencia. Ella presionaba hacia mí, siguiendo mis movimientos. No se oía más que unos gimoteos débiles y nuestra respiración. Sentía la presión de sus nalgas y no pude contenerme. La ola de frío recorrió mi cuerpo como si todos mis nervios colapsaran a la vez. La atraje hacia mí y enterré mi rostro en su cuello. En un movimiento, salí de ella, me dejé caer sobre el banco y la subí a mi regazo.

Estábamos besándonos lenta y perezosamente cuando, ¡piiip!, el temporizador sonó. Me incorporé y encendí la luz roja. Grace se acercó a mí, aturdida. La abracé y le di un beso en la coronilla.

—Ha sido increíble. ¿Estás bien?

Su cerebro debía de haber dejado de producir sinapsis, porque se limitó a asentir.

Me dirigí hacia el fregadero, saqué poco más de un metro de negativos del tanque y lo deposité en un contenedor lleno de agua que actuaba de baño de paro. Nos vestimos con rapidez y abandonamos la estancia.

Después de que los negativos se hubieran secado, los examiné y encontré que casi todos eran negros, excepto los del final. Había tres fotos, cada una de ellas con una palabra en un trozo de papel. «Piano». «Pinta». «Pistachos».

Miré a Grace.

—¿Las tres pes? —pregunté haciendo alusión a un pequeño bar de mala muerte que había cerca de la residencia, que tenía un piano y donde programaban sesiones de karaoke los viernes. Cuando íbamos, le había pedido muchas veces a Grace que tocara y cantara para mí, pero ella se negaba.

—Lo has adivinado. Vamos a buscar a Tati y Brandon. ¡Será muy divertido! —gritó arrastrándome por el pasillo hasta nuestros amigos.

En el exterior, Tati sacó una petaca de whisky de su bolso.

—Qué organizada —comenté.

—Pensaba que Grace iba a llevarnos a un montón de museos. Mejor estar preparada. ¿Quieres?

Tomé un trago y, tras hacerlo, Grace me lo quitó de las manos.

—Soy yo la que lo necesita. Vamos.

Cuando llegamos a Las Tres Pes, ya estábamos borrachos. No había nadie en el local, excepto una camarera a la que no reconocí. Grace se inclinó sobre la barra.

—Estoy haciendo un juego con mi novio y mis amigos, y me preguntaba si te importaría que tocara una canción supercorta —dijo apuntando hacia el escenario.

—Oh, Dios mío, va a hacerlo —exclamó Tati.

La camarera alzó la mirada y esbozó una sonrisa.

—¡Adelante! No hay nadie. ¿Os sirvo algo?

—Claro. Cuatro pintas.

La camarera nos sirvió las cervezas y todos observamos cómo Grace se bebía la suya en tres tragos.

—Madre mía —exclamé.

Justo cuando se encaminó hacia el piano, oí la campanilla de la puerta. Al darme la vuelta, vi que entraban varios oficinistas, que se sentaron a almorzar en las mesas con bancos. Eran siete. La audiencia de Grace había aumentado exponencialmente en un instante.

Ante el piano, Grace ajustó la posición de la banqueta, haciéndola chirriar sobre los tablones de madera del escenario.

—Lo siento —murmuró hacia el micrófono, que, sin duda, estaba demasiado alto.

Los oficinistas y la camarera le prestaron atención. Parecía estar muy nerviosa. Le sonreí y su expresión se relajó un poco. Se inclinó hacia atrás y ajustó una ruedecita del sistema de sonido.

—¿Mejor?

Asentí.

—¡Venga, Grace, lo vas a bordar! —gritó Tati.

—Bien, esta es una canción mía, pero también es vuestra próxima pista, así que prestad atención, chicos.

Su risa nerviosa resonó en el silencio del local.

—¿Grace escribe canciones? —preguntó Brandon.

Tanto Tati como yo lo hicimos callar.

Grace empezó con una introducción musical que sonaba a típico jazz de antro y, acto seguido, empezó a aumentar el ritmo hasta que surgió una melodía. Me parecía fascinante que fuera capaz de tocar cualquier instrumento sin ningún esfuerzo. Sin embargo, cuando empezó a cantar, todos contuvimos la respiración. Nadie la había oído antes, pero, como en todo lo que hacía, era sorprendentemente buena.

Corramos al lugar donde juega la realeza,
Juntémonos con amigos y escondámonos en la maleza.
A la vista, pero sin ser vistos,
Qué temerarios, que imprudentes.
Qué instantes más divinos.
¿Por qué no vamos al lugar donde los niños bailan?
Los generales forman,
y en verano el agua nos llega a las rodillas...

Cuando terminó, todos nos pusimos en pie y aplaudimos.

—¡Bravo! —gritó Tati.

—¡Di que sí! —exclamaron los oficinistas, también batiendo palmas.

—Tío, qué bien lo ha hecho. Ni siquiera sabía que tocaba el piano —dijo Brandon.

—Es fantástica —murmuré mientras la observaba bajar del escenario.

Tati me dio un codazo y me guiñó un ojo.

—Eres un millón de veces mejor que todos los que vienen al karaoke —le gritó la camarera.

La atraje hacia mí y la contemplé. Ella me miraba, sonriendo. Estaba roja como un tomate. Le planté un beso en la punta de la nariz.

—¿El parque de Washington Square?

Grace soltó una carcajada.

—¿Tan evidente ha sido?

—Un poco. Eres muy mala con las pistas, pero sigue siendo divertido. ¿Unos chupitos antes de irnos?

La camarera nos sirvió una ronda de chupitos de whisky

y después nos detuvimos en un puesto callejero de perritos calientes en nuestro trayecto hacia el parque. No era más de la una y ya estábamos muy borrachos. Sospechaba que, si no comíamos otra cosa que perritos calientes, acabaría llevando a Grace en brazos a la residencia.

—Me lo estoy pasando muy bien. Me alegro de que lo hayas organizado —le dije.

La verdad es que Grace y yo nos lo pasábamos bien hasta doblando la colada, y Tati y Brandon se apuntaban a todo. Todo fluía entre nosotros.

Una vez que llegamos al parque de Washington Square, nos sentamos donde siempre, bajo nuestro árbol. Brandon encendió un porro y nos lo fuimos pasando. Recliné la cabeza sobre el regazo de Grace.

—No se me ocurre mejor manera de pasar un miércoles —dije entre bostezos.

—¿Sabes una cosa? Graceland solía organizar este tipo de cosas para su hermano y sus hermanas —comentó Tati.

—Ah, ¿sí? —Alcé la mirada y esbocé una sonrisa.

—Sí, para pasar el rato —dijo Grace con aire ausente—. Aunque esto es un poco diferente. —Hizo una pausa y tomó aliento—. Os he reunido para deciros que me han aceptado en el posgrado. ¡Me quedo en la NYU!

Levantó las manos en señal de celebración.

—¡Oh, cielos! —Me puse en pie y la alcé en brazos, haciéndola girar—. ¡Enhorabuena!

Advertí que Tati guardaba silencio y que Brandon parecía no saber qué hacer.

Cuando la devolví al suelo, ella los abordó.

—Eh, chicos, ¿es que no os alegráis?

Tati se encogió de hombros.

—Supongo que sí. Enhorabuena, Grace. —Se levantó y, recogiendo el bolso, añadió—: Oye, Brandon tiene que acabar un trabajo y yo he quedado con Pornsake para hablar del verano.

Algo cambió en la expresión de Grace.

—Así que, oficialmente, ¿te vas de gira?

—Bueno, ¿a qué viene tanto interés? ¿Qué te preocupa? —preguntó Tati con ironía—. Te han admitido en el posgrado.

—No me preocupa. Ni siquiera tocamos el mismo instrumento.

—Pues parece que sí lo haga. Al menos, un poquito. Aunque no entiendo muy bien por qué. Fuiste tú la que le dio calabazas.

—No le di calabazas exactamente.

—Te compró un arco de mil cien pavos, Grace.

—¿Y?

—Va a hacer un posgrado, Tati —dije frunciendo el ceño hacia ella—. Por eso no va a ir a Europa con Pornsake.

—No, lo que va a hacer es quedarse aquí esperándote, Matt. Esperando a que vuelvas a Nueva York.

—¡Tatiana! —la reprendió Brandon.

—¿Qué? Es verdad.

—Voy a hacer el posgrado porque quiero un título superior. Puedes callejear todo lo que te dé la gana por Europa con Pornsake durante el próximo año y medio. A mí me da igual.

Grace dio media vuelta y se fue hacia las mesas de ajedrez. Yo miré furioso a Tati. Había arruinado la noticia de Grace y nuestro día.

—Para que quede claro, nunca he presionado a Grace para que se quedara.

—Ni os planteáis separaros un año entero, pese a que esa gira constituye una oportunidad brutal y sería una gran experiencia para ella.

Miré a Brandon y después volví mi rostro de nuevo hacia Tati.

—¿De verdad vosotros podríais estar tanto tiempo separados?

—A diferencia de vosotros, nosotros vamos en serio, Matt. Brandon y yo podemos pasar cinco minutos separados y no perder la cabeza.

—Pues si vais tan en serio, ¿por qué no te casas con él?

—Vamos, Matt, tío, madura. ¿Cuántos años tienes, cinco?

—Me casaría con Grace sin pensarlo. Así de en serio vamos.

Volví la mirada para ver a Grace, que estaba en medio del parque, jugando al ajedrez con un hombre bajito de cabellos canos.

Tati sonrió con satisfacción, ofreciéndome su mano.

—Esto huele a desafío.

—¿De qué estás hablando, Tati? —dijo Brandon, confundido y espabilando.

—Oh, Brandon, cierra el pico. —le soltó ella. Acto seguido, me miró de nuevo—. ¿Piensas que no somos capaces de hacerlo?

Solté una carcajada.

—No tengo ni idea, Tati. Brandon no parece muy motivado.

Ella se volvió hacia Brandon, que tenía los ojos abiertos de par en par.

—Te casarías conmigo, ¿verdad, Brandon? Después de... después de todo lo que hemos hecho...

Alzó las cejas con aire suspicaz.

—Supongo… —balbuceó Brandon.

—¿Lo ves, Matt? —añadió volviéndose de nuevo hacia mí—. Lo tuyo sí que es de boquilla.

Tendí la mano hacia ella.

—Me apuesto algo a que lo hacemos antes que vosotros.

—Hecho —respondió Tati fulminándome con la mirada.

—¿Y qué nos apostamos?

—El que pierda le paga una noche de juerga a los recién casados —dijo ella.

Nos dimos la mano.

—De acuerdo —accedí.

Lo habría hecho a cambio de nada.

16. Debería habértelo dicho

MATT

Dejé a Brandon y a Tati en el árbol y fui a buscar a Grace con una idea en mente. Sentado en un banco cerca de la fuente, encendí un cigarrillo y esperé a que terminara su partida de ajedrez. Me dediqué a lanzar círculos de humo al aire mientras pensaba cómo iba a convencerla de que nos casáramos.

«Necesito que esté más borracha».

Grace se acercó con una sonrisa en el rostro. Al parecer, toda la tensión había desaparecido y me sentí aliviado.

—¿Quién era ese?

—Orvin. El que fabricó el arco.

—Ah, ¿el que te compró Pornsake? —pregunté arrugando la nariz.

—¿Puedes parar con eso?

—¿Y qué te ha dado el viejo?

—El número de teléfono de un grupo que toca en un garito de la calle Allen. Están buscando un chelo e igual me saco unos cuantos pavos. ¿Tati y Brandon se han ido?

—Sí.

Aquello pareció decepcionarla, como si esperara que todo el asunto con Tati se hubiese esfumado después de su partida de ajedrez.

—Vale, vamos.

—Espera, aún no me has visto saltar a la comba con dos cuerdas.

Mi cerebro ebrio había decidido que esa era la manera de convencerla. Era un plan brillante.

—Anda ya. No sabes saltar con dos cuerdas.

—Sí que sé. ¿Ves a esas chicas de allí? Las conocí hace dos días. Les enseñé yo.

—No me lo creo.

—Ahora verás. Voy a demostrártelo.

Nos acercamos a las chicas y, al verme, la que estaba saltando se detuvo.

—Oh, vaya, pero si es Matty, Matty Doble Cuerda —dijo con una mano en la cadera.

Miré a Grace.

—¿Lo ves?

Sus ojos se abrieron de par en par. Empecé a hacer estiramientos, tocándome los pies y ladeándome. Grace se partía de la risa.

—¿No pensarás…? —empezó a decir.

—Ah, sí. Voy a hacerlo. Observa.

Me puse en posición. Las dos chicas empezaron a hacer girar las cuerdas. Yo me metí en el centro haciendo una impecable rueda y empecé a saltar. Era un movimiento arriesgado. Solo había conseguido que me saliera bien una vez en el pasado, pero sabía que era el momento de sacar toda la artillería. Hice todo lo que las chicas me pedían cantando.

—Matty, Matty, da una vuelta. Matty, Matty, toca el suelo. Matty, Matty levanta el pie. —Salté a la pata coja—. Matty, Matty, muy bien. Matty, Matty, sube las escaleras. —Di saltos más altos mientras las cuerdas giraban a más velocidad. Grace se tronchaba de risa—. Matty, Matty, ponte a rezar. Matty, Matty enciende la luz. Matty, Matty, di buenas noches.

Dejaron de cantar y las cuerdas giraron más y más rápido hasta que, finalmente, las dos mocosas consiguieron que tropezara. Grace se reía tanto que creo que no podía ni respirar, estaba roja como un tomate.

Las chiquillas aplaudieron, al igual que lo hizo un pequeño grupo de gente que se había congregado a nuestro alrededor. Saqué pecho, me soplé los dedos y los froté contra mi camiseta.

—No ha estado mal, ¿eh?

—Eres una caja de sorpresas —dijo Grace tratando de recuperar el aliento.

—Y siempre lo seré..., para siempre.

—¿Dónde aprendiste?

—Fui monitor de campamentos el verano pasado.

—¡Ja! Eres un santo.

—De hecho, me despidieron.

—¿Por qué?

—Mejor no preguntes.

—Bueno, pues quiero saberlo, básicamente porque te despidieron de un trabajo relacionado con niños. Es una clara señal de alarma.

—Fue todo culpa de otra monitora, Clara Rumberger. Su madre, Jane, era la directora.

—¿Qué ocurrió? ¿Te pillaron enrollándote con ella?

—No exactamente. De hecho, era Jane la que… digamos que sentía algo por mí.

—¿La madre?

Se quedó de piedra.

Asentí, sintiéndome más incómodo a cada segundo que pasaba.

—¿Y qué hiciste, Matt?

—Bueno, digamos que Clara… nos pilló, ejem, bueno, algo acaramelados en la cocina del campamento después de que fuera la hora de acostarse.

—Oh. Dios. Mío. Qué cerdo. —Me dio un golpe en el brazo—. No puedo creerme que te enrollaras con una asaltacunas. Bueno, ¿y por qué te despidieron?

—Pues, al parecer, Clara amenazó con contárselo a su padre, el marido de Jane, si no me despedían.

—¿Estaba casada?

Levanté las manos en mi defensa.

—Me dijo que se estaban divorciando.

—Tío, seguro que Tati le sacaría todo el jugo a esta historia.

—Lo que me recuerda… ¿Qué os ha pasado antes?

Regresamos hablando hacia el árbol.

—No lo sé. Se ha rebotado porque cree que estoy renunciando a algo por ti.

Tomándola de la mano, la hice girar. Ella me miró y después desvió la mirada rápidamente.

—Grace, mírame. ¿Estás renunciando a algo por mí?

—No —dijo sin titubeos.

—No me gustaría que tuvieras esa sensación. Para nada. Tú misma dijiste que éramos jóvenes, que teníamos que hacer aquello que sintiéramos.

—¿Qué quieres decir con eso? —murmuró.

—No estoy muy seguro, pero sé que voy a irme de prácticas y que tú deberías irte con Pornsake si eso es lo que sientes. Siempre puedes hacer el posgrado después.

—Dan quiere hacer una gira de un año y medio, Matt. Ya la tiene planeada. Ha estado ahorrando y preparándola durante mucho tiempo.

—Vale…

—Lo que significa que no nos veríamos en mucho tiempo.

Con solo pensarlo se me hacía un nudo en el estómago.

—Pero si es lo que crees que deberías hacer cuando terminemos el curso, hazlo.

Grace parpadeó un par de veces, negó con la cabeza y bajó la mirada.

—¿Y ya está? ¿Es así cómo funciona? «Adelante, Grace, lárgate un año entero y que te vaya bien».

El corazón me latía desbocado.

—¿Se ha terminado tu búsqueda del tesoro?

—¿Ahora cambias de tema?

—Vamos a algún sitio y hablamos mientras echamos un trago —sugerí.

—Sí, Matt, porque borrachos tomamos siempre las mejores decisiones.

—Venga, vamos —insistí—. Tengo una idea.

Encontramos un pub y nos pasamos allí el resto de la tarde.

Pero en lugar de hablar, ahogamos las preguntas que rondaban nuestro futuro, que nos rondaban, en alcohol. Grace eligió diez canciones de la gramola e insistió en quedarnos hasta que terminaran. Para cuando sonó la última, estábamos completamente ebrios.

—¿Estás borracha? —farfullé.

—¿Y tú, Matthiusss?

—Necesito llevarte a un sitio, ¿vale, Grace? —dije arrastrando las palabras.

La saqué a trompicones del local y nos dirigimos al metro. Nos reímos de forma histérica mientras tratábamos de mantener el equilibrio sin agarrarnos a los postes. Por lo visto, los que nos acompañaban en el vagón no lo encontraban tan divertido. Nos apeamos en el centro de la ciudad y caminamos un par de manzanas.

—Mira —dije señalando hacia el Ayuntamiento—. ¡Deberíamos casarnos ahora mismo, Grace! Es lo único que lo arreglaría TODO. —La cogí de los hombros y la miré a los ojos, que irradiaban felicidad… o quizá fuera simplemente la borrachera—. ¿Quieres?

—Esss güena idea, Matt —farfulló.

No sé cómo, pero nos las arreglamos para rellenar todo el papeleo y soltar cincuenta pavos. La jueza de paz, una mujer pelirroja de cabellos cortos con aire enfadado, nos dijo:

—Necesitáis un testigo, y yo solo tengo catorce minutos. Será mejor que os deis prisa.

—Espere —dije.

Volví unos minutos después con un vagabundo que decía llamarse Gary Busey. Le pagué diez pavos.

La ceremonia apenas duró un minuto. Creo que pronuncié el «Sí quiero», igual que lo hizo Grace, y después nos dimos un beso pastoso. A nuestras espaldas, Gary Busey carraspeó.

—Eh, vosotros dos, buscaos un hotel.

Le dimos un abrazo y después corrimos disparados hacia el baño para quitarnos el penetrante hedor a salami que Gary había dejado en nuestras manos. Cuando salí, Grace estaba esperándome en el vestíbulo.

Le tendí la mano.

—Señora Shore, ¿me concede este baile?

—Sí, esposo mío. Será un honor.

Bailamos como unos tontos durante unos minutos y después abandonamos a trompicones el edificio entre risas. Tras coger el metro hasta East Village, llevé a Grace a cuestas las ocho manzanas que nos separaban de la residencia, donde nos dormimos después de comer una bolsa de nachos en la sala común.

Noté que alguien me sacudía.

—¿Matt? ¿Qué estáis haciendo los dos aquí abajo? —dijo Daria.

La miré con los ojos entornados. Tenía una jaqueca terrible y la pequeña lámpara de escritorio en la mesa de la sala común penetraba en mi cerebro como si fuera una luz de radiación Vita.

—Oh, mierda —murmuré llevándome una mano a la cabeza y la otra al estómago.

Tenía la madre de las resacas. Volví la cabeza y vi a Grace, que dormía como un tronco en aquel sofá sucio.

—Grace.

La sacudí y ella respondió con un gruñido de dolor, gimoteando como un animal herido.

Daria nos ayudó a levantarnos y nos dirigimos a nuestros cuartos.

Me pasé la mañana arrodillado ante el altar de porcelana de un dios vengativo antes de perder la conciencia de nuevo.

Más tarde, fui al cuarto de Grace y encontré la puerta entreabierta.

—¿Estás bien? —dije entrando.

—Sí, pasa.

La encontré en el suelo, con el rostro sobre aquella alfombra llena de gérmenes. Su palidez tenía cierto tono verdusco.

Tras balancearme en el umbral, avancé lentamente y me apoyé en el escritorio.

—¿Estás segura de que te encuentras bien?

—Ay —dijo con una voz que me recordó a E.T. Levantó el dedo índice hacia mí y añadió—: E.T., mi casa, teléfono.

Reí casi sin fuerzas, me agarré la frente con la mano y me doblé sobre mí mismo.

—Joder, no me hagas reír, me va a estallar la cabeza. —Crucé la habitación y me senté en el borde de la cama, dejando caer la cabeza entre las piernas—. Ayer acabamos fatal.

—Joder, Matt, nos casamos —exclamó abriendo de par en par sus ojos inyectados en sangre.

—Lo sé.

Aunque una parte de mí lo había dudado hasta ese preciso momento.

Eché un vistazo a la habitación y después me miré al espejo.

Mi pelo estaba revuelto y se apreciaba una misteriosa mancha en mi camiseta blanca.

—Joder —dijo.

—¿Qué?

—¿Qué vamos a hacer ahora? ¿Es oficial?

Le señalé el dedo, donde tenía un anillo hecho con el envoltorio de un chicle. Levanté mi propio anillo de envoltorio de chicle, a conjunto con el suyo.

—Bueno…

—Un momento. ¿No dijiste algo así como «nanu-nanu» cuando me pusiste el anillo? —preguntó. Yo asentí sonriendo con culpabilidad—. Madre mía… Y lo peor es que lo has hecho para ganar una apuesta. Pero a ti ¿qué te pasa?

—Espera, ¿qué? ¿Cómo lo has sabido?

—Tati ha venido a verme esta mañana y se ha estado revolcando por el suelo, muerta de risa, mientras yo echaba hasta la primera papilla. Me ha dicho que ella iba de farol y que jamás habría pensado que te atreverías a hacerlo. Muchas gracias por comentármelo.

—Qué zorra —susurré—. En cualquier caso, nos debe una noche de juerga.

—Eres un capullo.

—Espera un momento. Tú también estuviste allí, a mi lado, con Gary Busey como testigo, y diste el «Sí, quiero». Yo no te obligué a hacer nada.

Se incorporó, aguantándose la cabeza.

—Joder, Matt, estaba borrachísima.

—Grace, espera, durmamos un poco y luego vemos. Metámonos en la cama.

—Ni hablar. No. Hay que enterarse de cómo podemos anular esto. Hoy mismo.

—Podemos anularlo mañana. Tomemos una ducha y durmamos un poco, ¿vale?

Grace permaneció sentada, masajeándose la cabeza durante unos segundos.

—Ah, y..., bueno..., es solo una idea..., pero ¿y si no lo anulamos? —sugerí.

Sorprendida, alzó la mirada.

—¿Cómo? Pero ¿es que se te ha ido la puta olla?

El tono de su respuesta me atravesó el corazón como si fuera el filo de un cuchillo. Ni siquiera se lo planteaba. Estaba claro que no era el prototipo ideal de boda, pero se comportaba como si la simple idea de estar casada le diera repulsión.

—Grace, primero me dices que me quieres con locura ¿y después actúas como si estar casada conmigo fuera lo peor que te pudiese ocurrir en esta vida? ¿Por qué no te vas a Europa con Pornsake? ¿Qué diferencia habría? Somos muy jóvenes y tenemos que hacer lo que nos dé la gana. ¿No es eso lo que siempre dices?

—¿Sabes qué? Yo sí que tendría que hacer lo que me diera la gana. Tati tiene razón; quizá esté desaprovechando una gran oportunidad al quedarme aquí, esperándote. Quizá sí que me acabe yendo con Pornsake.

Tras pronunciar estas palabras, sentí que ambos nos poníamos tensos. Esperé a que me mirara, a que se disculpara, a que retirara lo que había dicho. Pero ella se volvió y ni siquiera me dirigió una mirada.

—Déjame sola. Ahora soy incapaz de lidiar contigo.

Me levanté de la cama, furioso.

—No te preocupes. No tendrás que lidiar conmigo nunca más.

Dando un portazo, salí de su cuarto. No tenía ni idea de qué había pasado, pero en el lapso de un minuto, sentí que toda mi puta vida se había ido al garete.

Esperé un día, confiando en que vendría a disculparse.

Nada.

Esperé un día más, aguantándome las ganas de ir a disculparme yo mismo.

Al tercer día, deslicé el papeleo de la anulación por debajo de la puerta de Grace, confiando en que, al menos, con eso me dirigiría la palabra. Aquella noche la oí llorar en su cuarto y después se puso a tocar la «Suite» de Bach durante tres horas seguidas. Me dormí con la oreja pegada a la pared.

Pero nada. No intercambiamos ni una palabra.

Los días se convirtieron en una semana. La semana se convirtió en más semanas. No hablamos. Ni siquiera la vi. Me sentía como una mierda. Cuando oía que su puerta se cerraba o se abría, tenía que esforzarme para no salir al pasillo, agarrarla del brazo y decirle: «¿Qué cojones nos estamos haciendo?».

17. Nos pertenecemos el uno al otro

GRACE

Durante las semanas en que no nos dirigimos la palabra, fui completamente consciente del paso del tiempo. Matt iba a marcharse a Sudamérica en seis días.

Había perdido mucho peso desde nuestra pelea y me sentía débil y enferma todo el tiempo. No me podía concentrar en nada, y mucho menos en tener vida social.

Tati se deshizo en disculpas por haber sido en parte responsable de aquella tarde en la que todo acabó entre Matt y yo.

—Probablemente sea lo mejor, Grace. En cualquier caso, seguro que no quieres acabar como Jackie Reed, ¿no?

Jackie Reed era una chica con la que fui al instituto. Solía contar su admonitoria historia a mis amigas. Cuando comíamos juntas, Jackie solía presumir de novio universitario, que estaba en algún lugar de Nevada. Durante mucho tiempo, las chicas más mayores del instituto no nos creímos su historia, hasta dudábamos de que el tipo existiera. Jackie siempre actuaba como si fueran una pareja madura porque llevaban una relación a distancia, como diciendo que eso demostraba lo pillado que estaba de ella. De hecho, se refería a su relación como «una RAD». Le advertí que no utilizara acrónimos, que la gente no la comprendería. Cuando terminamos el instituto, se matriculó en una universidad cutre de Nevada solo para estar cerca de él, pese a que la habían aceptado en Yale. Él la dejó dos meses después. Jackie regresó a casa, donde sigue viviendo, y ahora trabaja en la cadena de comida rápida Dairy Queen. Todas pensamos que era la estúpida más grande del mundo. Y seguramente la pobre solo estaba enamorada.

No era culpa de Tati ni era por la historia de Jackie Reed. Matt y yo cortamos porque el mundo se nos vino encima. Cuando me pasó los papeles de la anulación, me demostró que su compromiso no era tan firme como decía. Probablemente se dio cuenta de lo que yo ya había advertido: que nuestros caminos se separaban.

La graduación se acercaba, así que me encerré en mi cuarto a rellenar el papeleo de todas las becas posibles, tratando de esconderme del mundo. Matt intentó detenerme una vez en el pasillo, pero lo ignoré. Después, al ver que me había dejado un sándwich en la puerta, me arrepentí de haberlo hecho. Lloré mientras me lo comía.

Sobre mi escritorio se amontonaba una pila de cartas por abrir; llevaba ignorándolas una semana entera porque sabía lo que contenía un sobre en concreto, uno normal y corriente que llevaba el remite de mi madre. Aquel sobre blanco, normal y corriente, no auguraba nada bueno. Lo cogí y lo observé. La dirección del remitente estaba borrosa, como si unas gotas de agua hubieran caído sobre ella. Después de leer la carta me di cuenta de que puede que fueran las lágrimas de mi madre.

Una mañana, finalmente, me decidí a abrirlo.

Querida Graceland:

Siento no poder decirte esto en persona, pero no tenemos suficiente dinero para pagar tu billete de vuelta para las vacaciones de verano. Tu hermano necesitaba una nueva mochila para la escuela y no les habíamos comprado ropa nueva a tus hermanas este año. Todo se desmorona. ¿Cómo puedo decirte esto? El problema de tu padre con la bebida ha podido conmigo. Vamos a divorciarnos y él se irá a vivir con tu tío. Tu hermano y hermanas se quedarán con la abuela hasta que podamos superar el bache.

Sé que tu padre te quiere y estamos muy orgullosos de ti. No queremos cargarte con este peso. Ahora mismo no podemos echarte una mano y no creo que vayamos para la graduación. Espero que lo comprendas. Siempre has sido muy independiente y me parece que tampoco te hubiese gustado vernos allí. Siempre has conseguido llegar a fin de mes por tu cuenta, Grace, y estamos orgullosos de ti por eso. Te queremos. Cuando puedas permitírtelo, ven a visitarnos; podrás quedarte en el sofá de la abuela. Hemos tenido que vender el piano y algunas de tus cosas que, de todos modos, creo que ya no querías, para poder pagar el dentista de tu hermana. Te queremos,

Mamá

Decir que me puse histérica sería quedarse corta. No podía dejar de llorar. ¿Cómo se atrevían? ¿Cómo me abandonaban así por culpa de sus propios errores? Ni siquiera tenía un coche o dinero para vivir, y mi madre utilizaba la escusa del dentista de mi hermana cuando ya le había dado la mitad de mi beca de estudios para ese fin. ¿Dónde había ido ese dinero? Estaba demasiado deprimida para pensar en ello.

El segundo sobre era una notificación de la oficina de los Servicios Financieros Estudiantiles diciendo que quedaban ochocientos dólares de alojamiento por pagar. Sentada en un rincón del cuarto, con las lágrimas resbalando por mis mejillas, pensé en todo lo que podía hacer. Podía dar algunos conciertos de chelo, pero eso solo me procuraría una mínima suma de dinero.

Acurrucada, con la cabeza entre las rodillas, sollocé. Podía vender el chelo. Podía volver a casa, vivir en el sofá de mi abuela y conseguir un trabajo en el Dairy Queen. Podía rendirme.

Entonces escuché que Matt susurraba un «¿Cariño?» y vi que empujaba la puerta. No había oído su voz en tres semanas.

—Estoy bien, Matt.

Se acercó.

—¿Qué ha ocurrido?

Sin mirarlo, le tendí las dos cartas bañadas en lágrimas. Las leyó con calma y después se sentó junto a mí.

—Deja que te ayude.

—No.

Me acarició la mejilla con el pulgar, secándome las lágrimas.

—Tengo dinero y puedo pagarlo.

—No, Matt. Se lo vas a pedir a tu padre y no quiero que sea él el que me saque otra vez del apuro.

—No se lo pediría a mi padre. He vendido una foto. Iba a decírtelo, pero no me hablabas.

—Pensaba que habíamos cortado. —Me puse en pie, me dirigí hacia el escritorio y cogí los papeles que había recibido con nuestra anulación. Se los lancé—. Has tramitado el divorcio.

Rápidamente, Matt hizo un avión de papel y lo lanzó hacia la ventana de mi cuarto, que estaba abierta.

—Por la presente, te declaro mi exesposa. ¿Y qué? ¿A quién le importa? No significa nada.

Lo miré fijamente.

—No vas a ponérmelo fácil, ¿verdad? —me dijo.

—Necesito tiempo.

—No tenemos mucho.

Me senté en el alféizar y empecé a balancearme adelante y atrás, contemplando el único árbol del patio.

—Ese es mi problema: el tiempo. —Me volví hacia él—. ¿Qué foto has vendido?

—La tuya. La que te saqué el primer día que nos conocimos. La que estás recogiendo el botón del suelo. El señor Nelson la eligió para la exposición y se vendió el primer día. De broma, la tasé en mil dólares, pensando que nadie la compraría. Ese dinero es tan tuyo como mío. Quiero que te lo quedes.

Su mirada era sincera y dulce. Estábamos hablando de nuevo y eso estaba bien.

—No es mío.

—Bueno, como mi exesposa... —Empezó a reír—. Igual estábamos casados cuando vendí la foto. ¿Quién sabe?

No pude evitar reírme también.

—Solo estuvimos casados un par de días. Y, en cualquier caso, iríamos a medias.

—Vale, de acuerdo. Entonces, puedes quedarte también mi parte en pago por tus servicios de modelo.

—Me gustaría reírme, pero ahora mismo estoy muy enfadada con mis padres. No puedo creer que digan que no quiero que asistan a la ceremonia de graduación.

—Es su manera de sentirse menos culpables.

—Me van a joder con tanta presión.

—No. —De repente, adoptó un aire serio—. No van a hacerlo. En cuanto te quites esos pensamientos de la cabeza y veas lo asombrosa que eres, todo ese resentimiento que sientes por ellos se convertirá en gratitud. Pensarás: «Me alegro de que a mis padres les importara un rábano porque eso me convirtió en una tía de puta madre».

Me quedé en silencio durante unos minutos, asimilando sus palabras. Sabía a qué se refería.

—Sí, supongo que sí. Supongo que algún día diré: «Gracias, mamá y papá, jodidos cabrones».

—¡Exacto! —dijo Matt con aire triunfal.

—Gracias, Matt.

—Cuando quieras —respondió poniéndose en pie y dirigiéndose hacia la puerta—. Oye, ¿puedes esperarme aquí un momento? Tengo que ir a buscar algo.

—Vale.

Regresó un rato después con unos dónuts, zumo de naranja, un pequeño amplificador y una guitarra eléctrica que reconocí como una de las de Brandon. Yo estaba tumbada en la cama, me puse de costado, apoyé la cabeza sobre el codo y observé a Matt, que no dejaba de moverse. Puso tres dónuts con virutas arcoíris en un plato y me lo tendió, junto a una pequeña botella de zumo de naranja. No pronunció palabra; solo me dedicó una ligera sonrisa. Era pronto, pero en la habitación ya hacía calor y el ambiente era sofocante.

Se quitó los zapatos, se sacó la camiseta de The Smiths y me la lanzó.

—Puedes ponértela si quieres.

—Matt…

—¿Qué pasa? Te encanta ponerte mis camisetas.

Tenía razón. Me quedé en ropa interior y me puse la camiseta. Su olor hizo que un cálido cosquilleo recorriera mi cuerpo.

—¿Ves? Mucho mejor —dijo.

Yo asentí.

Llevaba unos vaqueros negros y el cinturón que le había regalado; la cadena de su cartera colgaba de él y se balanceaba mientras se movía por la habitación.

Se puso en cuclillas al lado del amplificador, lo enchufó y me miró. Yo rompí a llorar otra vez.

—¿Estás bien?

Asentí. No estaba llorando por la carta, ni por el dinero o la foto. Lloraba porque la mera idea de que Matt se iba, aunque solo fuera durante unos pocos meses, me partía el corazón. Iba a marcharse en una semana. Estaría a un mundo de distancia y yo me quedaría atrás, llorando por ser demasiado joven para renunciar a todo o para pedirle que renunciara. Llorando por no haberlo conocido más tarde, cuando casarnos habría tenido sentido y no nos hubiera asustado a ninguno de los dos.

Era un mar de lágrimas cuando se sentó en el taburete de

madera y colocó la Telecaster de color verde y blanco sobre su muslo. La rasgueó una vez y alzó la mirada en busca de aprobación. No estaba muy alto; era un sonido perfecto, limpio. No lo había visto nunca tocar un instrumento, ni siquiera intentarlo, pero algo se hizo patente en ese momento. Matt había estado practicando… para mí.

—Antes de empezar, solo quiero que sepas que lo siento.

—Yo también lo siento —dije al instante.

—¿Podemos volver a como todo era antes?

—Pero ¿y qué…?

—Grace, por favor, ¿podemos disfrutar del tiempo que tenemos juntos?

—Sí.

Rompí a llorar de nuevo.

Sus dedos puntearon una nota y enseguida reconocí la canción. Era «Hallelujah» y lloré aún más.

Cantó con tal delicadeza y perfección que me dejó maravillada. Ahí estaba, tan joven y hermoso, sin camiseta y descalzo, concentrado y sin intimidarse. Cuando terminó, rasgó una última vez y me miró. En ese momento, yo seguía lloriqueando como una tonta. Su sonrisa era triste, compasiva, reservada solo para aquellas ocasiones en las que se sabe que nada de lo que digas mejorará las cosas. Se marchaba. Y yo no podía hacer nada para detenerlo.

Con voz trémula, le dije lo bien que había tocado y le pregunté cómo había aprendido la canción. Me contó que a veces Brandon se pasaba por el PhotoHut y que le había pedido que le enseñara. Había practicado desde el concierto de Jeff Buckley para mí, para que pudiera oírla en directo.

18. Estábamos enamorados

GRACE

Durante las últimas semanas del semestre, Tati y Dan no dejaron de presionarme para que me uniera a la orquesta. En cada una de las ocasiones, les dije que no.

Iban a marcharse a principios de agosto a Francia, así que iba a disfrutar de la compañía de Tati durante una parte del verano. Matt se iba a principios de junio, justo después de la graduación.

Un día, mientras estábamos comiendo unos sándwiches cerca de la fuente del parque de Washington Square, Tati me dijo:

—Si Matt no vuelve de Sudamérica después del verano, deberías unirte a la orquesta.

—En primer lugar, no va a quedarse más de tres meses —respondí—. Y, en segundo lugar, estoy matriculada en el posgrado; esa es la razón por la que no voy a ir con vosotros. Ya lo sabes.

—¿Y cómo piensas pagarlo?

—La residencia es más barata durante el verano, así que me alojaré aquí y conseguiré algunos bolos.

—Dan dijo que íbamos a sacarnos una buena suma de dinero. Podrías ahorrar y hacer el posgrado después.

—No. No puedo. No puedo marcharme año y medio de gira por Europa con vosotros. ¿Por qué siempre sacas el tema?

—Vale, Grace, tranquila. Joder, siempre te cabreas cuando lo menciono. Fastídiate la vida por un chico todo lo que quieras —murmuró.

Ya no lo aguantaba más. Me puse en pie y me alejé. Ella me siguió, así que empecé a increparla.

—¿Así que me cabreo cuando me dices que me una al circo de Dan? ¿Hace falta que te recuerde que antes no lo soportabas? ¿Y desde cuando lo llamas Dan?

—Me sabe mal que Matt se vaya, pero vas a convertirte en una desgraciada.

—Eso no es así.

Aunque sí lo era.

—A Dan le importas de verdad. Le importamos todos. Compró una foto de Matt porque sabía que ibais cortos de dinero.

—¿Cómo? —Me la quedé mirando sorprendida y con las emociones fuera de control—. ¿Por qué sigues metiendo el dedo en la llaga?

—No lo hago. Solo quiero que hagas lo que es correcto para ti, no para ti y para Matt. Por lo visto, él si hace lo que es correcto para él.

Estábamos justo delante de la boca del metro.

—Me tengo que ir, Tati.

Bajé las escaleras a toda prisa y subí al primer metro que llegó. Estuve viajando durante horas para aclararme las ideas.

Al final de la tarde, me encontraba sentada delante de la

tienda cerrada de Orvin, deseando poder hablar con él, justo cuando Dan pasó por allí.

—Grace, Orvin cierra los domingos —dijo.

—Sí, ya me he dado cuenta.

Me miraba con su amable sonrisa.

—¿Puedo sentarme?

—Claro.

—¿Quieres contarme algo?

—No.

—¿Has estado practicando?

—Pues claro. —Lo último que deseaba en aquel momento era al Dan profesor. Me volví hacia él y lo miré fijamente—. ¿Por qué compraste esa foto?

—Porque me gustó —dijo al instante.

—Debe de ser el precio más alto que se haya pagado por la obra de un estudiante. El más alto. En toda la historia de la obra artística universitaria.

—Grace, ya sabes que soy un tipo honesto. Es una fotografía preciosa y creo que el trabajo de Matt será valioso algún día.

—¿No la compraste porque sabías que necesitábamos dinero?

—En absoluto. —Mentira piadosa—. ¿Vas a decirme qué te preocupa?

Negué con la cabeza y miré hacia su regazo, donde tenía unos cuantos folios doblados.

—¿Son nuevas partituras?

—No, de hecho, es el papeleo para cambiarme el apellido. Lo creas o no, puedo soportarlo como profesor, pero como compositor y director de orquesta necesito otra cosa.

—Vaya, ¿vas a cambiarte el nombre, así, sin más?

—Sí, incluso se lo conté a mi padre, pensando que se ofendería, pero me dijo que se alegraba de ser el último con ese apellido. Lo he cambiado un poco y pasará de Pornsake a Porter.

—Daniel Porter. Suena bien.

—Vaya, gracias, Graceland.

Me llegó una ráfaga de aire caliente procedente de un bus que acababa de pasar. Sentí un atisbo de náusea y cerré los ojos.

—¿Estás bien, Grace?

—Tengo ganas de vomitar.

Y acto seguido, así, sin más, eché todo el pastrami con pan de centeno que me había comido en el parque con Tati en una papelera cercana.

Dan me frotaba la espalda y no dejaba de repetirme cosas agradables.

—Sácalo todo, muy bien.

Me incorporé.

—Cielos, ha sido asqueroso. —Me sequé los labios—. Será mejor que vuelva a casa. Me encuentro fatal.

—Te pondrás bien, Grace. Sea lo que sea por lo que estás pasando, te las arreglarás —me animó mientras me ponía en marcha hacia la residencia.

—Gracias, profesor —le respondí levantando la mano a modo de despedida.

—¡Llámame Dan!

Los días transcurrieron a la velocidad de la luz y traté de memorizar cada uno de los momentos que Matt y yo pasábamos juntos. Cuando no estaba con él, deseaba estarlo. Un día, después de las clases, me trajo un pez betta.

—Lo he comprado para que te haga compañía cuando yo no esté. Se llama Jeff Buckley.

Solté una carcajada, me acerqué a él y lo besé.

—Gracias, eres muy dulce.

Aunque, en realidad, el que quería que me hiciera compañía era Matt.

Pasé el día de la graduación con Matt, su padre y su madrastra. Después de la ceremonia, cenamos y regresamos a la habitación de Matt, donde nos quedamos durante los siguientes días. No me perdía de vista.

El cuatro de junio, el día antes de que se marchara, Matt fue al médico para que le pusieran las vacunas necesarias para su viaje y yo aproveché para tomar un café en mi cafetería favorita del East Village. Estaba sentada en la barra, mirando por la ventana, cuando oí a la hija del dueño, que trabajaba como camarera, murmurar algo sobre una «auténtica tragedia». Lloraba y su padre la abrazaba. Una mujer más mayor con aspecto hippie se acercó y pasó una bayeta por encima de la barra de madera.

—¿No te has enterado?

Negué con la cabeza.

—Han encontrado el cuerpo.

No sabía de qué estaba hablando.

—Pobre tipo —dijo lanzando un suspiro cargado de emoción—, solía pasarse a todas horas por aquí.

—¿Quién?

—Buckley.

Me llevé la mano al pecho.

—¿Jeff Buckley?

—Sí. Un chico guapo. Con mucho talento… Era muy joven.

Negó tristemente con la cabeza y arrugó las comisuras de sus ojos.

—¿Qué ha ocurrido? —pregunté sin apenas poder articular palabra.

La mujer dejó de limpiar y miró por la ventana, ausente. Cuando volvió a hablar, lo hizo en voz baja y temblorosa, como si fuera a romper a llorar.

—Se ha ahogado en el Mississippi con esas malditas botas puestas. Llevaba un tiempo desaparecido y acaban de encontrar su cuerpo en la orilla. Lo conocía de vista porque siempre venía por aquí.

Me puse a sollozar, con una enorme tristeza por alguien a quien ni siquiera conocía pero con quien me había sentido intensamente unida durante tanto tiempo. Fue la primera vez que me planteé realmente lo efímero que era todo. «¿En eso consistía la vida?», me pregunté. Dedicas horas y horas a arbitrariedades sin sentido, luego te mueres mientras te das un chapuzón en el río, encuentran tu cuerpo hinchado en la orilla como si fuera basura y después, tras el entierro, te olvidan.

La primera vez que muere alguien joven, alguien brillante, alguien a quien admiras, alguien con quien te identificas, te descoloca. «Oh, joder, todos vamos a morir, nadie sabe cuándo ni cómo», piensas. Y, en ese preciso instante, te das cuenta del poco control que tienes sobre tu destino. Desde el momento en que naces, no controlas nada; no puedes elegir a tus padres y, a menos que seas un suicida, no puedes elegir el momento de tu muerte. Lo único que puedes elegir es a la persona que amas, ser amable con los demás y hacer que tu brutalmente corta estancia en la Tierra sea lo más agradable posible.

Salí del local con lágrimas en los ojos, el corazón en un puño y sin terminarme el café. La camarera no me quiso cobrar, probablemente porque no se esperaba que la noticia me afectara de aquel modo.

—Yo invito, cielo.

Asentí agradecida y regresé corriendo a la residencia. Cuando vi a Matt en la entrada, me lancé contra su pecho y me derrumbé.

—Grace, ¿qué ocurre?

Le restregué lágrimas y mocos por la camisa y, entre sollozos, le di la noticia.

—Jeff… Buckley ha… muerto.

—Cariño, no pasa nada. —Acariciándome la espalda, siguió mis balanceos—. Tranquila, compraremos otro pececillo.

Me aparté y lo miré.

—No, Matt. Hablo del verdadero Jeff Buckley.

Se puso pálido.

—Joder. ¿Cómo?

—Se ahogó hace unos días. Acaban de encontrar su cuerpo.

—Qué horror.

Al abrazarme, oí los rápidos latidos de su corazón.

—Lo sé, no consigo hacerme a la idea —dije entre lágrimas.

Sin embargo, lo que me entristecía no era Jeff Buckley, sino Matt y yo. Nosotros. El poco tiempo que nos quedaba.

«Si te lo pidiera, ¿te quedarías conmigo?».

De algún modo, él intuyó lo que pensaba. Inclinándose, me besó una vez en cada mejilla, luego en la frente, en la barbilla y, por último, en los labios.

—Voy a echarte de menos.

—Yo también voy a echarte de menos —respondí entre lágrimas.

—Grace, ¿quieres hacer una cosa conmigo?

—Lo que sea.

«Pídeme que te acompañe. Dime que te quedarás. Que te casarás conmigo. Esta vez de verdad».

—Vamos a hacernos un par de tatuajes ahora mismo.

—Vale —accedí sorprendida.

No era exactamente lo que esperaba, pero, en aquel momento, estaba dispuesta a hacer cualquier cosa.

Nos tatuamos unas pocas palabras escritas con una fina caligrafía. El mío en la nuca, justo en la base, y el de Matt en el pecho, sobre el corazón. Cada uno eligió las palabras para el otro, las escribió en un trozo de papel y las entregó a los dos tatuadores. Solo descubriríamos cuáles eran una vez que la tinta las hubiese marcado en nuestra piel. Era nuestra propia versión de un juramento de sangre.

Mientras nos tatuaban, nos robamos un par de miradas, sonriéndonos. Me preguntaba qué estaría pensando. No tenía suficiente con todas las veces que me había dicho que yo le importaba. Se iba al día siguiente y no tenía suficiente.

Terminaron mi tatuaje primero y me miré en un espejo. Era pequeño, bonito y femenino. Me encantó incluso antes de leer las palabras: «Tortolita de ojos verdes».

—¡Es perfecto! —grité.

Matt me miraba con una sonrisa radiante en los labios, tratando de dar una ojeada curiosa a su tatuaje.

Cuando terminaron el suyo, lo miró en un espejo de mano con expresión curiosa.

—*Just the ash.* «Solo las cenizas». ¿No es de Leonard Cohen?

—Sí. ¿Lo conoces?

—¿Cómo era la cita completa?

Tragué saliva e intenté no llorar, pero todo mi cuerpo me traicionaba. Los tatuadores se alejaron y nos dieron un momento a solas. Matt se levantó de la silla y me rodeó con sus brazos, atrayéndome contra su pecho, justo en el lado opuesto de su tatuaje, que ahora estaba cubierto.

—«*Poetry is just the evidence of life. If your life is burning well, poetry is just the ash*». «La poesía solo prueba que hay vida. Si tu vida arde como es debido, la poesía es solo las cenizas».

Enterró su rostro en mi pelo.

—Mi vida arde como es debido.

Sí, pero ¿por cuánto tiempo?

Aunque aún estaban cicatrizando, creo que aquella noche besé las palabras sobre su pecho más de cien veces. Él besaba mi nuca y no dejaba de repetir lo mucho que iba a echar de menos a su tortolita de ojos verdes. Yo lo llamaba «cursi», nos reíamos y después me ponía a llorar.

A la mañana siguiente, Tati le pidió prestado el Chrysler a su padre para llevar a Matt al aeropuerto. Mientras tanto, Matt hacía cajas a toda prisa con todo lo que no se iba a llevar para enviarlo a Los Ángeles.

—¿Por qué envías todas tus cosas a casa? Puedes dejarlas en mi habitación —dije desde la cama, tumbada y observando cómo correteaba frenéticamente.

—No quiero que te ocupes de todos mis trastos.

—Quiero ocuparme de tus trastos.

Se detuvo y me miró.

—Es mejor así.

—Pero piensas volver, ¿verdad?

—Sí, aunque confío en que lo haré con un trabajo que me permita un piso de verdad. No pienso regresar a Nueva York para alojarme en la residencia.

—Yo no estaré en esta residencia cuando regreses. No aceptan a estudiantes de posgrado —murmuré a la almohada.

—Razón de más. No quiero que tengas que trasladar mis cosas cuando puedo enviarlas fácilmente a Los Ángeles y recuperarlas más tarde.

Su tono era de frustración.

—Solo vas a estar fuera unos meses, Matt. Es demasiada molestia.

—Ya, pero quién sabe.

No era buen momento para soltar una frase del tipo «Quién sabe».

—Ven aquí —dije.

Me tumbé boca arriba y abrí los brazos hacia él. Llevaba su vestido favorito. Matt me miró por encima del hombro y su mirada se suavizó. Cerniéndose sobre mí, esbozó aquella sonrisa dulce y sexi. Cuando se inclinó para besarme, lo detuve justo antes de que sus labios tocaran los míos.

—¿Te quedarías si te lo pidiera? —susurré.

Echándose hacia atrás, se cruzó de brazos y ladeó la cabeza.

—¿Me lo pedirías? —preguntó con la frustración escrita en cada línea de su rostro.

Tumbada debajo de él, me sentí más vulnerable que nunca. Quería pedirle que se quedara, pero ¿cómo podía ser tan egoísta? Si se lo pedía, ¿me querría menos, si es que en realidad me quería? No podía arrebatarle su sueño para mejorar el mío. No lo haría. No destruiría lo que habíamos creado.

—Respóndeme, joder. ¿Me pedirías que dejara pasar esta oportunidad?

No quería que lo hiciera, pero necesitaba saber si lo haría.

—¿Te quedarías si te lo pidiera?

Apretó la mandíbula. Su respiración era acelerada.

—Sí, pero te odiaría por ello —dijo entre dientes—. Así que pídemelo. Pídemelo, adelante.

Sentí que me provocaba. Empecé a llorar.

—Pídeme que me quede aquí y que trabaje en el PhotoHut mientras tú haces tu posgrado. Pídemelo.

Negué con la cabeza, sin poder articular las palabras.

Se inclinó y me agarró la cara con fuerza.

—Joder, Grace —dijo clavando sus ojos en los míos—. Esto no es un adiós. Es un hasta luego. Dime que lo entiendes, por favor. Dime que puedes soportarlo.

Estaba hiperventilando. Estaba enfadado, pero en aquellos ojos furiosos también se veía amor.

—No nos hemos prometido nada —susurré—. Siento haber sacado el tema. Ya veremos cómo van las cosas, ¿vale? Es solo un hasta luego.

Asintió.

—Así es.

«Me dijiste que yo era tuya y tú eras mío».

—¿Me haces el amor? —le dije casi sin aliento.

Y él obedeció, y fue dulce y tierno, y tan conmovedor y lleno de sensaciones y emociones que, al terminar, me abracé a él y lloré durante un buen rato. Aunque no fue suficiente. Ni de lejos.

Unas horas más tarde, salimos hacia el aeropuerto JFK. Tati se quedó en el coche mientras yo acompañaba a Matt a su puerta de embarque.

—Te llamaré en cuanto pueda.

—De acuerdo. ¿Dónde estarás?

—Los primeros días, en el norte de Bolivia. —Llevaba una bolsa de lona en el hombro, pero la depositó en el suelo y bajó la mirada hacia sus zapatos—. Grace, no sé si estaremos en lugares muy remotos ni si podré telefonear desde allí. Puede que no sepas nada de mí durante un tiempo, pero te escribiré y ya arreglaremos lo de las llamadas.

Nos miramos, memorizando nuestros rostros.

—Grace, fue Pornsake quien compró la foto.

Parpadeé.

—Lo sé. ¿Por qué has esperado hasta hoy para decírmelo?

—He pensado que debías saberlo. Es un buen tipo.

—Qué amable por tu parte. Y muy amable por su parte también —dije con sarcasmo.

—No quería que descubrieras que lo sabía y que no te lo había dicho.

—Está bien.

Lo comprendí. Matt intentaba no dejar cabos sueltos.

Por el altavoz, un empleado de la aerolínea anunció que se iniciaba el embarque.

—Ha llegado la hora.

Abrió los brazos y yo me abalancé enérgicamente, como si tratara de meterme en su interior para que me llevara con él, como un polizón dentro de su corazón. Él me abrazó con todas sus fuerzas durante un buen rato.

—Hasta luego, Grace.

Nos separamos.

—Hasta luego, Matt.

Sonrió y se alejó. Justo antes de llegar a la puerta, se volvió, sacó algo de su bolsillo y me lo mostró.

—¡Por cierto, me llevo esto, para que lo sepas!

Era una cinta de casete en la que había grabado una de mis sesiones de práctica. Con una sonrisa, se fue.

Se había ido el amor de mi vida.

19. ¿Qué nos ocurrió?

GRACE

El día después de que Matt se marchara, hice una prueba para un grupo *grunge* en un pequeño local de la calle Allen, en el East Village. Sonaban como Nirvana, con agobiantes guitarras saturadas y estribillos gritones. Imaginaba que acabaríamos en un *Unplugged* de VH1 y que yo tendría una impresionante carrera como violonchelista, que todos los grupos de moda en Nueva York me llamarían para que tocara con ellos.

Sentía que por fin estaba persiguiendo mi sueño. Me encerré sin salir, toqué bien, practiqué mucho y cobré al final de la semana. En tres noches conseguí ganar ciento veinte dólares. Todo parecía ir viento en popa y ansiaba contárselo a Matt.

Una semana y media después de su partida, me telefoneó por primera vez. Me encontraba practicando en mi cuarto cuando Daria llamó a la puerta.

—¡Grace! —gritó—. ¡Matt al teléfono! ¡En la sala común!

Bajé a toda prisa las escaleras, únicamente vestida con una

camiseta de Matt y uno de sus viejos calzoncillos hecho jirones. Pero me daba igual. Estaba muy emocionada.

—¿Diga? —dije sin aliento.

—Joder, esta llamada me va a salir por setenta pavos.

Mi entusiasmo se enfrió un poco ante aquel saludo.

—Oh, vaya, lo siento.

—No importa. Cielos, tengo tanto que contarte.

—Adelante.

—National Geographic va a lanzar un canal de televisión en septiembre. Habrá toneladas de nuevas ofertas de trabajo y he impresionado a Elizabeth.

—¿Quién es Elizabeth?

—Es la fotógrafa principal del proyecto. Es genial. Fue ella la que me eligió para las prácticas al ver mi portfolio. Yo ni siquiera lo sabía.

Deseaba preguntarle cuántos años tenía y si era guapa.

—Me alegro mucho por ti, Matt.

—¡Ya voy! —gritó hacia el otro lado del auricular—. Oye, Gracie, he tenido que hacer un viaje de tres horas en autobús para llegar hasta este teléfono. Aquí no hay nada, así que no sé cuándo volveré a llamarte.

—Vale, no te preocupes.

—Tengo que marcharme. El próximo autobús está a punto de salir y me están esperando. Oye, te echo de menos.

Pareció que pronunciaba esta última frase para quedar bien. Se me revolvieron las entrañas.

—Yo también te echo de menos. Hasta luego.

—Adiós.

Colgó.

«No es un adiós. No es un adiós. Nunca digas "adiós"».

Bajé la mirada hacia mis pies descalzos y caí en la cuenta de que ni siquiera me había preguntado qué estaba haciendo yo. No había tenido oportunidad de contarle lo de los conciertos con el grupo.

Tati estaba de pie, apoyada en el umbral de la puerta con los brazos cruzados.

—¿Y tus pantalones?

—Era Matt.

—Ya me lo he imaginado. ¿Piensas vestirte hoy? He pasado a recogerte para que comamos juntas. Así me lo cuentas todo.

—Sí, ya.

—Vamos —dijo señalando la puerta con un ademán de la cabeza.

—Está bien. ¿Sándwiches?

—Todo menos ramen.

Durante el mes siguiente, Tati y yo nos vimos cada miércoles a la hora del almuerzo. A principios de julio me preguntó si había hablado con Matt y le confesé que no.

—¿Y por qué no te ha llamado?

—Puede que lo haya hecho y que no me encontrara. No sé, está en medio de la nada. Es difícil coincidir en horarios. Estoy segura de que está bien.

Al llegar a casa ese mismo día, una de las supervisoras del verano había enganchado un sobre en mi puerta, junto a una nota que decía: «¡Buen trabajo, Matt!». Sabía de las prácticas de Matt porque yo misma se lo había contado; era estudiante de Fotografía en la Tisch. Además, siempre le preguntaba si Matt había llamado.

Al abrirlo, encontré el artículo de una revista especializada. En la cubierta aparecía una foto de Matt sacando una foto de una mujer que se fotografiaba frente a un espejo. El titular rezaba: «La belleza tras la cámara».

Tragué saliva, tratando de evitar las náuseas, mientras lo averiguaba todo sobre la joven y bella Elizabeth Hunt, que se estaba forjando una gran reputación en National Geographic. Y de repente, al final del artículo, leí las tres frases que cambiarían el curso de mi vida para siempre:

> Hunt señala que la colaboración con Matthias Shore, un joven y prometedor talento surgido recientemente de la Escuela Artística Tisch de la Universidad de Nueva York, está siendo muy fructífera. Su nuevo proyecto incluye una expedición de seis meses por la costa de Australia, durante los que explorarán la Gran Barrera de Coral y cómo el gran tiburón blanco la franquea para cazar. «Matt y yo estamos entusiasmados con esta oportunidad y tenemos muchas ganas de dar un paso más en nuestra colaboración», comenta Hunt.

Éramos jóvenes, sí, y la vida ya daba de por sí muchas vueltas. Sin embargo, ¿tenía que aceptar lo que acababa de leer así, sin más, sin tener oportunidad de replicar?

Ni hablar.

Aturdida, llamé de inmediato a Aletha.

—Hola, Aletha, soy Grace.

—Hola, cielo, qué bien que llames. ¿Qué tal estás? ¿Todo bien?

—Bien, sí —dije sin mucha convicción—. Me preguntaba si habías tenido noticias de Matt.

—Sí, querida. Justo ayer hablé con él.

Me quedé devastada. ¿Por qué no me había llamado? Prácticamente dormía en la sala común, junto al teléfono.

—Ah, ¿sí? ¿Y qué te dijo?

—Oh, es un orgullo para nosotros. Está logrando mucho en muy poco tiempo.

—Sí, eso he oído —dije con cierta frialdad.

—Su carrera va viento en popa y ya te imaginas lo orgulloso que está su padre. Ya sabes lo importante que es eso para Matt.

—Oh, genial.

Sentía que, por momentos, la voz se me quebraba.

—¿Por casualidad te dio algún recado para mí?

—Dijo que si alguien preguntaba, que dijera que estaba bien.

«¿Alguien?».

—Bueno, si sabes de él en los próximos días, ¿le puedes pedir que me llame?

—Sí, claro, Grace. Ha llamado cada semana, así que se lo diré.

«Vaya, ¿conque cada semana?».

Colgué y fui a toda prisa hacia mi cuarto, incapaz de asimilar toda aquella información. Elizabeth Hunt…, seis meses en Australia…, llamadas semanales a su madre…

Pasaron tres días y Matt no dio noticias. Me obligué a salir de la cama, demasiado cansada para llorar y demasiado triste para comer. Fui a la sala y llamé a Tati.

—¿Diga?

—Soy Grace.

—Hola, Grace, ¿cómo estás?

—¿Puedes venir?

—Estaré allí en un rato.

Percibió el dolor en mi voz.

Quince minutos después, entró estrepitosamente en mi cuarto. Le tendí el artículo sobre Matt y Elizabeth. Lo leyó en voz baja. Se limitó a negar con la cabeza y me ofreció un cigarrillo.

—Estoy bien, Tati.

—No exageres, Grace —aconsejó.

—No exagero.

Para entonces, ya había dejado de llorar.

—Dile a Dan que me apunto. Me voy de gira con vosotros.

Tati me dedicó una sonrisa.

—Genial. No te arrepentirás.

TERCER MOVIMIENTO:
AHORA, QUINCE AÑOS DESPUÉS

20. Recordaste...

GRACE

El presente es nuestro. Este preciso instante, el aquí y ahora, este momento antes del siguiente, es nuestro. Es el único regalo que nos ofrece el universo. El pasado ya no nos pertenece y el futuro es solo una fantasía, algo que no puede darse por sentado. La única manera de convertir esa fantasía en realidad es abrazar el ahora.

Había pasado mucho tiempo encerrada en mí misma, atrapada en el pasado, sin permitirme imaginar el futuro. Había intentado recrear inútilmente lo que Matt y yo tuvimos. No quería otra cosa; él era todo lo que imaginaba.

Pero Orvin mencionó una vez que el tiempo es la moneda de la vida. Y yo ya había malgastado suficiente. Fue esa idea del tiempo perdido la que hizo que finalmente me diera cuenta de que necesitaba seguir adelante. Jamás volvería a tener lo que una vez tuve con Matt. Debía hacer el duelo y seguir adelante.

Al menos, eso me decía.

Dos meses atrás caminaba sumida en una espesa niebla de pena. Seguía con mis rutinas, pero no sentía nada. Miraba mis nuevas arrugas en el espejo, preguntándome cuál era su origen. Perdía el tiempo, repitiendo lo mismo día tras día, apenas presente. No buscaba romper el ciclo en busca de algo significativo.

Hasta que vi a Matt en la estación de metro.

En ese momento todo cambió. Mi vida recuperó el color y las imágenes se tornaron vívidas y nítidas.

Durante los últimos quince años, el dolor de lo que nos había pasado crecía y menguaba. Había intentado muchas veces olvidarlo, pero todo me lo recordaba. Pensaba que, si volvíamos a cruzarnos, ni siquiera se fijaría en mí y me traspasaría con la mirada como si fuera un fantasma del pasado. Al menos, así fue como me sentí ese verano después de la universidad: como alguien que ya no existía.

Sin embargo, cuando nos vimos en el andén, sus ojos se clavaron en los míos. Me reconoció al instante y todo lo que pude ver en su mirada fue puro asombro. Era como si estuviera viendo la puesta de sol sobre el océano por primera vez. Mientras mi convoy se adentraba en el túnel, su expresión se convirtió en desesperación y entonces comprendí que nuestra historia aún no estaba completa.

¿Qué había detrás de su desesperación? ¿Qué le había pasado en los últimos quince años para ponerse a correr por el andén, con la mano tendida y los ojos llenos de anhelo? Debía hallar la respuesta. Tenía cierta idea de dónde encontrar a Matt, pero me asustaba demasiado.

—¿Señora Porter?

—¿Sí, Eli?

Estaba ordenando unas partituras sobre la mesa y alcé la mirada, clavándola en los enormes ojos azules de uno de mis mejores trombonistas. Estábamos en la sala de ensayo del instituto en el que daba clases.

—¿Sabe lo que es Craigslist?

Sonreí.

—Por supuesto. No soy tan mayor, Eli.

—Ya sé que no —respondió sonrojándose.

Parecía nervioso.

—Lo digo porque el otro día, al hacerse un moño, me fijé en que lleva un tatuaje en la nuca.

—Sigue —le pedí, llena de curiosidad.

—«Tortolita de ojos verdes». Es eso lo que pone, ¿verdad que es así?

Asentí.

—¿Es posible que alguna de las personas de su pasado la llamara así?

—Sí, un conocido.

Sentí que se me aceleraba el pulso.

«¿Adónde quería llegar?».

Sacó un rectángulo de papel doblado del bolsillo.

—¿Recuerda que en aquel concurso de grupos que hicimos hace unos días había una chica del instituto Southwest que tocaba la tuba?

—Claro.

No tenía ni idea de lo que estaba diciendo.

—Pues bien, creo que conectamos, pero ninguno de nosotros se atrevió a dar el paso. Así que, de vez en cuando, miro la sección de Conexiones Perdidas de Craigslist por si ha dejado algún mensaje. Y me he encontrado con esto.

Desdobló el papel y me lo tendió:

Para mi Tortolita de ojos verdes:

Nos conocimos hace quince años, casi exactamente, cuando me trasladé con todas mis cosas al cuarto justo al lado del tuyo en la residencia de la NYU.

Tú nos definiste como «Amigos a primera vista». Yo preferiría pensar que había algo más.

Fue maravilloso conocernos el uno al otro a través de la música (estabas obsesionada con Jeff Buckley), de la fotografía (no podía dejar de retratarte), de los paseos por el parque de Washington Square y de todas esas cosas raras que hicimos para sacarnos unos pavos. Durante ese año aprendí más de mí mismo que en cualquier otro año de mi vida.

Sin embargo, no sé por qué, todo se fue al traste. Perdimos el contacto el verano después de graduarnos, cuando yo me fui a Sudamérica a trabajar para National Geographic. A mi regreso tú ya no estabas. Una parte de mí sigue preguntándose si no te presioné mucho después de la boda...

No volví a verte hasta hace un mes.

Era miércoles. Te balanceabas sobre tus tacones esperando al F, sobre esa gruesa línea amarilla que recorre el andén del metro. No supe que eras tú hasta que fue demasiado tarde y, entonces, desapareciste. Otra vez.

Dijiste mi nombre; vi cómo lo pronunciabas. Ojalá hubiera parado el metro, solo para poder decirte «Hola».

Al verte, todos esos sentimientos y recuerdos de juventud me invadieron, y llevo casi un mes entero preguntándome qué es de tu vida. Puede que te suene a disparate, pero ¿te gustaría tomar una copa conmigo y ponernos al día de la última década y media?

M.
(212)-555-3004

Sorprendida y con la boca abierta de par en par, lo leí tres veces seguidas.

—¿Va dirigida a usted, señora Porter? ¿Conoce a este tal M?

—Sí —asentí con voz temblorosa. Las lágrimas empezaron a agolparse en mis ojos. Me acerqué y lo abracé—. Gracias.

—Es genial. No pensaba que estos anuncios funcionaran. Menos mal que tenía ese tatuaje. ¿Piensa llamarlo?

—Creo que sí. Oye, Eli, aprecio de verdad lo que has hecho, pero tengo que irme. ¿Puedo quedármelo? —le pedí, agitando el trozo de papel.

—Claro.

Le dediqué una sonrisa agradecida y llorosa, recogí mis cosas y me apresuré a llamar a Tati.

—¿Diga? —contestó enseguida.

—Hola, ¿te pillo en mal momento?

—Estoy en la peluquería —respondió.

Poco después de la graduación, Brandon dejó a Tati. En cuanto ocurrió, Tati salió corriendo, se cortó el pelo muy corto y se lo tiñó de negro azabache. Llevaba con ese peinado quince años, creo que para que, de alguna manera, se lo recordara. No había mantenido una relación seria desde Brandon, excepto con su peluquero.

—¿Puedo ir?

—Claro. ¿Qué ocurre? ¿A qué viene tanto misterio?

—A nada —resoplé.

—Vale, ven.

¿Recordáis la marcha, ese deporte que se puso de moda durante un corto periodo de tiempo durante los ochenta? Es una forma muy torpe de caminar rápido balanceando las caderas de lado a lado. De hecho, es hasta disciplina olímpica.

Hice marcha durante seis manzanas hasta la peluquería a tal velocidad que podría haber ganado una medalla de oro.

Irrumpí en el establecimiento y vi a Tati en la primera silla, envuelta en una de esas capas negras. Tenía el pelo cubierto con un tinte negro violáceo y llevaba un gorro de papel film. La peluquera le masajeaba los hombros.

—Estoy en pleno tratamiento —anunció señalándose la cabeza.

—Hola —saludé a la peluquera—. Yo lo haré.

La chica esbozó una sonrisa y se retiró. Me puse a espaldas de Tati y empecé a frotarle los hombros.

—Oh, con calma. Tus manos de violonchelista son demasiado ásperas —se quejó.

—Anda, cállate. Tengo que hablar contigo.

—Pues suelta.

—Quiere verme.

—¿De qué estás hablando?

Le había contado a Tati que me había cruzado con Matt en el metro, pero eso había ocurrido dos meses atrás.

—Mira, lee.

Le tendí el trozo de papel.

Un instante después, oí que sorbía por la nariz.

—¿Estás llorando? —pregunté a sus espaldas.

—Deben de ser las hormonas. Es muy triste. ¿Por qué suena como si no tuviera ni la más remota idea?

—No lo sé.

—Tienes que llamarlo, Grace. Ve a casa ahora mismo y llámalo.

—¿Y qué le digo?

—Solo comprueba qué quiere. Aunque, por lo que dice, parece el viejo Matt, reflexivo y profundo.

—¿A que sí?

Se levantó de la silla, me miró y señalando hacia la puerta, añadió:

—Vete. Ahora mismo.

21. Te busqué en todas las otras

MATT

Un martes, unas semanas después de publicar el mensaje para Grace en Craigslist, iba al despacho desde el metro cuando me llamó mi sobrino de ocho años preguntándome si quería colaborar con su equipo de *footing*. Adoraba a aquel niño y accedí, pero justo cuando tenía intención de colgar, su madre se puso al teléfono.

—Matthias, soy Monica.

—Hola. ¿Qué tal está Alexander?

—Muy bien. Trabajando mucho y eclipsando al resto de sus socios, como de costumbre. Ya lo conoces.

—Eso es cierto —dije, no sin cierta amargura—. ¿Y tú? ¿Cómo se porta contigo la vida en Beverly Hills?

—Corta el rollo, Matthias.

—¿Qué quieres, Monica?

—Elizabeth me ha llamado y me ha dicho que ella y Brad van a ser padres.

Mi cuñada podía ganar una condecoración del tamaño de una pelota al mejor eufemismo.

—Sí, ya me he enterado. Cuento con el privilegio de ver a esos dos imbéciles todos los días en el trabajo.

Fue mi hermana durante ocho años, Matthias. ¿No crees que deberías habérmelo dicho?

Solté una carcajada.

—Ni siquiera erais amigas, así que llamarla «hermana» me parece una exageración. Y fue ella la que me dejó, ¿recuerdas?

—Eres un imbécil. No te habría dejado de no estar tan colgado por Grace.

—Grace no tuvo nada que ver ni en mi matrimonio ni en mi divorcio.

—Sí, ya. Elizabeth me contó que nunca te desprendiste de las fotos que tenías de ella.

—¿Y por qué iba a hacerlo? Nunca tiro las fotos que hago. Soy fotógrafo. Grace fue el tema de muchos de mis primeros proyectos. Y Elizabeth lo sabe mejor que nadie. Además, ¿a santo de qué viene esta conversación?

—Solo quería asegurarme de que recibe un regalo de nuestra parte.

—Pues para eso sería mejor acudir al servicio de correos. Sigue viviendo en nuestro antiguo piso, ya sabes, ese que tuve que ceder para que ella pudiera jugar a las casitas y hacer bebés con su novio.

—Marido —me corrigió Monica.

—Adiós, Monica. Dale recuerdos a Alexander de mi parte.

Colgué, tomé aliento y me pregunté de nuevo, por décima vez esa semana, qué cojones había pasado con mi vida.

Cuando llegué al trabajo, fui a por un café a la sala de descanso y me encontré con Scott.

—¿No ha habido respuesta? —preguntó refiriéndose al mensaje.

—Nada. Solo unas cuantas señoritas muy dulces que se han ofrecido a ser mi tortolita de ojos verdes.

—Tío, pero ¿a ti qué te pasa? Aprovecha la oportunidad. Probablemente ella no lo verá nunca, pero eso no significa que sea la única tortolita de ojos verdes del mundo.

Pestañeó hacia mí.

—Esa es la cuestión. De camino he estado pensando en mi vida.

—Ay, ay, ay.

—No, escucha. Mi primera novia, Monica, y yo mantuvimos una relación estúpida basada en fingir y tratar de impresionar al otro y al resto del mundo.

—Erais jóvenes. ¿Y qué?

—Con Elizabeth pasó lo mismo, al menos al principio. Mi relación con Monica sentó precedente para que me casara con Elizabeth. Cuando las cosas se pusieron serias, ninguno de los dos aguantó. Eso no me pasaba con Grace. Nunca. Con ella siempre fue real.

—Hay más chicas como Grace ahí fuera.

—No, tío, no las hay. Te lo digo de verdad. Sencillamente, la conocí en el momento equivocado. Han pasado quince años y sigo pensando en ella. Me casé con otra mujer, una mujer preciosa y lista, pero a veces pensaba en Grace y me preguntaba qué habría pasado si hubiésemos seguido saliendo. Estaba haciendo el amor con mi esposa y pensaba en Grace. No me dirás que no es una mierda.

—¿«Haciendo el amor»? Qué tierno, Matt.

Sonrió, conteniendo una carcajada.

—No seas condescendiente conmigo.

—Solo digo que es hora de que empieces a clavarla, Matt. Llevas años de retraso. Para ti, se acabó lo de «hacer el amor». Órdenes del médico.

Me dio una palmada en el hombro y se fue.

Esa misma semana, unos días más tarde, Elizabeth se pasó por mi cubículo. Yo estaba recostado en mi silla, jugando a *Angry Birds.*

—¿Matt?

Al alzar la mirada, vi que llevaba un vestido de premamá, que la hacía parecer la mismísima Madre Tierra, y que se acariciaba la barriguita incipiente.

Elizabeth tenía una belleza natural, como si fuera muesli. Sencilla, de cabellos castaños, con la piel bonita, brillante y ligeramente bronceada, incluso en invierno. Lo que la afeaba era su personalidad y la facilidad con la que había traicionado nuestro matrimonio.

—¿Qué quieres?

—¿No tienes como... mil fotos que editar?

Volví a concentrarme en los pájaros gritones.

—Hecho. Entregadas.

Con el rabillo del ojo vi que apoyaba una mano en la cadera, como si fuera una madre a punto de soltar una regañina. Estaba perdiendo la paciencia. No me importaba lo más mínimo.

—¿Y no habrías podido enseñármelas primero?

Alcé la mirada hacia ella y, acto seguido, la posé de nuevo en el teléfono.

—Vaya, al parecer se te han subido los humos a la cabeza, Lizzy —Jamás había osado hablarle así—. ¿Así que ahora te comportas como si fueras mi jefa?

—Matt. No toleraré conflictos entre nosotros.

—¿¡Conflictos!?

Me reí entre dientes reclinándome en la silla. Justo en ese momento el teléfono empezó a vibrar en mi mano. Era una llamada entrante de un número local de Manhattan que no reconocía. Alcé el dedo hacia Elizabeth, pidiéndole silencio. Y contesté.

—¿Diga?

—¿Matt?

Oh, cielos.

«Su voz, su voz, su voz, su voz».

Elizabeth seguía allí, en pie, observándome.

—¿No puedes decir que devolverás la llamada? —pidió, alzando las manos—. Estoy hablando contigo.

—Grace, espera —dije.

—¿Grace? —Elizabeth abrió los ojos de par en par.

Cubrí el micrófono con la mano.

—¡Lárgate!

—No pienso irme —dijo poniendo los brazos en jarras.

Aparté la mano con la que cubría el aparato.

—¿Grace?

Joder, quería ponerme a llorar.

—Sí, sigo aquí.

—¿Puedes darme dos minutos? Te prometo que te llamo enseguida.

Se me hizo un nudo en el estómago.

—Si no te cojo en buen momento…

—No, no. Te llamo enseguida.

—De acuerdo —respondió ella, vacilante.

Colgamos.

—¿Así que ahora te ves con Grace?

Lo dijo con tono de satisfacción. En su mirada se leía: «Pues claro, cómo no».

Tomé aire por la nariz.

—No, no estoy viéndola. Es la primera vez que hablo con ella en quince años y tú acabas de estropearlo.

—Estás en el trabajo, Matt. Esto es un lugar de trabajo.

—¿Es eso lo que le dijiste a Brad antes de que te lo tiraras en el cuarto de la fotocopiadora? —solté fríamente. Era como si me hubieran apuñalado en el pecho y me estuviera desangrando. A cada segundo que pasaba, me sentía más débil—. Mira, no me encuentro bien. ¿Puedes dejarme solo, por favor?

Se me empezó a nublar la vista a causa de las lágrimas.

Ella se sonrojó.

—Yo… Matt…

—Sea lo que sea lo que vayas a decir, no me importa. En absoluto, Elizabeth. Cero.

Me encogí de hombros.

Ella dio media vuelta y se alejó.

Revisé el historial de llamadas y pulsé el número de Grace.

—¿Diga?

—Disculpa por lo de antes.

—No pasa nada.

Tomé aliento.

—Cielos, me alegro de oír tu voz, Grace.

—¿De verdad?

—¿Qué tal estás?

—Bien. Ha pasado… mucho tiempo, Matt.

Por su tono de voz se diría que estaba nerviosa. Yo también lo estaba.

—Sí, así es, ¿verdad? Bueno, ¿y en qué trabajas? ¿Dónde vives? ¿Estás casada?

—No estoy casada.

Me dio un vuelco el estómago. Gracias a Dios.

—Vivo en un *brownstone*, en una de esas casas de piedra caliza tan típicas de Nueva York, en el West Broadway, en el SoHo.

—Estás bromeando. Yo vivo en Wooster.

—Oh, vaya. Eso está muy cerca. ¿Sigues trabajando para la revista?

«¿Sabía que trabajaba para la revista?».

—Sí, pero ahora me dedico más al canal televisivo. Ya no viajo tanto. ¿Y tú? ¿Sigues tocando el chelo?

Me vino a la mente un recuerdo de Grace tocando en el cuarto de la residencia, desnuda, excepto por la ropa interior de florecillas. La luz de la ventana perfilaba su silueta y la retraté. Aún conservaba esas instantáneas en algún lado. Recordé que había dejado la cámara, me había acercado a ella y con el dedo había seguido su ropa interior sobre su pequeño y delicado trasero. Eso había hecho que se equivocara en un par de notas y había soltado una risita. Ahora me preguntaba si volvería a oírla reír de aquel modo.

—Ajá. Aunque no de forma profesional. Doy clases de música en un instituto.

—Genial.

Carraspeé con incomodidad. Quería decirle que su voz sonaba diferente, triste, como si no fuera suya, pero me lo guardé para mis adentros.

Se produjo un penoso silencio durante unos instantes.

—Así que supongo que viste mi publicación.

Sí. Es muy tierno, Matt. —Oí su respiración vacilante—. Cuando te vi, no supe qué pensar.

—Sí, hum… Lo publiqué creyendo que sería como encontrar una aguja en un pajar.

—Te ha ido bien profesionalmente, más que bien. He seguido un poco tu trayectoria.

—¿De verdad?

La garganta me picaba, sentía un incipiente dolor de cabeza y, de repente, me invadieron los nervios. «¿Por qué ha seguido mi trayectoria profesional?».

—¿Está Elizabeth…?

—¿Embarazada? —la interrumpí de golpe.

«¿Por qué he dicho eso? ¿Y cómo sabe lo de Elizabeth?». Quería contárselo todo, pero de mis labios solo salían las palabras equivocadas.

—Matt… —Otra larga e incómoda pausa—. Toda esta situación me confunde bastante. El mensaje y…

—Elizabeth no es… —empecé a decir, pero ella me interrumpió.

—Ha sido un placer hablar contigo. Creo que será mejor que cuelgue.

—¿Un café? ¿Quieres tomar un café conmigo?

—No estoy segura.

—Está bien. —Otro silencio incómodo—. ¿Me llamarás si cambias de opinión?

—Claro.

—Grace, todo va bien, ¿verdad? Me refiero a si te encuentras bien. Necesito saberlo.

—Estoy bien —susurró y, acto seguido, colgó.

«¡Joder!».

Elizabeth eligió ese preciso instante para regresar con una pila de fotos. Llegó en el peor momento posible.

—¿Puedes revisarlas y dejarlas en mi escritorio mañana por la mañana?

—Sí. Ponlas por aquí.

Ni siquiera la miré. Mi corazón palpitaba desbocado y estaba a punto de romper a llorar. Sentí que Elizabeth me posaba la mano en el hombro, dándome un apretón digno de un jugador de fútbol.

—¿Estás bien?

—Sí.

—Te resulta duro verme así, ¿verdad?

«¿Cómo?». Su comentario me sorprendió tanto que casi solté una carcajada. Elizabeth siempre encontraba la manera de hacer que todo girara en torno a ella.

—¿Crees que me resulta duro verte embarazada? No, me alegro por ti.

—Supongo que tiene sentido. Nunca quisiste tener hijos.

Su tono era indescifrable.

«Siempre quise tener hijos, pero no contigo».

Tomé su mano entre las mías y decidí comportarme como un caballero.

—Elizabeth, siento no haber sido un mejor marido para ti. Me alegro por ti y por Brad. Os deseo muchos años de felicidad marital y familiar. Por el bien de todos y de todo, incluyendo nuestra cordura en el trabajo, jamás de los jamases mencionaremos de nuevo nuestro matrimonio de mierda, ¿vale?

La miré con ojos suplicantes.

Ella asintió.

—Yo también lo siento, Matt. Tomé malas decisiones.

Le solté la mano. Ella esbozó una sonrisa cálida y compasiva, casi lastimera.

Era mejor dejarla pensar que me sentía solo y que bebía los vientos por ella que alimentar el ardiente resentimiento que siempre había tenido hacia mí por no haber podido olvidar a Grace. Sus sospechas eran ciertas, pero nunca le admitiría la verdad.

Brad había sido amigo mío desde que empecé las prácticas en National Geographic. Lo conocí en la misma época que a Elizabeth. Él siempre había sentido algo por ella y ella siempre había sentido algo por mí. Casi me sentí como un capullo por casarme con ella, así que cuando me engañó con él no me sorprendió. De hecho, tuve un extraño impulso de chocarle los cinco. ¿No era eso horrible?

Elizabeth regresó a su despacho y yo me dirigí al de Brad. Había llegado el momento de comportarme como un gran hombre o, al menos, como un hombre imperfecto y humano. Me había estropeado la llamada con Grace, pero había conseguido sacarme de mi zona de confort; no quería quedarme en esta rutina de autocompasión y odio para siempre.

En la puerta del despacho de Brad, carraspeé. Él me miró desde el otro lado de su escritorio.

—Hoooola, tío.

Siempre alargaba la «o» del «hola», como si fuera un fumeta.

—Brad, solo he venido a felicitarte por el embarazo. Enhorabuena, colega. Todos sabemos que yo no podría haberlo hecho mejor.

—Matt... —dijo tratando de interrumpirme.

—Te estoy vacilando, Brad. Me alegro por vosotros. Te lo juro.

—Ah, ¿sí? —dijo arqueando una ceja.

Asentí con la cabeza.

—Sí.

—¿Qué te parece si nos tomamos una copa después del trabajo? ¿Nosotros dos solos?

«Bueno, seguro que te has follado a mi mujer en cada superficie posible de lo que era mi piso y ahora la has dejado embarazada, pero...».

Di una palmada.

—Qué demonios. ¿Por qué no?

Fuimos a una pretenciosa coctelería en el Upper West Side cerca de mi antiguo piso, que ahora él compartía con Elizabeth. Joder, odiaba ese bar, pero era terreno neutral para los dos.

Me sirvieron el whisky en una copa de martini y añadieron un cubito de hielo. Todo estaba mal, pero me lo tomé de todos modos.

—¿Ya nos podemos fumar un puro?

—No, eso se hace una vez que el bebé ha nacido. No te gustan mucho los niños, ¿verdad?

—No, los odio. Solo quiero una excusa para fumar un buen cubano —mentí por diversión. Solo me quedaba eso.

—Bueno, ya te llegará el momento. Por cierto, tu cuñada ha llamado. Nos enviará el moisés.

—¿Cómo?

—Sí, quiere regalárnoslo. Siempre ha considerado como una hermana a Elizabeth.

El moisés era una reliquia familiar. Supuestamente, debía quedarse en la familia.

—Monica no es la maldita guardiana del moisés.

Brad captó mi hostilidad y cambió de tema.

—¿Has salido con alguien últimamente?

—No, solo me dedico a follar —mentí de nuevo por diversión—. Por fin me he librado de los grilletes, ¿sabes?

Me resultaba difícil seguir con ese papel de caballero.

—Eso es genial. Felicidades —dijo Brad, incómodo.

—¡Por favor, otro whisky! —grité.

—¿Sabes? A veces Lizzy se cabrea conmigo por chorradas. Por ejemplo, se enfada si dejo la tapa del inodoro levantada, pero también si la bajo. —Me miró y negó con la cabeza—. Dice que no tengo buena puntería.

Sentí lástima por él.

—Escucha, vas a tener que aprender a mear sentado. Forma parte de estar casado. En realidad, es bastante relajante, como si te tomaras un descanso.

—¿De verdad?

—De verdad.

Llegó mi segundo whisky, el cual me bebí más rápido que el primero.

—Oye, se me ha olvidado mencionarte que Lizzy ha encontrado una caja con tus fotos y algunos carretes sin revelar. Dijo que quería que pasaras a recogerla porque..., bueno, ya sabes... Estamos remodelando la habitación de invitados.

«Cielos».

—De acuerdo.

Brad comprobó su teléfono.

—Mierda, tengo una de esas clases de Lamaze. Me voy, tío. ¿Quieres subir y recoger esa caja?

—Claro, vamos.

Caminamos las pocas manzanas que nos separaban del piso, casi sin pronunciar palabra durante el trayecto. Cuando llegamos, entré en el vestíbulo tras él. Se me hizo muy raro estar en mi viejo edificio y los dos whiskies me bajaron a los pies de repente.

—Oye, Brad, ¿qué te parece si subes a buscar la caja y yo espero aquí?

—¿Estás seguro?

—Sí, espero.

Sonreí débilmente y me senté cerca del ascensor. Unos minutos más tarde, regresó con una bolsa de plástico de color gris oscuro.

—Creía que habías dicho que era una caja.

—Eh, sí…, lo era, pero Lizzy lo sacó todo y lo metió en una bolsa para almacenarlo más eficientemente.

—¿«Para almacenarlo más eficientemente»?

Brad apenas se atrevía a mirarme a los ojos.

—Eso mismo.

Estaba seguro de que Elizabeth había revisado el contenido de la caja y había tirado la mitad de las cosas a la basura. No me sorprendía en absoluto.

—Gracias, Brad.

—Nos vemos, colega.

Cuando me di la vuelta para irme, me propinó una palmada en la espalda.

Una vez en mi *loft*, me senté en el viejo sofá de cuero, puse «With or Without You», de U2 y, con los pies encima de la bolsa, cerré los ojos. Me imaginé que no solo me había ido bien profesionalmente, sino que también había llevado una vida plena. Imaginé que en las paredes colgaban fotos de mi familia y no de animales del puto Serengueti. Respiré hondo, me incliné hacia adelante y abrí la bolsa.

Todo pertenecía a aquella época, todo preservado en fotografías en blanco y negro. Grace y yo en el parque de Washington Square. En la Tisch. En nuestro cuarto. En la sala común. Grace tocando el violonchelo. Grace desnuda sobre mi cama, sacándome una foto, escondiendo su rostro detrás de la cámara. La acaricié con el dedo. «Déjame ver tu rostro», recuerdo que le dije. Grace y yo en Los Ángeles, jugando a Scrabble en casa de mi madre. Mi madre y Grace en el Louvre, junto al torno. Grace recostada sobre mi pecho y mirando a la cámara. Lentamente, saqué cada una de aquellas fotos de la bolsa. La última estaba hecha el día que me marché a Sudamérica. Era lo que hoy en día se conoce como una selfi. Grace y yo mirábamos al objetivo mientras yo sostenía la cámara sobre nuestras cabezas y apretaba el disparador. Se nos veía tan felices, tan contentos, tan enamorados.

¿Qué nos ocurrió?

En el fondo de la bolsa encontré una cinta de casete y un carrete sin revelar. Lo saqué del envase de plástico y lo acerqué a la luz. Era en color, algo que rara vez utilizaba en aquella época; no fue hasta que me puse a trabajar para National Geographic que empecé a utilizar el color con normalidad.

Me levanté, dejé el carrete sobre la encimera, puse el casete en un viejo reproductor y bebí hasta perder la conciencia, escuchando a Grace y a su amiga Tatiana tocando a dúo «Eleanor Rigby» con el violín y el violonchelo. Lo rebobiné una y otra vez, y en cada ocasión, al final, oía a Grace reírse y a Tatiana decirle que se callara.

Me quedé dormido con una sonrisa en el rostro, pese a que me sentía como una de esas personas solitarias de las que habla la canción.

Todavía quedaban algunas tiendas de revelado por el centro de la ciudad. El PhotoHut había desaparecido mucho tiempo atrás, pero encontré una tienda de cámaras camino al trabajo a la mañana siguiente y dejé allí el misterioso carrete.

Al llegar al despacho, vi a Elizabeth en la cocina, cerca de la cafetera.

—Pensé que las embarazas no tomaban cafeína —dije.

—No pasa nada por una taza —respondió.

Yo continué hacia mi cubículo.

Oí sus pasos a mis espaldas, con esas bailarinas que se arrastraban en la moqueta, causando corrientes eléctricas. Tenía la costumbre de arrastrar los pies.

Encendí el ordenador y, al volverme, la vi allí, de pie, detrás de mí, esperando a que le dijera algo. El pelo le salía disparado sobre los hombros a causa de la electricidad estática. No pude evitar reírme.

—¿Qué?

—Tu pelo.

La señalé, como si fuera un niño de cinco años. Ella frunció el ceño y se hizo un moño, sujetándolo con un lápiz que tomó prestado de mi escritorio.

—Gracias por tomar una copa con Brad y por recoger la caja.

—Gracias por ordenarme mi propia mierda. ¿Tiraste algo de la caja original?

—No. Apenas me atreví a mirar qué había. Era como un santuario dedicado a Grace.

—Y entonces, ¿a qué viene tanto interés en que recuperara todas esas cosas?

—No lo sé —respondió encogiéndose de hombros—. Supongo que me sentía mal.

—Y exactamente ¿por qué te sentías mal?

Me recosté en la silla.

—Es solo que... Ya sabes... ¿Cómo...? No lo sé.

—Dímelo —insistí con una sonrisa engreída.

Mientras ella trataba de encontrar las palabras, a mí solo me apetecía regodearme. Era evidente que seguía celosa de Grace.

—Es solo que la pusiste en un pedestal, como si fuera ella la que te hubiese dejado.

Me incliné.

—Me escondes algo... Estás haciendo esa cosa tan curiosa que haces con la ceja cuando mientes.

—¿Qué cosa curiosa con la ceja?

—Mueves una ceja, mucho. No sé cómo lo haces. Es como una contracción nerviosa bastante horripilante.

Conscientemente, se llevó la mano a la ceja.

—No es nada que no sepas ya. Teníamos tanto trabajo por aquella época...

—¿De qué estás hablando?

Los ojos de Elizabeth recorrieron toda la estancia, como si estuviera buscando una salida de emergencia. Bajó la mirada hacia sus zapatos excesivamente caros.

—Grace llamó en una ocasión y te dejó un mensaje, y… y fue solo que…

Me puse en pie.

—¿Qué estás diciendo, Elizabeth?

No me di cuenta de que estaba gritando hasta que reinó de nuevo el silencio. Advertí que mis colegas nos espiaban desde sus cubículos.

—¡Chist, Matt! —Se acercó—. Deja que te lo explique. Fue mientras estábamos en Sudáfrica. —Se cruzó de brazos y bajó la voz—. Tú y yo ya nos estábamos acostando. No sé por qué llamó.

A toda prisa, dibujé mentalmente una línea temporal. Debía de ser más o menos a los dos años de habernos visto por última vez. Después de que desapareciera.

—¿Y qué dijo? —pregunté lentamente.

—No lo recuerdo. Fue hace tanto tiempo... Estaba en Europa o algo así. Quería charlar contigo un rato y ver qué tal estabas. Dejó su dirección.

—¿Y qué hiciste, Elizabeth? —pregunté, a punto de perder los nervios.

—Nada.

Actuaba de forma bastante rara. Sospechosa. Como si no me dijera toda la verdad.

—Dime lo que hiciste.

Parpadeó.

—Le escribí una carta.

—No fuiste capaz…

—Yo estaba enamorada de ti, Matt. Le escribí, pero fui amable. Le dije que habías pasado página, que formaba parte de tu pasado y que le deseabas lo mejor.

Mis ojos ardían de furia.

—¿Y qué más hiciste? Por el amor de Dios, Elizabeth. Estoy a punto de convertirnos en un titular de las noticias y ya sabes que no soy un hombre violento.

Empezó a llorar.

—Yo estaba enamorada de ti —repitió.

Estaba completamente desconcertado. Siempre había pensado que Grace había huido. Ni siquiera me había dejado una nota ni una dirección ni un teléfono. Había quedado destrozado y siempre había pensado que había sido ella la que me había abandonado.

—Si tan enamorada estabas de mí, ¿por qué no me dejaste elegir?

Brad apareció a sus espaldas y la envolvió con sus brazos.

—¿Qué está ocurriendo? ¿Qué le estás diciendo? Tío, que está embarazada; ¿qué es lo que te pasa?

Mi respiración era acelerada.

—Fuera de aquí. Los dos.

Elizabeth se echó a los brazos de Brad y empezó a llorar contra su pecho. Brad me fulminó con la mirada y la sacó de allí, negando con la cabeza, como si fuera yo el que hubiera hecho algo terrible.

Desde que había visto a Grace en el metro, había estado recreando una y otra vez lo que nos había ocurrido quince años antes, nuestra última conversación, tan típica, justo seis semanas antes de que regresara a casa, de vuelta a sus brazos, a la rutina de aquel maravilloso año.

Después del trabajo, fui a recoger las fotos del carrete que había dejado en la tienda. Era un viernes y no tenía nada mejor que hacer que irme a mi *loft* casi vacío y digerir la noticia de que Grace había tratado de contactarme años atrás. Me senté en el sofá, cerca de las enormes ventanas que iban del suelo al techo y que daban a la calle. Cerca de mí, al otro extremo de la mesa, había una lamparita y en mi regazo el sobre con las fotos. Las tres primeras estaban borrosas, pero la cuarta me pilló por sorpresa. Era una fotografía de Grace y mía en pijama, ante las líneas borrosas del tráfico. Nuestros rostros estaban algo desenfocados, pero pude comprobar que nos mirábamos. «Esa noche fuimos a la cafetería de Brooklyn».

Todas las otras fotos eran de Grace: en la sala común, en el parque, durmiendo en mi cama, bailando en mi cuarto. Toda ella, capturada en color.

Esparcí las fotos por la mesita de café e hice memoria, reviviendo todos los recuerdos que conservaba de ella. «¿Le dije que la quería? ¿Era consciente de que la quería? ¿Qué ocurrió?».

Habían dado ya las ocho y media y no había comido nada en todo el día. Tenía el estómago revuelto. Después de lo que Elizabeth me había dicho, todo cobraba sentido: por eso Grace se había mostrado tan cautelosa por teléfono. Había intentado contactarme.

Me metí en el ordenador e hice una búsqueda de su número. Obtuve el nombre de G. Porter en West Broadway. ¿Estaba casada? A pesar de que yo también había estado casado, me dolió saberlo. Busqué en Google «Grace Porter música Nueva York» y encontré el instituto en el que impartía clases. Hice clic en varios enlaces más y descubrí que justo aquella misma noche su departamento daba un concierto especial en el gimnasio del centro. Pero ya llevaban una hora tocando. Sin tan siquiera mirarme al espejo, salí a toda prisa. No estaba dispuesto a permitir que lo nuestro acabara con una conversación incómoda por teléfono.

Una vez en el instituto, subí las escaleras de dos en dos hasta el gimnasio. Oí aplausos y recé para no llegar demasiado tarde. No había nadie controlando las puertas dobles, así que entré y me quedé en el fondo de la sala, escudriñándola en busca de Grace. Sin embargo, mis ojos no distinguieron más que cuatro sillas dispuestas al otro extremo del gimnasio, tres ocupadas y una vacía. Cuando un hombre se acercó a un atril colocado al lado del cuarteto incompleto, los asistentes guardaron silencio.

—La señorita Porter desea compartir algo muy especial con todos ustedes. —Había llegado justo a tiempo, aunque puede que quince años más tarde—. Se trata de una peculiar interpretación, una delicia, así que… un aplauso para su talentoso cuarteto.

Grace se acercó al atril y yo me quedé sin aliento. Aquello que me había gustado de ella años antes seguía ahí: sus gestos únicos, cómo parecía no darse cuenta de su belleza; su pelo, que todavía llevaba en una larga melena rubia sobre los hombros; sus labios, carnosos y de un natural color rosado. Incluso a aquella distancia podía apreciar sus espectaculares ojos verdes. Iba vestida de negro de pies a cabeza, con un jersey de cuello alto y pantalones, lo que hacía resaltar su blanca piel y sus cabellos.

Dio un par de golpecitos al micrófono y un chirrido se propagó por la sala. Esbozó una sonrisa.

—Lo siento. —Una risita. Cielos, cómo echaba de menos ese sonido—. Gracias por estar aquí esta noche. Normalmente no suelo compartir escenario con los alumnos, pero tenemos algo muy especial que deciros. Nuestras violinistas principales, Lydia y Clara, y nuestra primera viola, Kelsey, van a tocar con la Filarmónica de Nueva York la semana próxima. —Los asistentes prorrumpieron en vivas y silbidos. Grace dedicó una mirada a las tres chicas, que sonrieron hacia ella, preparadas con sus instrumentos—. Me siento muy orgullosa, así que hoy me gustaría unirme a ellas e interpretar juntas «Viva la Vida», de Coldplay. Espero que la disfrutéis.

«Siempre mi chica moderna».

Grace se dirigió hacia la silla más alejada a la derecha y se colocó el chelo entre las piernas. Con la cabeza agachada, empezó la cuenta atrás. Siempre había tocado en solitario y, al verla, advertí que nada había cambiado. No necesitaba ver sus ojos para saber que los tenía cerrados, como cuando tocaba cerca de la ventana en nuestro antiguo cuarto de la residencia.

Me quedé allí, cautivado, sin desviar los ojos de Grace, mientras la melodía invadía el gimnasio. Al final, justo antes de la última pasada de arco, Grace alzó la mirada y sonrió. La muchedumbre prorrumpió en un aplauso estruendoso.

Esperé a que terminaran el resto de las actuaciones, muerto de hambre, cansado y preguntándome si todo aquello no sería en vano. La multitud se disipó un poco después de las diez y media y yo esperé, con los ojos aún fijos en ella. Finalmente, se abrió paso hacia la doble puerta, junto a la que yo había permanecido durante toda la actuación. Cuando la miré a los ojos, sospeché que había advertido mi presencia desde el principio.

Caminó decidida hacia mí.

—Hola.

Su tono era, gracias a Dios, despreocupado y amistoso.

—Hola. Ha sido increíble.

—Sí. Esas chicas… son muy muy buenas.

—No, lo digo por ti. Eres tan… Tocas con tal… —Tragué saliva—. Es muy hermoso.

Menudo torpe. No dejaba de balbucir.

Aunque sonrió, sentí que me juzgaba con la mirada.

—Gracias.

—Ya sé que es tarde, pero… ¿te apetecería tomar algo?

Iba a responder, pero la interrumpí.

—Sé que esa llamada telefónica ha sido muy incómoda. Solo quiero que hablemos en persona. Para… —Hice un ademán con la mano—, ¿cómo lo diría? Para aclarar las cosas.

—¿«Aclarar las cosas»?

Estaba sopesando las palabras.

—Bueno, para ponernos al día. Y sí, supongo que para aclarar las cosas.

—Matt, han pasado quince años. —Soltó una carcajada—. No creo que podamos «aclarar las cosas».

—Grace, escucha. Creo que no entendí algunas de las cosas que ocurrieron en el momento en que ocurrieron y…

—Hay un pequeño antro a la vuelta de la esquina, pero no puedo quedarme hasta muy tarde. Tengo cosas que hacer por la mañana.

Esbocé una sonrisa, agradecido.

—Vale, perfecto. Solo una copa.

Cielos, estaba desesperado.

—Bien, vamos. Por aquí.

Caminamos el uno junto al otro por una calle sombría.

—Tienes muy buen aspecto, Grace. Cuando te vi el otro día en el metro fue lo primero que pensé.

—No me digas que no fue raro, como si el universo nos tomara el pelo; nos reconocimos un segundo demasiado tarde.

—No me lo había planteado de aquel modo. Me encantaba su manera de pensar—. Además, por lo visto, vivimos a unas manzanas de distancia, pero nunca nos hemos cruzado. Es curioso.

—De hecho, me mudé a ese piso el año pasado, cuando regresé a Nueva York.

—¿Y dónde estabas antes?

—Estuve viviendo en el Upper West Side durante cinco años, pero después me fui una temporada a Los Ángeles. Cuando Elizabeth y yo firmamos el divorcio, regresé a Nueva York. Eso fue hace más o menos un año. Es un *loft* de alquiler.

Observé con atención la reacción de Grace, pero lo único que dijo fue:

—Ah, vale.

Ya en el interior de aquel bar poco iluminado, Grace eligió una pequeña mesa, colgó el bolso de la silla y señaló hacia una gramola que había en un rincón.

—Voy a escoger una canción. Para ser un bar, hay demasiado silencio.

Parecía de mejor humor. Recordé que no soportaba estar en el interior de algún sitio sin música. En el exterior no le suponía problema alguno; escuchaba la naturaleza. Pero en el interior siempre tenía que poner algo de música.

—¿Te pido algo de beber?

—Un vaso de vino tinto sería genial.

Durante todo el rato procuré controlar mis devaneos por el pasado y tratar de permanecer en el presente. Al fin y al cabo, teníamos mucho que contarnos. Cuando regresé con las bebidas, ella estaba sentada, con los codos apoyados en la mesa y la barbilla sobre las manos entrelazadas.

—Tú también tienes muy buen aspecto, Matt. Quería decírtelo antes. No has envejecido mucho.

—Gracias.

—Te queda bien el pelo largo y esto... —Me rozó la barba con las yemas de los dedos. Cerré los ojos durante un segundo de más—. ¿Así que estuviste en Los Ángeles?

Traté de controlar la respiración para evitar desmoronarme y romper a llorar. Me sentía completamente abrumado en su presencia.

Sonó una canción triste interpretada por una monótona voz masculina.

—¿Quiénes son? —pregunté dando un sorbo de cerveza.

—The National. Bueno, Matt, has dicho que querías hablar, así que hablemos. Fuiste a Los Ángeles después de divorciarte. ¿Te quedaste con tu madre? ¿Qué tal está? Me acuerdo mucho de ella.

—De hecho, fui antes de divorciarme. Para cuidarla. Falleció cuando estaba allí.

Sus ojos se llenaron de lágrimas.

—Oh, Matt, cuánto lo siento. Era una mujer maravillosa.

Se me hizo un nudo en la garganta.

—Tuvo cáncer de ovario. Elizabeth opinaba que debía ser Alexander el que se hiciera cargo, pero él estaba ocupado tratando de convertirse en socio del bufete. Mi madre estaba muriéndose y sus hijos se peleaban por ver quién iba a cuidarla. Menuda estupidez. —Aparté la mirada—. Mi matrimonio ya estaba en las últimas. Elizabeth quería quedarse embarazada a toda costa y yo me encontraba a miles de kilómetros de distancia, en la otra punta del país. Por alguna razón, creyó que la evitaba. A mí su comportamiento me parecía muy egoísta. Supongo que ambos estábamos muy enfadados y dolidos.

Asintió.

—¿Y qué ocurrió después?

—Mientras estaba en Los Ángeles viendo cómo se consumía mi madre, Elizabeth tuvo una aventura con mi amigo y nuestro colega Brad, un productor de National Geographic. Y ¡puf! —exclamé, haciendo un gesto con las manos como de una explosión—. Adiós a ocho años de matrimonio.

—¿Ocho años? Pensaba que... —titubeó.

—¿El qué?

—No importa. Vaya, Matt. Lo siento mucho. No sé qué decir.

—Pues dime esto: ¿por qué te fuiste?

—¿Que me fui? ¿Cuándo?

—¿Por qué no dejaste una nota o un mensaje cuando te marchaste a Europa? Te fuiste sin más.

Parecía confundida.

—¿Qué quieres decir? Esperé. Nunca me llamaste.

—Claro que no; no podía. No podía hacer más llamadas. Solo telefoneaba a mi madre a cobro revertido. Me quedé sin dinero. Quedamos atrapados en una aldea con un vehículo estropeado y cientos de kilómetros de selva a nuestro alrededor. Supuse que lo comprenderías.

Grace parecía destrozada.

—¿Y ese artículo que apareció en esa revista sobre fotografía? Básicamente, decía que te contrataban y que te ibas a Australia después de Sudamérica.

—¿En el 97?

—Sí. —Apuró toda la copa de vino—. Había una foto tuya sacándole una foto a Elizabeth y decía que os marchabais seis meses a Australia.

—Jamás he leído ese artículo, así que no sé de qué me hablas. Elizabeth me pidió que fuera a Australia, pero rechacé la propuesta. Terminé las prácticas y regresé para estar contigo, pero te habías ido.

—No... —Negó con la cabeza—. Yo pensaba que te ibas a Australia. Por eso me uní a la orquesta de Dan.

Yo también empecé a negar con la cabeza.

—No, no fui a Australia. Volví a finales de agosto. Traté de llamarte antes de salir, pero no pude contactar contigo. Fui directo a la residencia, pensando que seguirías allí. Cuando no pude encontrarte, pensé que quizá te habías mudado a una residencia para estudiantes de posgrado, así que lo comprobé. Me dijeron que habías pospuesto la matrícula. Cuando volvía a la residencia, me topé con Daria y me dijo que te habías incorporado a la orquesta de Pornsake.

Grace empezó a llorar, unos sollozos en voz baja con la cabeza entre las manos.

—Grace, lo siento mucho. —Tomé unas servilletas del dispensador que había sobre nuestra mesa y se las tendí—. Pensaba que eras tú la que me había dejado. No sabía cómo dar contigo. Ni siquiera acepté el trabajo que me ofreció National Geographic hasta que descubrí que te habías marchado.

Entre sollozos, dejó escapar una carcajada.

—Joder, todo este tiempo…

—Lo sé. He tratado de encontrarte un par de veces, pero no podía dar contigo por internet. Hasta esta noche, no he sabido que tu apellido era Porter.

—Me casé con Pornsake, Matt —dijo Grace, fuera de sí—. Cambió su nombre a Porter.

Sentí que una puñalada me atravesaba el corazón.

—Oh.

—Esperé cinco años a casarme con él. Ahora está muerto. Lo sabías, ¿verdad?

—No. ¿Cómo iba a saberlo?

—Te escribí.

—¿De verdad?

«Elizabeth». Por lo visto, no me lo había contado todo. Parecía que estaba en un universo paralelo en el que Grace me quería y yo era el que la había abandonado. Me había pasado todos estos años deprimido por haberla perdido y ella había estado tratando de contactar conmigo. Extendí los brazos y tomé sus manos en las mías. Y ella permitió que lo hiciera.

—Siento mucho lo de Dan. Era muy amable. ¿De qué murió?

—Agrandamiento cardíaco. Se fue tranquilo y feliz —dijo con orgullo.

—¿Lo querías?

Sabía que no tenía derecho a preguntar eso, pero necesitaba saberlo.

—Se portó bien conmigo. —Miró hacia el techo—. A mi manera, sí, lo quería.

—Ah, ¿sí? —dije de nuevo con un nudo en la garganta.

Sus ojos se posaron en los míos.

—Sí. Pero no como te quería a ti.

—Grace...

—¿Qué demonios ocurrió, Matt?

—No lo sé. No entiendo nada. Me acabo de enterar de que Elizabeth te escribió una carta.

—Recibí una carta tuya, puede que en el 99 o en el 2000. El resto de mis intentos de contactar contigo no obtuvieron respuesta.

—Fue Elizabeth la que escribió esa carta, no yo. Grace, por lo que más quieras, créeme. Jamás habría ignorado tus llamadas.

—Bueno, ahora ya es demasiado tarde, ¿verdad? —dijo en un hilillo de voz.

—¿Por qué? ¿Por qué tiene que ser demasiado tarde?

—Yo diría que quince años es mucho tiempo. Nos han pasado muchas cosas y...

Le apreté las manos.

—Vayamos a por un trozo de pastel o a por unas tortitas, como solíamos hacer.

—¿Has perdido el juicio?

—Sí —asentí impávido—. Salgamos de este sitio.

—No sé...

Alejó sus manos de las mías. Yo miré el reloj.

—¿Te apetece un desayuno para cenar?

Se restregó la mano por el rostro y se revolvió en el asiento, poniendo distancia entre nosotros. No llegaba a descifrar si se planteaba realmente la idea o si intentaba encontrar una manera más agradable de rechazarme. La miré a los ojos y ella esbozó una sonrisa.

—Vale. Iré contigo con una condición.

—¿Cuál, Gracie?

Al oír aquel cariñoso diminutivo, sonrió y las lágrimas volvieron a asomar a sus ojos.

—Por favor, no llores —le pedí.

—Durante un rato, tenemos que olvidarnos de lo que significamos el uno para el otro. Nada de hablar del pasado. Esa es mi condición.

—Hecho.

Dejé un puñado de billetes sobre la mesa, la tomé de la mano y la arrastré hacia la puerta. Pero justo antes de que nos fuéramos, me giré hacia ella.

—Espera. Tomémonos antes un chupito. Somos jóvenes, la ciudad nos pertenece, no tienes que madrugar mañana para ir a dar clase y yo no tengo una gilipollas por esposa.

—Claro. ¿Por qué no?

Sus mejillas se sonrojaron. De repente, parecía más feliz, más joven. Y aunque había prometido olvidar el pasado, no pude evitar sentirme como si hubiéramos retrocedido a la mejor época de nuestras vidas.

Ambos tomamos un chupito de tequila, salimos del bar y buscamos una cafetería veinticuatro horas.

—Creo que me apetece pastel —dije observando la vitrina refrigerada.

—A mí también. ¿Quieres que compartamos un trozo?

—Compartamos dos trozos —dije con aire desafiante.

—Es una guarrada, pero me gusta. Tomemos una porción de chocolate y nata y…

—Una de mantequilla de cacahuete.

—Suena genial. Me lo zamparé entero.

Cielos, la quería.

—Yo igual.

Después de pedir, nos sentamos en un banco tapizado con un vinilo verde. Con el dedo, siguió los destellos de la mesa retro.

—Bueno, ¿y cómo están Alexander, tu padre y Regina?

—Bien. Mi padre no se jubilará nunca. Él y mi hermano son socios en el mismo bufete. Alexander y Monica tienen dos hijos y una enorme casa en Beverly Hills. Regina está igual, excepto por su cara, que está más estirada.

Grace soltó una carcajada, pero, acto seguido, su sonrisa se esfumó.

—Siento mucho lo de tu madre. Me caía muy bien. Sentía que éramos almas gemelas.

Recordé los días que había pasado cuidando a mi madre antes de que falleciera. Me había preguntado qué había ocurrido con Grace y yo le dije que, sencillamente, lo nuestro no había funcionado. El hecho de que mi madre sacara a Grace a colación después de tantos años me dejó muy confundido. Ignoraba que Elizabeth y yo teníamos problemas de pareja, pero parecía como si quisiera decirme que no la había olvidado. Creo que también sentía que eran almas gemelas. Elizabeth nunca se llevó bien con ella, ni siquiera después de una década de conocerla. Grace solo necesitó una visita para ganarse su corazón para siempre.

—Sí. Se marchó en paz. De hecho, mi padre vino a visitarla antes de que muriera. Fue conmovedor porque, después de todo lo que habían pasado, ella aún lo quería. Esa fue la razón por la que nunca se casó de nuevo. Creo que, cuando todo se desmoronaba y mi padre vio que estaba al final de sus días, también recuperó su amor por ella. Al menos, eso fue lo que le dijo. Puede que no lo sintiera de verdad, pero, al menos, mi madre murió creyéndolo. Se ganó un poco de mi respeto con ese gesto.

—Lo entiendo —dijo como si estuviese hablando por experiencia propia.

Tomé aliento.

—Hablemos de algo más alegre.

—Seguí tu trayectoria durante algún tiempo y vi que habías ganado el Pulitzer. Qué honor, Matt. Enhorabuena.

—Gracias. Fue bastante inesperado y difícil de apreciar porque creo que por aquel entonces estaba en un momento muy oscuro.

—Pero fue antes de que tu madre enfermara, ¿no?

—Sí. Llegó a ver cómo recibía el premio. Ella y mi padre estaban muy orgullosos.

Grace se mostraba tan interesada, tan comprensiva. Pensé que me lo había inventado todo sobre ella. El nombre le iba como anillo al dedo. Qué auténtica, hermosa y genuina era en carne y hueso. Todas esas veces que había contemplado las fotos en las que ella salía, deseando poder abrazarla, tocarla o solo verla en persona, en color, y ahora aquí estaba, ante mí, tal como la recordaba.

Las porciones de pastel permanecían íntegras ante nosotros. Clavé el tenedor en una de ellas y lo acerqué a los labios de Grace.

—El pastel lo arregla todo.

Ella aceptó el bocado y yo no pude desviar los ojos de su boca. Me humedecí los labios, pensando en su sabor… en cómo era besarla.

—¡Está buenísimo!

—Ya sé que no debemos hablar del pasado, pero me muero de ganas por saber qué hiciste después de la graduación. ¿Qué tal fue con la orquesta?

—De hecho, fue genial. Nos pasamos un par de años viajando. Tatiana también. Cuando regresamos a Nueva York, Dan recuperó su trabajo en la NYU y yo me saqué un máster en Teoría Musical a través de un curso online. Di clases en la universidad durante unos años y ahora dirijo la orquesta y el grupo musical del instituto.

—Es fantástico, Grace. ¿Qué tal le va a Tatiana?

—Muy bien. Sigue soltera e igual de luchadora. Está con la Filarmónica de Nueva York, así que viaja mucho. Se dedica por entero a la música.

—¿Y qué ocurrió con Brandon?

Soltó una risita.

—Fue uno de tantos para Tati.

—Debería haberlo imaginado. ¿Y tú, no quisiste seguir sus pasos? Puede que no fuera muy objetivo, pero siempre me pareciste mucho más buena como intérprete.

—Lo hice, pero… —Empezó a agitar las manos con nerviosismo—. Eh, ejem..., me faltaba la disciplina que ella tenía. Siempre fue mejor.

—No comparto tu opinión. En absoluto.

—Para el oído experto, Tatiana tiene más talento. —Esbozó una sonrisa—. ¿Quieres el último?

Sostuvo un trozo de pastel de mantequilla de cacahuete ante mi boca.

Agarrándole la muñeca, me incliné y acepté el bocado. Aquella repentina intimidad entre nosotros era demasiado natural, casi familiar.

—Lo siento, pero tengo que irme —anunció súbitamente—. Me lo he pasado muy bien. Ha sido agradable volver a verte, Matt. Me alegro de que estés bien.

—Te acompaño a casa.

—No es necesario.

Se deslizó hasta el extremo del banco para ponerse en pie.

—Es tarde y me sentiría mejor si pudiera acompañarte —insistí.

Grace dudó.

—Está bien. Puedes acompañarme hasta mi calle.

En el trayecto, se recogió el pelo en un moño, con lo que volví a ver su tatuaje. «Tortolita de ojos verdes». No pude resistir acariciar su nuca con las yemas de los dedos. «Había sucedido de verdad. Todo era real».

—¿Qué estás haciendo? —soltó estremeciéndose.

—Solo quería tocarlo, comprobar que aún lo tenías.

Grace rio.

—Los tatuajes suelen ser permanentes.

—Me preguntaba si no te lo habrías quitado en un arrebato de furia.

—Más que furiosa, tenía el corazón roto.

«Ay».

Tomé sus manos entre las mías.

—Lo siento. No sabes cuánto.

—Lo sé. Yo también lo siento. Supongo que tú también sigues teniendo el tuyo, ¿no?

Estiré hacia abajo el cuello de mi camiseta negra, revelando el tatuaje sobre mi corazón.

—Sí, aquí sigue.

Ella lo acarició.

—*Just the ash*—murmuró.

Bajó la cabeza. Agarrando su mentón, hice que me mirara a los ojos y vi que los suyos estaban llenos de lágrimas.

—Coincidimos en mal momento. Pero aquí estamos los dos, de nuevo.

Esbozó una ligera sonrisa.

—Tengo que irme.

Antes de que pudiera detenerla, dio media vuelta y se apresuró por la calle. Esperé hasta verla subir la escalinata del edificio y, acto seguido, me encaminé hacia mi piso, cabreado con el mundo y deseando asesinar a Elizabeth por haberme jodido la vida en más de un sentido.

En cuanto llegué a casa, llamé a mi hermano. En la costa oeste aún eran las nueve. Monica contestó.

—¿Diga?

—¿Está Alexander?

—Vaya, al menos podrías decir «Hola», Matthias. Alexander no está. Mañana presenta una solicitud bastante importante y se ha quedado en el despacho.

—Monica, me dijiste que Elizabeth y tú eráis como hermanas, ¿verdad?

—Bueno, fuimos familia durante ocho años.

—Sí, ya, claro. ¿Sabías que Grace trató de ponerse en contacto conmigo y que, en cada una de las ocasiones, Elizabeth se las arregló para ocultármelo? —Mi tono era severo, acusador—. No la ayudarías con estos pequeños engaños, ¿verdad?

—Basta.

—No. Le diste el jodido moisés familiar. Hablabais todo el tiempo. Tú misma dijiste que te había contado lo colgado que estaba de Grace. Grace no te gustó de buen principio, y yo lo sabía. Qué celosas estabais las dos de ella.

—Matt, pienso colgar en dos segundos si sigues por ahí.

Mi respiración era acelerada y el corazón me latía con fuerza. Solo albergaba pura ira y adrenalina.

—No sé de qué estás hablando —continuó Monica—. Yo nunca sentí celos de Grace. Estuvo en tu vida cinco minutos, ¿y ahora te atreves a acusarme? Elizabeth nunca me dijo nada, excepto que tenías un montón de fotografías de Grace y que te negabas a tirarlas.

—Elizabeth es la razón principal por la que no he hablado con Grace en quince años. Elizabeth es probablemente la razón por la que, en este momento, no esté casado con Grace.

Soltó un sonoro suspiro.

—Matt, me parece que estás siendo un poco dramático.

—Ni siquiera sé por qué te cuento todo esto.

Durante un instante, Monica guardó silencio.

—Creo que lo haces porque somos familia. —Sus palabras me sorprendieron—. Deberías dormir un poco, Matt. Tienes voz de cansado. Siento que creas eso que has dicho. Nunca pensé que Elizabeth tuviera malas intenciones.

—Yo tampoco. Pero así es.

—Le diré a Alexander que te llame, ¿vale?

—Vale. Gracias, Monica. Buenas noches.

A las dos de la madrugada, seguía mirando por la ventana. Estaba ofuscado, así que decidí salir a dar una vuelta. Antes de darme cuenta, mis pasos me guiaron hasta la calle de Grace. Reinaba la calma y me detuve ante cuatro edificios de piedra caliza. No sabía cuál era el suyo; eran idénticos.

—¡Grace! —grité.

Habría podido telefonearla y decirle: «¡Gracie! ¡Grace, por favor, necesito hablar contigo!», pero si tu intención es hablar con alguien a las dos de la mañana, casi mejor hacerle una visita.

—¡Grace, por favor!

Al otro lado de la calle, se abrió una ventana.

—¡Lárgate o llamo a la Policía! —gritó un hombre.

—¡Hágalo! —le respondí.

—¡No pasa nada, Charlie!

Era la voz de Grace. Me volví y la vi en el umbral de la puerta de uno de los edificios. Subí corriendo los cinco escalones, con el corazón desbocado.

Solo unos pocos centímetros separaban nuestros rostros. Llevaba un pijama rosa de franela con arbolitos de Navidad. Estábamos en mayo. Esbocé una sonrisa.

—¿Qué estás haciendo aquí? —preguntó.

La tomé de las manos y bajé la mirada hacia ellas.

—Antes me hubiese gustado besarte, pero he sido demasiado gallina.

Me acerqué y la besé con dulzura, lentamente. Sus labios eran suaves, pero se movían con impaciencia. Besaba como siempre había besado, apasionadamente. Me rodeó el cuello con los brazos y nuestros cuerpos se acercaron aún más mientras nos besábamos con más anhelo. Deslizó las manos por mis costados, hacia mi cintura y las introdujo debajo de mi camiseta. Sus dedos siguieron los dibujos de mi cinturón.

—¿Aún lo tienes? —me susurró al oído alejándose un poco.

—Siempre has estado conmigo, Grace. Jamás llegué a encontrar la manera de que te marcharas.

Dejó caer la cabeza sobre mi hombro.

—¿Qué vamos a hacer?

—¿Salir?

Soltó una carcajada.

—¿Quieres salir conmigo, en plan serio?

«Me casaría ahora mismo contigo si accedieras».

—Sí, quiero salir contigo. Eres mi exesposa favorita.

Alzó la cabeza y escudriñé su expresión. Me sentí aliviado al ver que me miraba con aire divertido.

—Estoy libre los martes, después de clase.

—¿Nos vemos delante de la residencia sobre las tres?

Rio de nuevo, pero advertí el brillo de unas lágrimas a la luz de la luna. Ya había habido suficientes lloros en una noche.

—Sí, nos vemos allí.

Me acerqué y la besé en la mejilla.

—Siento haberte despertado. Ahora, a dormir, señorita. —Le di un beso en la nariz, di media vuelta y bajé trotando los escalones—. El martes a las tres —repetí—. Nos vemos.

—¡Callaos de una vez! —gritó desde la ventana Charlie.

—¡Anda, vuelve a la cama, Charlie! —exclamó Grace.

22. ¿Y por qué no ahora?

MATT

Me pasé todo el fin de semana comprando cosas para el piso, para que diese la sensación de que estaba habitado por si a Grace se le ocurría pasar.

El lunes siguiente, nada más despertarme, sentí que me bullía la sangre ante la idea de encontrarme a Elizabeth en el trabajo. Salí a correr para desahogarme un poco, me duché y me encaminé hacia la oficina. En el pasillo de camino a mi cubículo me topé con Scott.

—Oye, ¿puedo hablar contigo? —pregunté.

—¿Qué pasa, tío?

—¿Podemos ir a tu despacho?

—Claro.

Nos sentamos uno frente al otro.

—No aguanto en esta oficina ni un minuto más. ¿Puedo teletrabajar?

Scott se reclinó en la silla.

—Tío, en el último par de años no has dejado de pedir cosas.

—Lo sé, y lo siento de veras, pero ya no soporto las gilipolleces de esta oficina.

—Fuisteis tú y Elizabeth los que decidisteis dejar el trabajo en exteriores y estableceros aquí.

Alzó las cejas, como diciendo: «¿Recuerdas?».

—Scott, voy a ser sincero contigo. No tiene nada que ver con el trabajo. Creo que, por el interés general, es preferible que no esté en el mismo edificio que Elizabeth.

—¿En serio? Y yo que pensaba que llevabas tan bien el divorcio. Tío, que ya ha pasado más de un año. ¿De verdad estás tan colgado por ella?

—Ha surgido nueva información. Soy incapaz de seguir trabajando con esa psicópata.

Esbocé una sonrisa que probablemente me confirió aspecto de psicópata.

—Venga, Matt, seamos razonables.

—Me haré autónomo, Scott. Ya lo he sido antes y gané un puto Pulitzer.

Scott entornó los ojos.

—Joder, Matt, no me amenaces.

—No te estoy amenazando y no pienso entrar en detalles sobre lo que hizo. Basta decir que me arruinó la vida y que no puedo seguir trabajando con ella, ¿vale? Y no creo que sea poco razonable por no querer trabajar con mi exmujer embarazada y su nuevo marido. Presenté una puta solicitud meses atrás y mira dónde estoy. Es o ella o yo.

Scott soltó un profundo suspiro.

—Te queremos en el equipo, pero ya imaginarás que Elizabeth no se va a ir a ninguna parte. Está embarazada; nos demandaría si la despidiéramos.

Alcé las manos.

—Me da igual, tío. Yo me voy —dije mirándolo fijamente.

Scott hizo girar la silla. Se acarició la brillante calva y después se cruzó de brazos y se reclinó.

—Vale, puedes teletrabajar. Aunque no es lo habitual. Quiero que sepas que te estamos haciendo un favor. Y solo hasta que podamos incluirte en otro proyecto. Necesitarás un asistente que te hará de enlace en las reuniones de producción si de verdad no puedes soportar mover tu puto culo hasta este edificio. ¿Qué te parece Kitty? —sugirió sonriendo de oreja a oreja.

Me puse en pie y di una palmada.

—Es un plan de puta madre, Scott. Te adoro.

Me acerqué a él y, envolviéndole el rostro con las manos, le planté un beso en la mejilla.

—Me largo. Ah, y ya me buscaré yo a mi asistente —le dije por encima del hombro mientras salía.

Al cabo de un rato, cruzaba alegremente el vestíbulo con todas mis pertenencias en una caja de cartón cuando me topé con Elizabeth. «Recuerda, Matt: si la asesinas, irás a la cárcel».

—¿Qué se supone que haces con todas tus cosas?

Apoyó una mano en la cadera, bloqueándome el paso.

—Apártate.

—¿Por qué eres tan grosero conmigo? Estoy embarazada, capullo.

—Ya lo sé, igual que el resto de las personas que no sufren problemas de vista. Y no es asunto tuyo lo que hago. Fuera de mi camino.

—¿Te han despedido?

Lo último que deseaba era discutir con ella, pero no pude controlarme.

—Sé lo de las llamadas y las cartas de Grace. Y que me las ocultaste. Muchas gracias.

Puso los ojos en blanco y miró hacia el techo.

—Oh, por el amor de Dios, ya imaginaba que esto acabaría por salir. Mira, Matt, cuando regresaste a Nueva York en el 97 y ella ya no estaba, te quedaste hecho polvo. Tuve que recoger tus putos pedazos y aguantarte durante años. ¿Crees que habrías conseguido este trabajo de no ser por mí? Estabas a punto de convertirte en un alcohólico y tu vida iba pendiente abajo. Te salvé de la autodestrucción. Y ella no estuvo aquí para hacerlo.

Solté una carcajada.

—¿«A punto de convertirte en un alcohólico»? ¿Es así como justificas tus engaños? Menuda gilipollez. Tú y yo no nos hubiéramos casado nunca si hubiese sabido que Grace trataba de contactarme.

—¿Sabes lo patético que suenas al decir eso?

—Siempre tienes que salirte con la tuya, a toda costa. Tú me querías, así que hiciste lo que había que hacer. Querías un bebé, y como yo no estaba cerca para darte uno, fuiste a buscar al primero que estuviera dispuesto a participar, incluso a expensas de tu matrimonio. La única patética aquí eres tú, Elizabeth. No yo.

Se quedó sin saber qué decir.

—Pensaba… Pensaba que me querías.

Era una de las típicas tácticas de combate de Elizabeth. Podía darle la vuelta a la tortilla y pasar del enfado y las acusaciones a la autocompasión en una milésima de segundo.

—Quería a la persona que pensaba que eras, pero ahora me doy cuenta de que esa persona nunca existió. Tengo que irme.

Traté de continuar mi camino, pero ella me obstruyó el paso de nuevo.

—Matt, espera.

—Por favor, déjame pasar.

—¿Por qué siguió persiguiéndote pese a que sabía que estábamos casados? Es decir, era de dominio público. ¿No crees que eso está mal?

—¿Ahora le echas la culpa por querer respuestas, por querer saber lo que había pasado entre nosotros? Estaba destrozada, Elizabeth, igual que yo. —Hice una pausa y miré hacia su incipiente barriga—. Por amor a esa pequeña criatura que crece en tu interior, espero que hayas aprendido algo sobre esto. Pese a que lo intentaste todo, lo nuestro no salió bien. No estamos juntos. No sirvió de nada. —Elizabeth rompió a llorar, pero no me afectó—. Por favor, Elizabeth, apártate.

Mi ira había llegado al punto más alto y aquella situación se me antojaba de lo más ridícula. Ya no me apetecía gritar ni chillar. Todo me parecía un puto chiste. El problema era que el chiste iba sobre mí.

Tenía dos opciones: aceptarlo y pasar página o darle a esta desgraciada otro segundo que no merecía.

Pasé a su lado, dejándola atrás.

—Hasta nunca.

Era primavera en Nueva York, y yo era libre de seguir mis sueños.

Con los rayos de sol brillando entre los rascacielos, me dirigí al metro cargado con una caja de tamaño mediano llena de los recuerdos de toda una carrera. Ya dentro, sonreí, tratando de evocar cada detalle del beso con Grace el viernes anterior. La suavidad de su pelo entre mis dedos, sus ojos cerrados, como siempre, incluso quince años después, después de separar nuestros labios, como si lo degustara.

No permitiría que nada ni nadie se interpusiera en mi camino de nuevo.

Tras salir a correr un rato por la mañana, me pasé el martes contando los minutos que faltaban para las tres de la tarde, hora en que se suponía que iba a encontrarme con Grace. Llegué demasiado temprano y me senté en los escalones de la residencia a esperarla. Apareció a la hora convenida con paso decidido.

Parecía más jovial que la última vez que la vi y caminaba dando pequeños saltitos, algo habitual en ella. Llevaba una falda de flores, medias y un jersey, una versión un poco más adulta de su estilo universitario. Observando mi atuendo, advertí que yo tampoco había cambiado mucho mi manera de vestir: pantalones vaqueros, camiseta y Chucks. ¿De verdad había transcurrido tanto tiempo? Si así era, no se evidenciaba mucho físicamente, excepto por un par de arrugas en nuestros rostros.

Me levanté y metí las manos en los bolsillos.

—¿Has comido algo? —preguntó.

—Me muero de hambre —mentí. Quería hacer lo que ella quisiera—. ¿Qué te apetece?

—¿Comemos un perrito caliente y damos un paseo por el parque?

Sonreí.

Nada me apetecía más. Por supuesto, Grace podría haber dicho: «¿Qué tal un paseo en góndola por los canales de Venecia?» o «¿Y si nos sentamos en el valle de la Muerte sin agua?». Mientras ella estuviera conmigo, todo sonaba de lo más apetecible.

Me parece bien.

Hombro con hombro, nos dirigimos hacia allí charlando. Le conté lo de mi trabajo, omitiendo ligeramente la pelea con Elizabeth.

—¿Cómo están tus padres? —pregunté.

—Igual, excepto que mi padre ahora está sobrio y mi madre se ha vuelto a casar. Mi hermano y mis hermanas ya son mayores y se han mudado. Estoy más unida a mi hermana pequeña. Vive en Filadelfia y nos vemos a menudo. Pensé en mudarme a Arizona después de la muerte de Dan, pero me encanta Nueva York. Tengo amigos aquí y no sería capaz de dejar el *brownstone.*

Sentí una punzada en el pecho. Ojalá hubiese sido yo el que le hubiera comprado la casa.

Comimos los perritos calientes en el parque de Washington Square, sentados en los escalones de la fuente, mientras contemplábamos a dos niños que chapoteaban en el agua. Una niña rubia, de unos tres años, se tronchaba de risa mientras su hermano la salpicaba. Se pasaron cinco minutos así.

—Qué monada de críos —dije.

—Sí. Oye, ¿tienes hierba? —preguntó distraídamente.

—Vaya cambio de tema, ¿no? —La miré de reojo—. Espera, ¿lo dices en serio?

—¿Y por qué no?

Me limpió un poco de mostaza que tenía en el labio con el dedo índice y después lo chupó.

«Cielos, Grace».

—Pero puedo conseguir —respondí aturdido.

—Quizá la próxima vez.

Se encogió de hombros con gesto torpe, un destello de la Grace del pasado.

—¿No te preocupa que te vean tus alumnos?

—Había pensado en ir a tu casa.

—Oh, sí, claro. —Asentí enérgicamente, como un colegial ansioso—. Sin problema.

—¡Mira! —exclamó señalando a un chico joven que, con su novia a caballito, corría en círculos mientras ella gritaba alegremente.

Grace me sonrió y sus ojos se llenaron de lágrimas.

«Joder, Grace, no llores. No llores, Grace. Me muero si lo haces».

—Aún puedo llevarte. No soy tan viejo.

Ella se echó a reír con las lágrimas resbalando por sus mejillas.

—Te dejaría intentarlo, viejales, pero llevo falda.

—Habías dicho algo de ir a mi casa, ¿verdad?

Procuré adoptar un aire inocente.

—Sí, si quieres. Me gustaría ver dónde vives.

—¿De verdad?

—Pues claro. Quiero ver dónde vives; no estoy proponiendo acostarnos.

—Pfff. Ya lo sé… Ni se me había pasado por la cabeza.

Aunque era lo único que se me pasaba por la cabeza.

Era hora punta y el metro estaba abarrotado. Grace me daba la espalda y se apoyaba en mí. Me pregunté si sus ojos estarían cerrados.

—Podríamos haber cogido un taxi o ir andando —le susurré al oído—. Casi se me olvida que somos adultos.

—Me gusta ir en metro contigo.

La atraje aún más hacia mí. Sentí como si todos esos años separados nunca hubieran existido.

Cuando llegamos a mi edificio, el ascensor se detuvo en el cuarto piso, directamente en mi *loft.* Grace salió primero. Nada más hacerlo, alzó la mirada hacia el techo de vigas.

Encendí las luces.

—Matt, es precioso.

—A mí también me gusta.

Afuera aún no había oscurecido y la luz proyectaba un bonito resplandor en la estancia. Grace se acercó a las ventanas.

—Igual se puede ver el tejado de mi edificio desde aquí.

—No, no se ve. —Grace se volvió y esbozó una sonrisa—. ¿Quieres una copa de vino? —pregunté.

—Me encantaría.

Mientras yo iba a la cocina, ella se dedicó a pasear. El dormitorio, la cocina y la sala de estar se integraban dentro de un gran espacio diáfano de techos altos con unas vigas que separaban las diferentes habitaciones. Mientras servía el vino, vi que acariciaba mi edredón blanco.

—Tu piso es muy bonito. Me encanta el toque rústico. Por lo general, la gente acostumbra a utilizar un estilo moderno para decorar este tipo de espacios.

—Me estás llamando anticuado.

—No creo que seas anticuado.

Estaba ante la pared, contemplando la imagen que me había hecho ganar tantos premios.

—¿Demodé? —le pregunté tendiéndole la copa.

—Eterno —respondió haciendo una mueca.

Al instante deseé que estuviera hablando de nosotros. ¿O es que no éramos eternos? Quizá lo que podríamos haber tenido planeara sobre nosotros, pero nada podía cambiar lo que habíamos tenido en el pasado.

—Oh, vaya, gracias. Es un calificativo bonito.

Señaló hacia la fotografía.

—Pero eso… eso es muy potente. Niños y armas… —Negó con la cabeza—. Qué trágico. ¿No tuviste miedo cuando la sacaste?

—No, no tuve miedo. A veces la cámara hace de escudo. Cuando empecé a trabajar, me arriesgaba mucho y visitaba sitios como ese.

—¿Crees que ganarás otro Pulitzer?

—Es algo que solo ocurre una vez en la vida, pero me apetece volver al trabajo en localizaciones de exterior.

—Me apuesto algo a que algunas de las mejores fotos son fruto de casualidades afortunadas.

—Como la vida. —Me acerqué a ella y le pasé un mechón de pelo por detrás de la oreja—. Quiero besarte.

Dio un sorbo rápido a su copa.

—Ejem… ¿has ido a algún concierto últimamente?

Me reí entre dientes.

—Eres la mejor cambiando de tema.

—No creo que pueda decirte que no durante mucho más tiempo, y yo… de verdad quiero…

Tragó saliva y desvió la mirada.

—¿Qué, Grace?

—De verdad quiero una segunda oportunidad.

El rumbo que estaba tomando la conversación la estaba poniendo nerviosa. Veía cómo su respiración era cada vez más acelerada.

—¿A qué te refieres?

—Eras mi mejor amigo.

Reprimió las lágrimas, desviando de nuevo el rostro.

—Por favor, no llores.

Cuando su mirada se volvió a encontrar con la mía, era intensa, ardiente.

—Matt, me gustaría decirte algo.

La abracé y la estreché contra mi pecho. Quería tomárselo con calma, como habíamos hecho en el pasado, en esos increíbles momentos que pasamos juntos en nuestro cuarto, bailando, cantando, tocando música, haciendo fotos. Ese es el problema con los adultos. No hay manera de tomárselo con calma porque, incluso a la relativamente joven edad de treinta y seis años, piensas que tus días están contados. Tras cinco minutos de charla, ya crees que conoces a una persona de toda la vida, en cuerpo y alma.

Me separé un poco de ella para mirarla.

—Tengo una idea. Quédate aquí y ponte cómoda. Quítate los zapatos. —Señalé las estanterías de vinilos—. Pon algo de música. Enseguida vuelvo.

Salí del *loft*, tomé el ascensor, crucé la calle a toda prisa y subí tres tramos de escaleras en un minuto. Rick Smith era el único fumeta que conocía en un radio de ocho kilómetros. Llamé a su puerta.

Abrió ataviado con unos pantalones de chándal, una diadema para el sudor con los colores del arcoíris y el torso desnudo. Tenía un cuerpo extremadamente tonificado para ser un escritor cuarentón que solo salía de casa para pasear a Jackie Chan, su gato.

—Matt, colega, ¿qué tal? —saludó resollando.

—Oye, Rick, siento pillarte en un mal momento.

—No, no. Solo estaba haciendo Tae Bo.

—¿Tae Bo? ¿Aún está de moda?

—Bueno, no es una moda, es una rutina de ejercicios. Pero entra, tío.

Abrió la puerta de par en par. Jamás había pisado su piso; ni siquiera cuando le devolví a Jackie Chan después de que escapara.

Era como si hubiese retrocedido en el tiempo y, en cierto modo, me gustó. En él, todo era viejo, pero estaba en perfecto estado. El televisor Toshiba de la esquina se encontraba pausado, con el gurú del *fitness* Billy Blanks pescado en pleno movimiento. Rick se ejercitaba con un viejo vídeo de Tae Bo.

—¿Eso es un VHS?

—Oh, sí. Mi reproductor de vídeo. Funciona de maravilla. Sería una tontería deshacerse de él, ¿no crees?

—Tienes razón.

Me esperaba un piso con un montón de cosas acumuladas y trastos por doquier, pero era totalmente lo contrario.

Se dirigió a la cocina, abrió el frigorífico y tomó un botellín de agua.

—Bienvenido a mi humilde morada. ¿Quieres un poco de agua o un chupito de trigo germinado? También tengo emulsionante. O si lo prefieres, puedo prepararte un zumo natural.

—Vaya, gracias, Rick. Eres muy amable.

Estaba obsesionado con la salud. Caí en la cuenta demasiado tarde de que debería haber leído alguno de sus libros antes de presentarme en su casa a pedirle marihuana.

—¿Y bien, a qué debo esta visita?

—Bueno, ejem..., no sé exactamente cómo decir esto, pero... Una antigua amiga ha venido a mi casa y...

—¿Queréis un petardo?

—¡Sí! —exclamé señalándolo con el dedo índice, como si hubiera ganado *El precio justo.*

Ya nadie empleaba el término «petardo», pero daba igual.

—¿Y por qué acudes a mí? ¿Me tomas por un fumeta o algo así? ¿Crees que soy algún tipo de traficante de drogas? —dijo con rostro inexpresivo.

—Mierda.

Habría jurado sobre una Biblia que cuando me cruzaba con él, sus ojos estaban inyectados en sangre, se le salían de las cuencas y apestaba a marihuana.

—¡Ja, ja! Tío, que te estoy tomando el pelo. Te he pillado —exclamó con aire divertido y, dándome una palmada en el hombro, añadió—: Dame un segundo.

Pasó junto a mí y, al cabo de un momento, regresó con un frasco de medicamentos sin etiqueta, el cual, por lo que pude distinguir, estaba repleto de cogollos de maría.

—Ahora escúchame bien —dijo poniéndolo ante mí—. Esto es King Kush. Es marihuana medicinal. Viene de la primera farmacia de marihuana medicinal de la costa este. Alquilé un coche y conduje todo el puto camino hasta Maine para conseguir esta mierda. No pases por la casilla de salida, nada de follar, ¿me entiendes?

Sus ojos pequeños y brillantes lanzaban destellos láser que me atravesaban.

—Rick, tío, no sé. Estás empezando a asustarme.

—Es superfuerte. Ya verás, te encantará. Después me darás las gracias.

Sacó un paquete de papel de fumar de un cajón y me lo tendió.

—¿Lo necesitas?

—Sí.

Acepté el papel de fumar y el frasco y me lo metí todo en el bolsillo.

—Líalo muy fino, tío, y fumaos solo la mitad antes de hacer otro.

—¿Y si te digo que mi amiga mide 1,65 y es de constitución pequeña?

—Estará bien. A las mujeres les encanta esta mierda.

Antes de salir, me volví.

—Rick, no sé cómo agradecértelo.

—No te preocupes. Considéralo una recompensa por devolverme a Jackie Chan el otro día.

Ya en mi piso, me encontré a Grace sentada en el sofá, descalza y con los pies cubiertos por las medias apoyados en la mesita de café. Había puesto a Coltrane en el tocadiscos, tenía los ojos cerrados y descansaba la cabeza sobre el respaldo del sofá. Parecía sentirse como en casa. «Cielos, la quiero».

—Adivina qué —dije mostrándole la maría.

Se me quedó mirando.

—¿Tu plan es colocarnos y bailar?

—Preferiblemente desnudos.

—No tientes a la suerte.

Me arrodillé junto a la mesa y lie un porro muy imperfecto. Grace no paraba de reírse.

—No te burles.

—Dame, ya lo hago yo.

Tomó un nuevo papel y lio uno bonito, delgado y perfectamente apretado.

—Vaya, Gracie, ¿cómo es que te salen tan bien?

—Tati y yo fumamos de vez en cuando. Bueno, de hecho, cada primer domingo de mes.

—¿Estás de broma? Qué raro que Tatiana se reserve un día en la agenda para fumar hierba.

—Sí, algunas cosas nunca cambian. —Lo encendió, dio una calada y, sin soltar el humo, añadió—: ¿Y quién iba a querer que lo hicieran?

Fumamos y todo se volvió un poco más confuso. Puse «Superstition», de Stevie Wonder, y Grace se levantó y empezó a bailar. Se revolvió el pelo mientras yo la miraba asombrado, negando con la cabeza, preguntándome cómo demonios la dejé escapar.

—Baila conmigo, Matt.

Me puse en pie y bailamos hasta que la canción terminó. Cuando sonó la siguiente, «You are the Sunshine of My Life», ambos nos quedamos inmóviles, mirándonos, hasta que Grace flaqueó y empezó a reír.

—Qué canción más cursi.

—Graceland Marie Starr, esta canción es magnífica. Es un clásico.

La hice girar y después la acerqué a mi pecho, exagerando un par de pasos de baile.

—Es Porter.

—¿Cómo? —Fingí no haberla oído—. La música está muy alta, ¿qué has dicho?

Ella negó con la cabeza y me dejó darle vueltas hasta que acabamos mareados y exhaustos.

Una hora más tarde, estábamos sentados en el suelo de la cocina, comiendo uvas y queso. Ella apoyaba la espalda contra la nevera con las piernas estiradas y yo estaba sentado frente a ella de la misma manera, recostado contra los armarios.

Lanzó una uva al aire y yo la pesqué.

—Tengo una idea —anunció.

—Cuéntamela.

—Vamos a jugar a un juego. ¿Tienes algo para vendarte los ojos? —Alcé las cejas varias veces—. No es lo que imaginas.

Saqué del cajón un trapo de cocina limpio y lo bastante largo de color rojo y se lo lancé. Ella se inclinó sobre sus rodillas y me lo ató alrededor de la cabeza.

—Grace, me estoy asustando.

—Vamos a jugar a «Adivina lo que acabo de meterte en la boca».

—Madre mía, creo que este juego me encantará.

—No te emociones.

«Demasiado tarde».

La oí corretear por la cocina y, unos minutos después, se sentó junto a mí.

—Vale, abre.

Sentí que una cuchara fría me rozaba la lengua. Algo se deslizó hacia la parte posterior de mi garganta. Era indefinido y repugnante, y la textura me dio escalofríos.

—Qué asco, ¿qué es esto?

—Tienes que adivinarlo; esa es la gracia del juego.

—¿Gelatina con salsa de soja?

Me levanté la venda y vi su cara de éxtasis.

—¡Lo has acertado! Pensé que no lo conseguirías.

Negué con la cabeza.

—Esto no es tan divertido como imaginé.

—Espera, tengo más.

—No.

—¿Uno más? —suplicó gimoteando.

—Vale.

Me puse de nuevo la venda. La oí rebuscar de nuevo y un momento después, regresó.

—Abre, Matty.

Me había metido el dedo en la boca y, por si eso no era lo bastante dulce, lo había embadurnado de Nutella.

—¿Nutella à la Grace?

Me quitó la venda, con expresión radiante.

—Mi turno —anuncié.

Le tapé los ojos con el trapo-venda, me levanté y fingí hurgar en los cajones. Volví a sentarme.

—¿Preparada?

—¡Sí!

Abrió la boca y la besé, empezando por el labio inferior. Luego me moví hacia su cuello y de nuevo a su boca hasta que nuestras lenguas se enroscaron y nuestras manos se perdieron en el pelo del otro.

Nos besamos en el suelo de la cocina, pero entonces, de repente, Grace cortó por lo sano.

—¿Me acompañas a casa? —dijo.

Apartándome un poco, escruté su rostro.

—Claro, pero ya sabes que puedes quedarte si te apetece. Nada de líos, lo prometo.

—Tengo que volver a casa.

—De acuerdo.

Tendiéndole la mano, la ayudé a ponerse en pie. Recogió su bolso, comprobó el móvil y se metió un caramelo de menta en la boca.

—¿Estás saliendo con alguien?

—Creía que estaba saliendo contigo —dijo.

—Sí. Estamos saliendo. Muy lentamente.

—¿Me estás presionando, Matthias? Si no recuerdo mal, eras más paciente con veintiún años. ¿Qué te ha pasado? —dijo en tono divertido.

Me reí.

—Bueno, entonces no sabía lo que me estaba perdiendo. Ahora sí.

Salimos del *loft* y la acompañé a casa. Al llegar al portal, la detuve.

—¿Quieres ir cenar el viernes?

—Encantada. —Acercándose, me dio un largo beso—. Gracias por la noche. Me lo he pasado muy bien.

—Yo también. Ha sido la mejor experiencia «No recomendada» que he tenido en mucho tiempo.

—El lenguaje explícito, el baile provocativo, chuparse los dedos y el uso de drogas merecen, sin duda, una clasificación «No recomendada» —objetó, antes de inclinarse hacia mí y darme un último beso en la mejilla.

—Buenas noches, Gracie.

—Buenas noches, Matty.

Regresé a casa, me metí en la cama y me dormí con una sonrisa en el rostro.

El viernes reservé mesa en un pequeño japonés a poca distancia de nuestras casas. Cuando llegué a su edificio para recogerla, me estaba esperando en la escalera, ataviada con una chaqueta de cuero y un vestido que me recordaba a aquellos que solía llevar en la universidad y que me volvían loco.

—Estás muy guapa.

—Tú también.

Empezamos a andar, cogidos del brazo y contándonos nuestra semana. Comimos sushi, bebimos mucho sake y le dejé probar mi plato. Después de cenar, terminamos en un bar en el que tocaba una banda de góspel y *blues rock.* Durante la noche, hubo momentos en que nos movíamos al ritmo de la música sin decirnos nada y otros en los que nos reíamos frenéticamente y nos hablábamos a gritos por encima de la música.

A las once ya llevábamos dos copas de más. Cuando la besé fuera del bar, ella se separó primero y tiró de mí calle abajo.

—¿Y ahora, adónde vamos?

Se volvió, me agarró la cara con fuerza y volvió a besarme.

—A mi cama, Matt. Ahí es adónde vamos.

Mi corazón latió desbocado ante la idea.

—Me parece una idea estupenda.

La seguí hasta la puerta de su casa, intentando desesperadamente mantener la calma y no parecer demasiado ansioso.

Cuando entramos en su piso, entorné los ojos para poder ver algo en la oscuridad.

Me di la vuelta y observé su silueta, iluminada únicamente por la luz de la calle que entraba por la ventana junto a la puerta principal. Dejó las llaves en el mueble del recibidor y luego se quitó la chaqueta y la lanzó a un lado. Se descalzó, se deshizo de las medias y, quitándose el vestido por encima de la cabeza, también lo lanzó.

Me quedé boquiabierto.

La cogí cuando saltó a mis brazos y se sentó a horcajadas sobre mí, acariciándome con sus manos el pelo y besándome con sus dulces labios. Caminando de espaldas por el oscuro pasillo, llegué a una escalera y miré hacia arriba.

—No —dijo—, mi habitación está aquí. Al final del pasillo, a la izquierda.

Apretándola contra la pared, la besé desde la boca al cuello y a la oreja, y de nuevo a su hombro, donde traté de recuperar el aliento. Cuando la dejé en el suelo, agarró mi camiseta y me la quitó. Después me tomó de la mano y me llevó a su dormitorio.

De pie cerca de la cama, me agarró el cinturón y trató de quitármelo.

—Más despacio, Gracie.

—Eres el primero que me dice eso.

Me desabrochó el cinturón y me bajó los pantalones y los calzoncillos mientras yo me quitaba los zapatos. Era diferente de la Grace de la universidad. Ahora lo veía. Estaba más segura de sí misma.

Tomé su cara entre mis manos. Incluso en la penumbra, con poco más que el resplandor de las luces de la calle que entraba por la ventana, pude distinguir sus ojos brillantes y llenos de asombro.

—Quiero ir más despacio. De lo contrario, para ti no resultará divertido —le pedí.

Ella asintió y nos besamos de nuevo, pero más dulce y lentamente esta vez. Le acaricié el cuello, bajé hasta su pecho y tracé el escote del sujetador con la punta del dedo. Dejé un rastro de besos por su cuello mientras mis manos desabrochaban el sujetador por detrás, dejándolo caer al suelo. Era aún más hermosa, pese a que jamás hubiera creído que eso fuera posible. Su cuerpo seguía siendo muy suave y terso, pero era también femenino, fuerte, exquisito, lo más hermoso que había visto nunca. Aunque me entraron ganas de salir a por una cámara, las ganas de tocarla pudieron más.

—Cielos.

Fue todo lo que pude pronunciar cuando ella se acercó, encontrando mi boca de nuevo.

Me aparté.

—Deja que te mire.

Arrodillándome, le quité las bragas y cubrí su estómago, sus muslos, el espacio entre sus piernas de besos. No se oía otro sonido que mis labios sobre su cuerpo y su respiración suave, que iba haciéndose cada vez más rápida, más urgente, hasta que soltó un gemido.

—Te deseo, Matt —dijo con tono impaciente.

Mis manos se movían por sí solas. Me senté en el borde de la cama y ella se subió a mi regazo, envolviendo mi cintura con sus piernas. Empezó a moverse y yo pensé que iba a perder el control.

—¿Grace?

—Chist, Matt. —Me acarició la mandíbula—. Esto me gusta. Es sexi. Ahora eres más sexi, más definido, más… grande.

Soltó una risita.

Deseaba tanto estar dentro de ella.

—Necesito decirte algo —le pedí.

—Vale.

Me besó más lentamente el cuello, pero siguió moviéndose sutilmente.

—¿Te parece raro que, en estos últimos quince años, haya pensado un montón de veces en estar así contigo?

Se echó hacia atrás y sonrió.

—Si tú eres raro, entonces yo también lo soy.

—Sí…, pero eso es justo lo que me gusta de ti —dije sonriendo.

Empujó sus caderas contra mí y gemí.

—Hazme el amor —pidió.

Hundí mi cara en su cuello, besándola febrilmente, mientras me ponía en pie, con sus piernas todavía envueltas a mi alrededor. La tumbé sobre la cama y retrocedí un paso para mirarla. Ella se incorporó y me atrajo hacia ella, con las piernas abiertas y el cuerpo caliente, dándome la bienvenida. Me introdujo en su interior y, como le sucedería a cualquier hombre, mi mente se quedó en blanco.

—Eres preciosa —susurré ralentizando mis movimientos, tratando de evitar cualquier vergüenza prematura.

Dos empujones cautelosos y ya había conseguido controlarme, pero Grace pedía más.

—Venga, Matt.

—Estoy tan a gusto —susurré contra su oído.

Mis labios encontraron su cuello justo cuando su espalda se arqueaba y apretaba la cabeza contra la cama. Sentí su latido y me sentí morir, deslizándome hacia una muerte temporal.

Con la respiración aún acelerada, me desplomé sobre ella. Grace tomó mi mano entre las suyas y la sostuvo como si necesitara aferrarse a algo. Me tumbé de lado.

—No pienso irme a ninguna parte, Grace.

—¿Me lo prometes?

—Te lo prometo.

—¿Pase lo que pase?

La atraje hacia mí y la abracé.

—¿Qué ocurre?

Enterró el rostro en mi pecho.

—Nunca me convenció que hubieses seguido con tu vida sin más. Tuve que aceptarlo, pero tú no estabas allí para decirme si era cierto o no. La carta era tan diferente a ti, tan fría. No podía creer lo que decía y, durante mucho tiempo, no la creí. Pero entonces llegó un momento en que me di cuenta de que ya no vivía. Tuve que renunciar a la idea de que estuviéramos juntos y querer a Dan como se merecía. Pero jamás dejé de pensar en ti.

—Lo sé, Grace. Yo tampoco. Lo siento mucho. Elizabeth me destrozó la vida. Ojalá lo hubiera sabido antes.

—Tu vida no es la única que arruinó.

—Lo sé, y la odio por eso.

—Efecto dominó, Matt.

—Lo sé, y lo siento.

Besé su frente en silencio.

—Pero no quiero seguir pensando en el pasado. Ahora estamos aquí, juntos. Lo único que quiero es dormir contigo entre mis brazos, ¿vale?

Se acurrucó aún más contra mí.

—Vale.

Su respiración se calmó y su cuerpo se relajó.

Eso fue lo último que recordaba cuando me desperté en su cama, solo.

23. ¿Por quién me tomaste?

MATT

La luz iluminaba el dormitorio de Grace y contemplé por primera vez lo que me rodeaba. Había una cómoda antigua, una colcha de flores y unos cuadros impresionistas de la campiña francesa colgados de las paredes, una decoración sorprendentemente común para alguien como Grace.

La oí en la cocina y salí de la cama, sintiéndome rejuvenecido. Me puse los vaqueros y los zapatos y busqué la camiseta, pero no pude encontrarla. La puerta estaba entreabierta y asomé la cabeza en el largo pasillo. En el otro extremo estaba la cocina. Vi a Grace sentada ante una mesita redonda, sorbiendo un café. Llevaba una bata y unas zapatillas rosas de ir por casa y el pelo recogido en un moño. Alzó la mirada al oír el crujido de la puerta. El aroma del café me llamaba, pero, al dirigirme hacia allí, algo captó mi atención. Las paredes del pasillo estaban repletas de fotografías. A la derecha había una foto en blanco y negro de Grace y Tatiana en un balcón de París, con la torre

Eiffel de fondo. Era el rostro que conocía, sonrosado y jovial. Esbocé una sonrisa y miré a Grace, al fondo del pasillo, que me observaba con aire inexpresivo.

Vi otra foto de Dan dirigiendo, con Grace entre los músicos, sosteniendo el arco y el chelo. A continuación, vi una foto de ambos, sentados en un parque, con Grace sosteniendo un bebé en el regazo. Me acerqué para examinar la imagen, mientras un millón de pensamientos se agolpaban en mi mente: «¿Habían tenido un hijo? ¿Le había preguntado en algún momento si había sido madre?».

Justo al lado, había otra foto de los tres. En esta, la niñita ya era más mayor, quizá cinco años, y Dan la llevaba a hombros en el parque de Washington Square. Y a continuación otra, con la niña aún más mayor, quizá con ocho años. Miré a Grace y me pareció más cansada que nunca.

A medida que avanzaba hacia la cocina, la pequeña fue creciendo, hasta que me encontré al inicio del pasillo, mirando una foto escolar de una adolescente, quizá de quince años, con la melena rubia de Grace, los labios de Grace y la piel pálida de Grace. Pero fueron sus ojos los que me sorprendieron.

No tenían el espectacular verde de Grace, ni el apagado azul de Dan. Eran profundos, y tan oscuros que parecían negros…

Eran mis ojos.

Me llevé la mano a la boca, ahogando un gemido que procedía de lo más profundo de mi ser. Oí que alguien sorbía a mis espaldas y vi a Grace. Las lágrimas resbalaban por sus mejillas. Seguía inexpresiva, como si hubiese aprendido a controlarse, incluso al llorar.

Parpadeé al notar que yo también lloraba.

—¿Cómo se llama?

—Ash —susurró Grace.

Enterró la cabeza entre las manos, sollozando.

«Dios mío».

Me llevé la mano al pecho. «La prueba de una vida que ardo como es debido».

—Me lo he perdido todo, Gracie —dije todavía conmocionado—. Me lo he perdido todo.

Grace alzó la mirada.

—Lo siento mucho. Intenté decírtelo.

La miré en silencio durante lo que pareció una eternidad.

—No lo intentaste lo suficiente.

—Quería decírtelo…

—¿Me estoy volviendo loco?

—No, escucha… —suplicó.

Dejé de mirarla. No podía seguir haciéndolo.

—Ya basta de hablar. Oh, cielos, ¿qué está ocurriendo?

Tenía una hija y me había perdido toda su niñez.

Salí por la puerta principal y me dirigí hacia mi casa, con el pecho descubierto y aturdido. No dejaba de repetirme: «Tengo una hija, tengo una hija, tengo una hija».

Me pasé las siguientes seis horas en el *loft*, bebiendo vodka directamente de la botella. Desde la ventana, veía a la gente que pasaba por la calle, padres con sus hijos de la mano, parejas de enamorados. Bullía de ira hacia Grace y Elizabeth, como si estas dos mujeres hubieran decidido por mí toda mi vida adulta.

Llamé a mi hermano, pero me saltó el buzón de voz.

—Eres tío —le solté sin más preámbulos—. Grace tuvo un bebé hace quince años y creo que Elizabeth me lo ocultó. Ahora tengo una hija adolescente a la que no conozco de NADA. Menuda mierda. Hablamos luego.

No me devolvió la llamada.

Me encerré en el piso y bebí durante todo el fin de semana.

El lunes por la mañana me desperté, le di una patada a una caja de pizza que había en el suelo y golpeé la pared con el puño, agujereándola. Decidí que aquello me había sentado bien, así que lo hice de nuevo, y luego pasé unas horas tratando de arreglar los agujeros. Pensé en llamar a Kitty o a uno de esos números que aparecen en las páginas de anuncios del *Village Voice*, pero, en lugar de eso, me acerqué a una tienda y compré un paquete de cigarrillos. Aunque no había fumado en más de una década, fue como montar en bicicleta. De verdad.

Sentado en el banco frente a mi edificio, encadené un cigarrillo tras otro hasta que recibí una llamada de Scott.

—¿Diga?

—Me vas a adorar aún más.

—Creo que no.

—¿Por qué estás tan triste? ¿Echas de menos a tu amigo? —dijo adoptando una voz infantil.

—No. ¿Qué quieres?

—Tengo buenas noticias.

—Desembucha.

—He conseguido algo para ti en Singapur.

No dudé ni un segundo.

—Me lo quedo. ¿Por cuánto tiempo?

—Vaya, ibas en serio con eso de largarte de Nueva York, ¿eh? En cualquier caso, no hay «por cuánto tiempo». Es permanente. Trabajarías con los de producción desde Singapur en la serie en directo, pero podrías sacar fotos los fines de semana. Es una localización estupenda.

—Genial. ¿Cuándo?

No me había considerado nunca un tipo que huía de las cosas, pero estaba desesperado y me sentía indefenso, como si fuera un animal enjaulado.

—En otoño.

—¿Tan tarde?

—A caballo regalado no le mires el diente.

—Vale, acepto.

Colgué.

Grace trató de contactar conmigo varias veces, pero no contesté y ella no dejó ningún mensaje de voz. Finalmente, ese mismo día, a las diez de la noche, me escribió.

GRACE: Ash es una chica con mucha fuerza de voluntad.

YO: Vale.

GRACE: Siento cargarte con esto. Me pidió que te dijera que si no quieres conocerla, tendrás que decírselo a la cara.

YO: Grace, ya que estás, ¿por qué no te pasas por aquí y me cortas las pelotas o me robas un riñón?

GRACE: Yo también estoy sufriendo mucho por esto, pero Ash no se merece que le hagas daño. Es carne de tu carne.

Aunque ni siquiera conocía a Ash, de repente, la mera idea de hacerla sufrir me hizo sufrir. Sabía que tenía que verla.

YO: Bien, la veré. ¿A qué hora estará en casa mañana?

GRACE: A las tres y media.

YO: No quiero verte.

GRACE: De acuerdo.

Al día siguiente, llegué ante el edificio de Grace y vi a un taxi que estaba aparcando. En su interior, a través de la ventana, distinguí a una adolescente. «Ash». Lamenté no tener cinco minutos para prepararme una especie de discurso, para pensar bien en cómo decirle a esta chica que la vida apesta y que ya es demasiado tarde para retroceder en el tiempo y arreglar las cosas, que me olvidara.

Salió del taxi y se acercó a mí.

—Hola —me saludó extendiendo la mano—. Soy Ash.

Era atrevida y decidida. No muy diferente de su madre.

—Hola..., Ash.

Aún no me había acostumbrado a pronunciar su nombre. En mi rostro se fijó una expresión de curiosidad y miedo.

No sonreía, pero tampoco me fulminaba con la mirada. Su actitud era dócil.

—Para que lo sepas, mi madre me lo ha contado todo. Y me enseñó fotos tuyas.

—Qué bien.

—¿Te apetece tomar un café o algo? —preguntó arqueando sus finas cejas. Me sorprendió su amabilidad—. ¿Estás bien?

«¿No debería preguntárselo yo?». Había esperado ser yo el que llevara la batuta de la conversación.

Era más alta que Grace y llevaba una camisa con los costados cortados, dejando ver el sujetador. Pensé que igual no era mi hija, pero, de algún modo, supe que lo era. ¿Cómo podía tener una hija de su edad? Envejecí en un instante.

Esta niña me recordaba todo el tiempo que Grace y yo habíamos perdido.

—¿Cuántos años tienes? —pregunté, pese a que ya lo sabía.

—Quince.

—¿Quince a punto de cumplir veinticinco?

—He tenido que madurar deprisa —contraatacó—. ¿Vas a empezar a hacer de padre pesado directamente? A mí me da igual, pero creo que antes estaría bien que nos tomáramos un café.

—¿Te dejan beber café?

Soltó una carcajada. Creo que la complació que me preocupara.

—Sí, me dejan beber café desde que tengo diez años.

Un hombre pasó junto a nosotros y me miró de un modo extraño.

—Charlie, a otra cosa, mariposa —soltó Ash y, acercándose a mí, me susurró—: No te preocupes por él. Es solo que se aburre.

Asentí. «Es mi niña. Es mi hija». Con el dedo índice, le toqué el hombro.

—Sí, soy real —dijo ella sonriendo con satisfacción—. Tienes una niña.

—Bueno, muy niña no eres, ¿no crees?

—¡Por fin! Ahora sí que me tratas con respeto.

Reí con nerviosismo. No podía creer lo bien que me había caído casi al momento. Era divertida y tierna, muy parecida a Grace de joven. Después de unos instantes incómodos, empezó a subir las escaleras.

—Ash, tengo que asimilar muchas cosas.

—No vas a destrozarme el corazón si no quieres saber nada de mí.

Agarrándola del brazo, la obligué a detenerse. Estaba empezado a darme cuenta de que sí quería saber de ella, pero no sabía cómo expresarlo.

—Mira, me enteré de tu existencia hace menos de una semana.

Bajó la mirada hacia mi mano, que seguía agarrando su brazo, y luego me miró entornando los ojos, buscando algo. Me reconocí inmediatamente en su expresión.

—Lo siento —dije mirando mi mano como si no fuera capaz de controlar mis movimientos—. Vayamos a tomar ese café.

—Está bien —resopló—. Voy a dejar la mochila y avisaré a mamá.

—Vale.

Asentí, reparando en que, en lugar de decir «mi madre», había dicho «mamá», como hacen los niños cuando mencionan a uno de sus progenitores al otro.

Yo ni siquiera trataba de comprender cómo me sentía. Me quedé mirando la puerta hasta que Ash volvió a salir. Se había recogido el pelo en un moño, como siempre hacía su madre. Con el ceño fruncido y la nariz arrugada, me devolvió la camiseta.

—Madre mía, está fatal. De verdad.

—Puede que tu madre y yo tengamos algún que otro problema...

—Los adultos siempre complicáis las cosas —sentenció, antes de doblar la esquina y enfilar calle abajo—. Vamos.

Recuperé la camiseta y la seguí como un perrito. Ella caminaba confiada, sin mirar atrás, y yo la seguía de cerca.

—Vamos, son solo dos manzanas. ¿Piensas ir detrás todo el rato?

Aceleré para ponerme a su lado.

—Cuéntame algo sobre de ti. ¿Estudias música, como tu madre?

—Sé tocar el piano, pero no. Prefiero los medios audiovisuales; supongo que en eso me parezco más a ti.

—Ah, ¿sí?

En mi voz se distinguía claramente esperanza y orgullo.

—Sí. Espero que sirva de algo.

No sabía qué quería decir con eso. Ella siguió caminando.

—Creo que quiero ser diseñadora gráfica.

—Eso es genial. ¿Qué tal las notas?

—Pan comido. De hecho, el insti me aburre bastante, pero tengo que hacerlo. No hay elección.

«¿Quién era esta persona?».

Señaló hacia una cafetería y entramos. Ash pidió un café con leche y un bollo, y yo, como siempre, un café solo. Había un hombre joven y guapo trabajando en el mostrador, y sorprendí a Ash haciéndole ojitos.

La miré estupefacto. Para mí, las adolescentes eran de otra especie.

—¿Qué? —preguntó.

—Nada.

Nos sentamos en una pequeña mesa redonda cerca de la ventana y miramos hacia la calle.

—Hace un día precioso. Me encanta la primavera.

—¿Vamos a hablar del tiempo? —soltó, aunque sin atisbo de reproche en su voz.

No imaginaba que iba a tener tanta confianza en sí misma.

—Ash, no hay manual para esto.

—Lo sé, e intento ser comprensiva, pero tú eres el adulto…

Me reí entre dientes.

—Tienes razón.

—Mira, conozco la historia. Mamá siempre ha sido muy sincera conmigo y ahora nos hemos enterado de que has ignorado mi existencia durante todo este tiempo.

Me sentí aliviado. Se le daba bien tranquilizarme.

—Así es.

—Nadie te culpa.

—No es algo que me preocupe. Pero, ya que lo mencionas, ¿qué pensabas de mí antes, cuando creías que no quería saber nada de ti?

—Bueno, mi madre confeccionó una especie de libro sobre ti. Empezó con un montón de fotos, notas y cosas de cuando los dos estabais en la universidad, y luego recortó artículos sobre ti y tu trabajo y los fue añadiendo.

Sentí un estremecimiento al pensar que Grace había hecho eso que decía.

—Y también me llevó a ver algunas de tus fotos en una exposición que hicieron en el centro de la ciudad, aunque jamás mencionó nada sobre tu vida personal.

—Ya, pero ¿qué pensabas?

—Si he de serte sincera, mi madre siempre habló muy bien de ti, pero cuando me hablaba de vuestra relación, siempre lo hacía como si fuera un cuento con moraleja, una lección de la que debía aprender. Ella jamás te culpó, incluso cuando no sabía la verdad, así que no pensaba nada en especial de ti, solo que tenías una carrera bastante extravagante y que los niños no eran lo tuyo.

Desvié la mirada hacia el exterior.

—Quería tener hijos…

—Mi madre no lo sabía, así que no deberías culparla. Siempre me ha dicho que fui una hija deseada. Me contó que cuando dos personas se convierten en pareja y..., bueno, ya sabes, lo hacen... —titubeó sonrojándose—, pues que siempre deberían estar de acuerdo sobre los hijos, el futuro y todo eso. Supongo que pensó que habías leído las cartas y que no querías ser padre.

—No fue así.

—En serio, nunca te menospreció ni habló mal de ti. Soy lo bastante lista como para comprender que es porque parte de mí está hecha de ti; si te menospreciara, me menospreciaría a mí también.

Estaba experimentando todos los sentimientos que puede tener una persona al mismo tiempo, incluido el amor. Sentía amor por aquella dulce niña sentada frente a mí, defendiéndome y defendiendo a su madre por igual, con tanta lealtad y perspicacia.

—Eres muy inteligente —dije con un nudo en la garganta—. En eso has salido a tu madre: muy lista e ingeniosa. —Procuré tranquilizarme—. ¿Y cómo fue tu niñez?

—Bastante buena. Es decir, mi padre me adoraba y mi madre se esforzó mucho. Tenía todo lo que necesitaba.

Dio un sorbo a su café.

—¿Cuál es tu apellido?

—Porter.

De nuevo, se me hizo un nudo en la garganta.

—Claro.

—Así era más fácil. Pero tú apareces en mi partida de nacimiento.

—Ah, ¿sí?

—Ajá. Mi padre intentó adoptarme como unas cinco veces. Es por esa razón que, cuando estaba a punto de morir, mamá trató por todos los medios de contactarte. Habrías tenido que renunciar a tus derechos como padre para que me adoptara oficialmente. Aunque, en realidad, no importaba mucho, porque siempre lo consideré como mi padre. Ese trozo de papel hubiese significado más para él que para mí.

—Lo siento mucho, Ash. No lo sabía. No imaginas cuánto lo siento.

Las lágrimas empezaron a asomar a sus ojos, pero se contuvo. Yo estaba también a punto de perder la compostura y experimentaba sentimientos encontrados hacia todo, incluido hacia Dan. No podía asesinarlo porque ya estaba muerto, pero, pese a mi conmoción, me di cuenta de que debería estarle agradecido. Al fin y al cabo, había convertido a mi hija en una persona a la que había admirado al instante.

Ash dio un bocado a su bollo, sonrió y, mientras masticaba, miró por la ventana. Era como ver a la Grace de antaño, pero con mi color de ojos y un pequeño hoyuelo en la barbilla, como el mío, apenas perceptible.

—¿Tienes algún dedo del pie torcido?

—Vaya, sí. El segundo. Supongo que tengo que agradecértelo.

Ambos nos reímos, pero luego guardamos silencio de nuevo.

—¿Cómo era?

—¿Quién?

—Tu padre.

Me miró directamente a los ojos, tan valiente como su madre.

—Ahora tú eres mi padre..., si quieres.

Eso pudo conmigo. Rompí a llorar. No estaba sollozando, pero las lágrimas resbalaban por mis mejillas y sentía tal nudo en la garganta que apenas podía respirar. Me incliné hacia ella, tomé sus manos entre las mías y cerré los ojos. Me di cuenta de que quería a Ash en mi vida. No podía soportar el dolor que sentía por haberme perdido su niñez.

—Sí, quiero —susurré.

Ella también se puso a llorar. Ambos lloramos juntos, rindiéndonos a la realidad. Nadie podía cambiar el pasado ni devolvernos el tiempo perdido, y no había palabras para mejorar las cosas. Solo nos quedaba aceptar el presente tal como era.

Nos pusimos en pie y nos abrazamos durante un buen rato y me sorprendió que no me resultara extraño, que no la sintiera como una extraña.

Algunos clientes de la cafetería nos miraban de soslayo, pero, al final, todos nos ignoraron y siguieron a lo suyo mientras yo rodeaba con los brazos a mi hija, que lloraba. Es algo que me fascina de los neoyorquinos. Lamentaba cómo habían ocurrido las cosas cuando Ash era pequeña, pero seguía muy enfadado con Grace y Elizabeth.

—¿Qué va a pasar con mamá y contigo? —preguntó Ash cuando volvíamos a la casa de Grace.

—Es complicado, Ash. No sé qué va a pasar.

—Ella te quiere.

—Lo sé.

Una vez allí, sacó el móvil del bolsillo.

—¿Me das tu número de teléfono? Te enviaré un mensaje para que tengas el mío. Puedes llamarme si quieres quedar.

Se lo di.

—Que sepas que no solo quiero verte de vez en cuando —le dije—. Deseo ser parte de tu vida. Será raro al principio, pero quiero hacerlo…, si tú quieres.

Sonrió y me dio un puñetazo en el brazo.

—Vale, entonces, hasta luego…, hum… ¿Cómo quieres que te llame?

—Llámame como quieras.

Se rio.

—Vale, pues hasta luego, George.

Negué con la cabeza.

—Tontita —respondí, revolviéndole el pelo.

Alcé la vista y advertí que Grace nos miraba desde la ventana. Tenía un aspecto horrible y era evidente que había estado llorando sin parar. Sonreía con tristeza. Aparté la mirada.

—¿Qué te parece si, ya que eres mi padre, por el momento, te llamo «papá»?

—Me parece bien. ¿Te apetece que desayunemos juntos mañana?

No quería separarme de ella nunca más.

—No puedo, he quedado para ir de compras con una amiga.

—Vale, ¿y pasado mañana?

—Insti, y luego tengo club de ajedrez.

—¿Club de ajedrez? —repetí arqueando las cejas.

—Sí, tengo como objetivo ganar a mamá alguna vez en la vida. Es muy buena.

—Ah, vale.

Estaba empezando a dudar de que hubiera sitio para mí en su vida.

—¿Cenamos el martes? —preguntó.

—Perfecto —dije—. Pero lleva puesto el pijama. Conozco un sitio.

—Qué raro eres.

—Tú también.

—Genial.

Me marché a casa, deseando, muy a mi pesar, que Grace dejara de llorar.

Sinceramente, no sabía qué planes tenía, excepto conocer a Ash mientras estuviera en Nueva York y convertirme en padre, pese a no tener ni idea de lo que eso comportaba.

El lunes me acerqué a la biblioteca pública y leí todos los libros disponibles sobre crianza.

Aquella noche, le envié un mensaje a Grace.

YO: Sigo tratando de asimilarlo.

GRACE: Lo entiendo.

YO: He quedado con Ash el martes por la noche para cenar.

GRACE: Vale.

YO: Quiero verla con regularidad.

GRACE: Ningún problema.

YO: ¿Tiene ahorros para la universidad?

GRACE: Sí.

YO: ¿Puedo darte algo de dinero?

GRACE: No es necesario.

YO: Insisto.

GRACE: Bien. Puedes ingresarlo en su cuenta de ahorro para la universidad. Te paso el número.

Una parte de mí quería decir muchas más cosas, pero no era capaz de hablar con ella de nada más que de la logística de la crianza.

Al día siguiente, pese a que tenía mucho trabajo, conseguí escaparme para ir a comer con Scott. Cuando empezó a hablar de Singapur, le conté lo de Ash. No dijo nada. Se quedó boquiabierto. Me dijo que me tomara el resto de la semana libre. Hasta ese momento, no me había dado cuenta de cuánto lo necesitaba.

Cuando volví a mi edificio, encontré a Monica en el vestíbulo, sentada en un banco junto al ascensor. Sobre su regazo, sostenía el moisés de la familia.

Su mirada era compasiva, pero sus fosas nasales estaban dilatadas y apretaba la mandíbula.

—Monica, no digas nada.

—He estado a punto de clavarle un tacón en el ojo.

Reparé en que llevaba unos tacones de doce centímetros. Sí, hubiesen servido.

—Lo siento de verdad, Matt. Alexander está en Tokio, de lo contrario hubiese venido. Yo lo he hecho en su nombre.

—Gracias, Monica. Veo que te has pasado por su casa. No le has hecho daño, ¿verdad?

—Por supuesto que no, pero le he cantado las cuarenta. ¿Qué creías, que le permitiría irse de rositas? —Apuntó con su largo dedo índice hacia mí—. Esa mujer se ha cagado en el alma de esta familia.

—Lo sé —dije.

Yo ya lo tenía asumido, pero reparé en que a Monica le costaba aceptarlo o, al menos, seguía tratando de arreglarlo.

—Es lo que hay —continué—. De aquí en adelante tengo que procurar formar parte de la vida de mi hija. —Con un ademán de la cabeza, señalé hacia la puerta y añadí—: ¿Damos un paseo?

Se echó el bolso Gucci al hombro y cogió el moisés.

—¿Te importa si pasamos por casa de Grace? —preguntó.

—¿Se lo vas a dar a Grace?

—Por supuesto. Como disculpa por lo que le hizo esa desgraciada de Elizabeth.

—No sé si está en casa, pero podemos acercarnos. Dame, yo lo llevo.

Me tendió el moisés. Examiné las ornamentadas patas de madera y el barniz desteñido y me pregunté qué aspecto habría tenido Ash de bebé durmiendo tranquila en su interior.

Los tacones de Monica repiquetearon por la acera y yo esbocé una sonrisa imaginando que se quitaba los zapatos y se los tiraba a Elizabeth.

—¿Qué le has dicho?

—Oh, solo que era una ladrona y una mentirosa. Te robó algo más valioso de lo que jamás llegará a entender. Evidentemente, lo ha negado y se ha comportado como si no supiera nada. Le he dicho que no iba a creer nada que saliera de sus labios. Es de lo peorcito, Matt. Una perra egocéntrica que encima se engaña a sí misma.

—¿Puede ser que no lo supiera?

Llegamos a la esquina y esperamos a que el semáforo cambiara de color.

Monica lanzó un suspiro y sacó un sobre del bolso.

—Algo sabía, pero no abrió las cartas de Grace. Las tiró todas. Todas menos esta. —Me tendió un sobre—. Pero seguro que intuía que Grace trataba de decirte algo; recibía una carta por año y hacía todo lo posible por ocultártela. No sé si te lo ocultó a propósito, pero, en su caso, la negación y la ignorancia no son excusa.

Dejé el moisés, doblé el sobre y me lo metí en el bolsillo.

—Puede que tengas razón.

—¿No vas a leerlo?

Nos aproximábamos al edificio de Grace.

—Lo haré. Cuando esté solo. Hemos llegado.

Le indiqué con la mirada la puerta principal y le tendí el moisés.

—¿No vienes conmigo?

—No, Ash aún no ha vuelto del instituto y no está en casa.

—¿No quieres ver a Grace?

—No puedo, Monica. Ve tú. Yo te espero aquí.

Aunque me alejé por la calle y traté de concentrarme en una anciana que paseaba a su perro, no pude evitar oír la voz de Grace al abrir la puerta.

—¿Monica?

—Hola, Grace. Me alegro de verte. Cuánto tiempo, ¿verdad?

—Pues sí. Tienes buen aspecto, Monica. ¿Qué tal estás?

Grace seguía siendo dulce, incluso en las peores circunstancias.

—Muy bien, aunque mucho mejor desde que me he enterado de que soy tía. —La voz de Monica no vaciló. Flojear no estaba en su mente—. Por eso estoy aquí, para entregarte esto. Sé que Ash ya es mayorcita, pero quería que lo tuvieras hasta que nazca el próximo bebé de la familia, suceda cuando suceda.

—Gracias —respondió Grace con la voz entrecortada.

Yo no podía darme la vuelta. Ambas permanecieron calladas durante unos segundos.

—Aquí está mi número —dijo Monica—. Por favor, mantente en contacto. Sé que lo intentaste y siento lo que ocurrió entre Matt y tú y todo este gran embrollo.

—Yo también lo siento.

—Ahora eres de la familia, Grace. Lo digo en serio.

—De acuerdo.

Unos segundos después, Monica estaba a mi lado.

—¿Lista?

—Sí.

—Matt, ¿por qué la tomas con ella?

—Me perdí toda la infancia de mi hija, Monica.

—Pero eso no fue culpa de Grace.

—No lo sé. Es confuso y ahora mismo no puedo pensar en eso.

La verdad era que no era capaz de enfrentarme a ella sabiendo que había pasado los últimos quince años criando a nuestra hija, casi siempre por su cuenta. Y durante todo ese tiempo, ella no me había considerado más que un imbécil egoísta que ignoraba sus cartas y llamadas. No había tenido fe en mí.

—Tengo que parar. Mis pies me están matando.

—Con esos zapatos, no me extraña. Son antinaturales —bromeé.

Se los quitó y los metió en su bolso.

—Ya lo sé. Qué tontería, ¿verdad? Lo que llegamos a hacer las mujeres en nombre de la alta costura.

Le rodeé los hombros con el brazo.

—Eres guay, ¿sabes? Me alegro de que mi hermano se casara contigo. Gracias por posicionarte en todo esto.

Me plantó un beso en la mejilla.

—Te quiero. Ahora llámame un taxi, ¿quieres? Tengo que hacer unas compras.

Paré un taxi y le abrí la puerta. Ella agachó la cabeza y subió.

—Estaré en el Waldorf Astoria si me necesitas.

Ya en el *loft*, abrí el sobre.

> Querido Matt:
>
> Hoy nuestra hija cumple diez años. En otra carta, prometí no escribirte de nuevo, pero esta vez se trata de algo importante. Lamento mucho decirte que Dan está enfermo. Ha pasado el último año con graves problemas de salud y su condición es probablemente terminal. Quiere adoptar a Ash a toda costa y te escribo para preguntarte si, por favor, podrías considerar ceder tu derecho como padre, puesto que apareces como tal en su certificado de nacimiento. Ash es una niña fantástica, lista y encantadora, con un gran sentido del humor. Es la alegría de mi vida. Nunca te he culpado por las decisiones que tomé hace una década, pero ahora tengo la oportunidad de cambiar las cosas para ella y Dan al oficializar la adopción.
>
> Sé que estás muy ocupado, pero, ¿podrías ponerte en contacto con nosotros, por favor?
>
> Saludos,
>
> Grace Porter
>
> 212-555-1156

Yo era responsable de la vida que había tenido, de la tragedia, la desesperación y el rechazo. Podría haber culpado a Elizabeth, pero ¿qué importancia tenía eso? Elizabeth nunca había significado nada para Grace. Sabía que, si seguía el rastro del dolor, este conduciría hasta mí, al menos a juicio de Grace, y mi dolor conducía a ella.

Me quedé mirando fijamente el teléfono con una pregunta en mente. De inmediato, le envié un mensaje de texto.

YO: ¿Por qué revisaste la sección de Conexiones Perdidas?
GRACE: No lo hice.
YO: ¿Cómo descubriste el mensaje?
GRACE: Uno de mis alumnos se fijó en el título «Tortolita de ojos verdes» mientras buscaba una conexión perdida suya y me lo dio.
YO: Así que, en realidad, ¿no querías encontrarme? ¿Solo fue por Ash?

No hubo respuesta.

Dos horas más tarde, me planté ante su casa ataviado con un pijama, zapatillas de ir por casa y un abrigo. Eran las seis de la tarde y el sol empezaba a ponerse. Ash apareció en la puerta con un pijama de franela blanco con un estampado de tortugas verdes.

—¡Hola, papá! —saludó abriendo la puerta de par en par.

—Hola, hija.

Señaló detrás de ella con el pulgar.

—¿Le pregunto si quiere venir con nosotros? —sugirió en voz baja.

Negué con la cabeza. Ash bajó la mirada un segundo, como si reflexionara qué hacer y, acto seguido, gritó:

—¡Adiós, mamá! Te quiero. Hasta luego.

—¡Yo también te quiero! ¡Ve con cuidado! —respondió Grace desde el otro extremo de la casa.

—¿Lista?

—Sí.

Y, de un brinco, cruzó el umbral.

—Vamos a un restaurante que sirve desayunos a todas horas y en cualquier momento.

—Genial. Entonces, tomaré tortitas de arándanos en el Renacimiento —contestó.

Me la quedé mirando por un instante y estalló en una carcajada.

—Vaya, me has asustado un poco. Me preocupaba tu coeficiente intelectual.

—Es un chiste de la película *Swingers.*

Me reí.

—Vale, ahora sí que me preocupa tu coeficiente intelectual.

El lugar al que Grace y yo habíamos ido tiempo atrás había desaparecido, así que llevé a Ash a una cafetería del barrio.

—Mamá me dijo que solíais hacer esto de desayunar a la hora de la cena en vuestra época universitaria.

—Así es. —Aunque sonreí al recordarlo, deseaba evitar el pasado—. ¿Qué tal el colegio?

—Bien. Aburrida, excepto por la cerámica.

—¿Te gusta la cerámica?

—Me encanta.

—A mi madre, es decir, a tu abuela, le encantaba. Tenía un

pequeño taller artístico detrás de su casa, en California. Lo llamaba el Louvre.

Me reí al recordarlo.

—Lo sé.

—Tu madre no se dejó nada en el tintero, ¿eh?

—¿Por qué no has querido que viniera esta noche?

Mi hija no se andaba con rodeos.

—Como ya te dije, es complicado.

—Os queréis, así que ¿por qué demonios no estáis juntos?

—No es tan simple, Ash. Necesito tiempo.

—Pues a mí me parece que lo estás perdiendo.

¿Por qué la chica de quince años era la más lista de toda la cafetería?

«Porque no tiene décadas de mierda nublándole el juicio».

Pedimos tortitas y batidos, y Ash me contó cosas del instituto y me habló de un chico que le gustaba.

—Los chicos son unos cerdos. Lo sabes, ¿verdad? Aléjate de ellos.

Sorbió su batido, pensativa.

—Ya sabes que no estás obligado a hacerlo. En serio.

—Pero quiero hacerlo. Quiero conocer a tus amigos e ir a tus eventos escolares. Y no es una exigencia.

—Ya lo sé.

Después de atiborrarnos de tortitas, pagué y nos fuimos. En nuestro trayecto hacia la salida, Ash se detuvo ante la vitrina refrigerada.

—¿Te apetece un trozo de tarta? —le pregunté.

Se puso a rebuscar en el bolsito que llevaba en bandolera sobre el pecho.

—No, pero le compraré un trozo a mamá.

—Yo lo compro. ¿Qué le gusta?

Alzó una ceja.

—Ya sabes lo que le gusta.

—Por favor, un trozo de chocolate y nata y otro de mantequilla de cacahuete para llevar —pedí a la mujer del mostrador.

Nos lo dio y salimos de la cafetería.

Ash y yo hablamos de música durante todo el camino de regreso. No me sorprendió la cantidad de géneros que conocía y que tuviera tan buen gusto. Acordamos que iríamos a ver a Radiohead juntos la próxima vez que tocaran en Nueva York. Me preguntaba cuántas veces Grace le habría puesto Radiohead o Jeff Buckley a Ash durante aquellos años. Yo no había podido volver a escucharlos desde la universidad.

Seguí a Ash hasta el rellano. Abrió la puerta de par en par, se dio la vuelta y me besó en la mejilla.

—Gracias por la cena, papá.

Me dejó en el umbral, tarta en mano, y se apresuró a subir las escaleras, gritando:

—¡Mamá, en la puerta hay un tipo con una tarta!

Inmóvil, tragué saliva.

Qué astuta.

24. Una vez fuimos amantes

GRACE

Cada vez que miraba a Matt, me sobrevenían sentimientos encontrados: primero, me sorprendía lo atractivo que me resultaba —esbelto, fuerte, definido y, de algún modo, más sexi con la edad— y, acto seguido, no podía creer el mero hecho de que estuviera allí. Estaba convencida de que me despertaría y todo volvería a ser como antes.

Sin embargo, no estaba dispuesta a flaquear ante él. Después de darle la noticia y ver cómo se lo había tomado, me había pasado una semana llorando. Ya había sufrido bastante por ambos. Francamente, me estaba hartando de darle vueltas a todo este asunto de mierda; llevaba una década y media haciéndolo. Que quería echarme la culpa por lo que había hecho la psicópata de su exmujer, pues que me la echara. Ya no pensaba llorar más ni pedir disculpas.

Me dirigí hacia él con andares afectados y advertí que me inspeccionaba de arriba abajo. Llevaba un camisón de seda corto y en mis ojos, una mirada desafiante, temeraria. Le arrebaté la bolsa.

—¿Chocolate y mantequilla de cacahuete? —pregunté secamente.

Él asintió.

—Gracias.

—De nada.

—Bueno, ya es tarde.

Matt parpadeó un par de veces y después bajó la mirada hacia sus zapatillas.

—Hum... Bueno, sí, vale. Me voy a casa.

—Vale.

Se encaminó hacia la puerta y yo lo seguí para cerrarla. Pero, al llegar al umbral, se volvió hacia mí y, rodeando mi sedosa cintura, me besó en el cuello, justo debajo de la oreja.

Me estremecí.

—Buenas noches, Gracie —susurró y se fue.

Me quedé durante un instante en la puerta, tratando de recuperar el aliento. Justo cuando estaba aprendiendo a sobrellevarlo...

Al día siguiente, al terminar las clases, fui a Green Acres, lugar que no merecía llamarse así. Orvin vivía ahora en aquella residencia mediocre en el Bronx después de que su hija lo ingresara unos años antes, tras la muerte de su esposa. El recinto necesitaba claramente una reforma. Las paredes estaban pintadas con ese abominable color verde vómito de *El exorcista* y el lugar olía a levadura pútrida procedente de la panadería vecina. Green

Acres era horrible. Los residentes se ejercitaban en un pequeño jardín en el que no había ni una brizna de hierba. Sacaba a Orvin de allí al menos una vez a la semana. Íbamos a un parque cercano a jugar al ajedrez y, pese a que ya no recordaba ni mi nombre, estaba convencida de que el anciano me reconocía.

Con el viento silbando entre los árboles, nos sentamos en el parque.

—¿Sigues oyéndola? —pregunté.

—¿El qué, bonita?

—La música.

—Sí. La oigo. Siempre la oigo.

—¿Y por qué yo ya no puedo oírla?

Me mató el segundo caballo.

—Jaque. No sé por qué no puedes oírla. Igual es que no pones suficiente atención.

«¿Cómo es que siempre me ganaba?». Moví el rey.

—Sí que pongo atención.

—No. Te compadeces demasiado.

—Jamás me he compadecido de mí misma.

—Quizá no en el pasado. Pero ahora sí lo haces. Jaque mate.

Volví a colocar las piezas. Jugábamos con unas de plástico y un tablero de cartón que se doblaba y podía llevar en el bolso.

—No me compadezco de mí misma. Solo es que estoy cansada y algo triste.

—¿Por qué estás triste?

Examiné su rostro. Parecía resuelto y alerta. Resultaba difícil ver a Orvin como un residente de Green Acres. Sin embargo, a menudo sufría pérdidas de memoria y preguntaba a qué hora debía abrir la tienda, la cual, desafortunadamente, había cerrado más de una década atrás. Hoy tenía un buen día, pero podía caer fácilmente en el olvido.

—¿Alguna vez has deseado no estar atrapado en Green Acres?

—Mi querida Grace, permíteme que comparta un proverbio contigo.

Me quedé atónita. No me había llamado por mi nombre en mucho tiempo.

—Adelante.

—Solía pensar que era pobre porque no tenía zapatos y entonces conocí a un hombre sin pies.

Sonreí tímidamente.

—Me compadezco de mí misma, ¿verdad?

—Más que eso. Te estás destrozando la vida. El hombre que siempre quisiste ha regresado a tu vida, tienes una hermosa hija y un trabajo espléndido.

—Sí, pero ese hombre no me quiere.

—Te querrá. Sé tú misma. Encuentra la música.

Ash y yo acabamos cenando en casa de Tati, que trataba de convertirse en ama de casa; había conocido a un hombre con el que quería salir en serio y estaba decidida a impresionarlo. No era la primera vez que Ash y yo hacíamos de conejillos de indias, aunque no puedo decir que nos gustara mucho. Tati era, por decirlo suavemente, muy mala cocinera.

—Tayín de cordero y cuscús marroquí —anunció, depositando una gran fuente en la mesa.

—Oh, Tati, odio comer cordero —exclamé.

—¿Por qué? —preguntó ofendida.

—Son demasiado monos.

—Bueno, este ya no lo es.

Negué con la cabeza y me serví un poco. Ash arrugó la nariz y se sirvió una porción aún más pequeña mientras Tati corría a nuestro alrededor, buscando un sacacorchos.

—¿Puedo tomar un poco de vino? —preguntó Ash.

—No —exclamamos al unísono Tati y yo.

—¿Ni un sorbito? Papá dijo que me dejaría tomar un poco cuando me invitara a cenar a su casa.

—Vaya, ¿ahora lo llamas «papá»? —preguntó Tati.

—Bueno, no lo llamo así directamente, aunque ¿cómo se supone que debo llamarlo? ¿«Él»? ¿«Matt»? No fue culpa suya que no llegara a ser mi padre.

—¿Y él quiere que lo llames «papá»? —pregunté con cautela.

—No creo que le importe. Quiere venir a todas mis cosas del colegio y conocer a mis amigos.

—Pues yo creo que le gustaría que lo llamaras así. Al pobre le han robado tu infancia —dijo Tati.

Se me puso la piel de gallina.

—¿Qué ha pasado con la odiadora de hombres que hay en ti? —le reproché.

—Estoy pasando página. Y tú también deberías hacerlo.

—Llámale «papá» si está de acuerdo —le dije a Ash y, tendiéndole mi vaso de vino, añadí—: Solo un sorbo.

Tomó un sorbito y arrugó la nariz.

—Qué asco.

Tati miró al techo con nostalgia.

—Me encantaba cómo vestía.

Puse los ojos en blanco.

—¿Os llevabais bien tú y papá cuando estabais en la universidad? —le preguntó Ash a Tati.

—Por supuesto. Tu madre y tu padre eran inseparables. Si quería ver a Grace fuera de clase, estaba obligada a ver a tu padre. Pero nos llevábamos bien. Todo era muy divertido en esa época. —Tati se volvió hacia mí—. Hablando de los viejos tiempos, creo que deberías venir a tocar con nosotros esta semana después de clase.

—¿Para qué? —pregunté con la boca llena de cuscús.

—Estamos buscando un violonchelista.

—Deberías hacerlo, mamá. Yo me quedaré en casa de papá después del insti. Ahora teletrabaja y me ha dicho que puedo ir cuando quiera.

—No sé, Tati… Creo que he perdido un poco la mano.

También me preocupaba que Ash estuviera admitiendo a Matt demasiado rápido en su vida. Probablemente echaba mucho de menos a Dan.

—Ash, ¿cómo es que ya te llevas tan bien con tu padre? Apenas lo conoces…

—No lo sé.

—¿No lo estarás utilizando para reprimir la pena? —dije.

—Creo que estás dándole demasiadas vueltas al asunto, mamá. Lo miro a él y me veo a mí misma. Me siento cómoda a su lado. Además, me cae bien y quiere ser parte de mi vida. No me lo arruines por culpa de la relación de mierda que tenéis.

—Voy a pasar por alto tu descaro y mala educación, Ash.

Aunque, seguramente, no le faltaba razón.

Seguimos removiendo el cordero y cuscús en nuestros platos. Estaba tan malo como habíamos imaginado. Finalmente, Tati dejó su tenedor.

—¿Os apetece una hamburguesa?

Ash y yo asentimos con entusiasmo.

—Deberías seguir con los espaguetis —aconsejó Ash—. La otra vez te salieron buenos.

—Era comida para llevar, Ash —dije.

Tati se echó a reír.

—Oh —exclamó ruborizándose—. Venga, vamos a por esas hamburguesas.

Durante el resto de la semana, fui a ensayar con Tati y la Filarmónica de Nueva York cuando terminaba de trabajar. Ash iba a casa de Matt cada día y después cada noche, antes de irse a la cama, recapitulaba cada detalle de su tiempo juntos. Se estaba prendando de él, como las hijas se prendan de sus padres. ¿Y cómo no iba a hacerlo? Me alegraba por ella, pero mi relación con Matt seguía haciéndome sufrir.

El sábado Tati se ofreció a llevar a Ash al cine y yo fui a cenar a un pequeño restaurante italiano, donde dejé que el camarero me convenciera y pedí una botella de vino para mí sola.

—Puede tomarse una copa. Si no se lo termina, puede llevárselo —me dijo.

Acepté y acabé quedándome dos horas, en las que me bebí al menos tres cuartos de la botella. Bajo las lucecitas parpadeantes que colgaban del toldo, observé a la gente que pasaba por la calle, a las parejas cogidas de la mano que se besaban en la esquina.

Una melodía parecida a la banda sonora de *El Padrino* y el calor de la estufa exterior me provocaron cierta somnolencia.

—¿Señora? —dijo el camarero cogiendo la botella—. ¿Quiere que se lo ponga para llevar?

«Creo que está invitándome a que me vaya —pensé— Es hora de que la señora achispada se largue».

—Sí, muchas gracias.

Solo quedaba una copa de vino, pero me lo llevé de todos modos.

Una vez que pagué la cuenta, caminé las cuatro manzanas hacia mi casa. Sin embargo, al pasar por la calle de Matt, doblé la esquina.

Desde la acera de enfrente distinguía el interior de su *loft*. Allí estaba, sentado en el sofá, mirando fijamente hacia delante. Me quedé agazapada en la oscuridad, contemplándolo y pensando en que era extraño que ninguno de nosotros, ni él ni yo ni Ash, estuviéramos juntos esa noche. Tenía una copa en la mano y miraba algo con aire pensativo, o quizá no miraba nada en absoluto. Me preguntaba qué tipo de música estaría escuchando. Se levantó y caminó hacia la ventana. Me interné aún más en las sombras para que no advirtiera mi presencia. Completamente inmóvil, miró los coches que pasaban de vez en cuando por la calle.

«¿En qué está pensando?».

—A la mierda —dije finalmente.

Crucé la calzada a toda prisa y llamé a su piso.

Contestó al momento.

—¿Quién es?

—Soy Grace.

Los nervios me atenazaban el estómago.

—Sube.

Cuando las puertas del ascensor se abrieron, lo vi allí, de pie, esperando. Miré sus pies descalzos, sus vaqueros negros, su cinturón y su camiseta blanca, su cuello y su largo y delicioso pelo recogido. Me estremecí.

—Hola.

Le tendí la bolsa de papel y la cogió. Sacó la botella de la bolsa y esbozó una sonrisa irónica.

—Gracias, Grace. Nunca me habían traído una botella de vino prácticamente vacía.

—Está muy bueno —objeté con expresión seria—. Te he guardado un poco.

Me examinó con atención, probablemente midiendo mi nivel de embriaguez.

—¿Dónde está Ash?

—Ha salido con Tati. Mierda, no sé a qué hora tienen pensado volver a casa.

Matt sacó el móvil del bolsillo trasero y me lo tendió. Busqué el número de Tati. La película probablemente ya había terminado y no quería que Ash regresara y no me encontrara en casa.

—¿Diga? —respondió Tati en tono extrañado.

Caí en la cuenta de que no reconocía el número.

—Tati, soy yo. ¿Dónde estás?

—Hemos ido a tomar un helado. ¿Va todo bien? ¿De quién es este número?

—De Matt.

Tati no respondió. En lugar de eso, apartando el teléfono, le dijo a Ash: «Oye, ¿alquilamos una peli, pillamos un montón de comida basura y vamos a mi casa? Tu madre dice que está bien».

«Vale», oí que respondía Ash.

—Yo te cubro —susurró Tati de nuevo hacia el teléfono—. Nos vemos mañana.

Pulsé el icono de colgar y le devolví el teléfono a Matt.

—¿Qué te ha dicho?

—Que están bien. Ash se queda a dormir en casa de Tati.

—¿Es una buena influencia? —preguntó mirándome de reojo.

—Matt, que ya no tenemos veintiún años. No está todo el día tirada fumando hierba. Es una intérprete de fama mundial y una mujer independiente y culta, ¿o no?

—Sí, tienes razón —dijo al instante.

Durante un segundo, me sentí culpable al ver que únicamente trataba de hacer lo que creía que debían hacer los padres.

—Bueno, ¿y a qué debo esta visita? —preguntó a continuación.

Las cosas no estaban saliendo como había planeado.

—No sé… Necesito…

—¿Qué? —Dejó la botella y se acercó a mí—. ¿Qué necesitas?

No llegaba a discernir si estaba molesto o intentaba seducirme, o ambas cosas.

Al tenerlo tan cerca, sentí su calor y el aroma a cardamomo y sándalo de su jabón corporal.

—¿Te acabas de duchar?

Parpadeó.

—¿Por qué lo preguntas?

Estaba inmóvil y, aunque su lenguaje corporal no me daba ninguna pista sobre lo que sentía por mí, me pareció detectar cierto resentimiento, cierta ira sosegada. Y yo estaba lo bastante borracha como para encararlo.

—¿Con quién estás enfadado, Matt?

No dudó ni un segundo.

—Contigo. Con Elizabeth. Con Dan… Conmigo mismo.

—¿Y por qué demonios ibas a estar enfadado con Dan?

Su voz era contenida.

—Le tengo celos —respondió mirándome a los ojos—. Consiguió todo lo que yo quería. Consiguió lo que era mío.

—Pero él no tuvo nada que ver. Yo he conseguido aceptarlo, y tú también deberías hacerlo.

Se acercó unos centímetros más y clavó sus ojos en los míos.

—Puede que lo haga. ¿Cuántas copas de vino te has bebido?

—No estoy borracha.

—¿Quieres que te acompañe a casa?

—No he venido a verte para eso.

—¿Qué necesitas, Grace?

Me puse de puntillas y lo besé. Al principio fue un beso frágil, como si nos fuéramos a romper en mil pedazos si íbamos demasiado rápido, demasiado fuerte. Pero, tras unos pocos segundos, ya nos estábamos quitando la ropa.

Nos desplomamos en la cama desnudos, besándonos y atrayéndonos el uno al otro. Cuando se incorporó, me subí a su regazo y lo introduje dentro de mí. Él gimió y me agarró por la cintura. Mi espalda se arqueó involuntariamente; mis pechos se elevaron para encontrar su boca.

—Eres tan hermosa —susurró.

Me empezó a besar y a lamer, haciendo girar su lengua alrededor de mi pezón. Había cierta urgencia en sus movimientos calmados y, de alguna manera, sabía dónde poner sus manos, dónde quería me que tocara, dónde necesitaba que me besara. Ya no podría sentir a otro hombre de igual modo. Me había arruinado para el resto de los hombres. Me estaba arruinando en ese momento.

Me dio la vuelta sobre mis manos y rodillas, atrajo mis caderas hacia su cuerpo y entró dentro de mí. Sentí que descargaba su ira conmigo, aunque, por alguna razón, no me importaba.

—¿Te estoy haciendo daño?

—No. No pares.

Quería sentirlo. Deseaba sentir cómo alejaba todo lo malo. En el momento en que nos corrimos, me rodeó con los brazos y pude sentir su corazón latiendo contra mi espalda. No dijo nada; solo me abrazó así hasta que nuestros corazones se calmaron. Cuando se separó, de repente me sentí cohibida y me abalancé sobre mi ropa.

—Espera, ven aquí —dijo mientras se sentaba al borde de la cama—. Quiero mirarte.

Me atrajo hacia él. Me sentía nerviosa, incluso en aquella habitación en penumbra. Con su dedo índice empezó a trazar círculos sobre la suave piel de mi vientre. Tenía en las caderas unas estrías descoloridas; él se inclinó y las besó.

—¿Cómo fue?

—¿El qué?

—El parto de Ash.

Solté una carcajada.

—Te aseguro que no quieres que te lo cuente ahora mismo.

—Pero ¿fue bien? ¿Estuvisteis bien las dos?

Me acarició la zona interna del muslo y me miró.

Asentí con la cabeza.

—Eres una buena madre, Grace.

—Gracias.

¿No es eso todo lo que necesitamos oír a veces, que somos una buena madre o amiga o hija o esposa?

—¿Te sentiste feliz? —preguntó con voz temblorosa—. El día que tuviste a Ash, ¿te sentiste feliz?

—Fue el día más feliz de mi vida —dije entrecortadamente.

Empezó a llorar en silencio.

—Ojalá hubiera estado allí.

En ese preciso momento, enterró la cara en mi vientre y su cuerpo se estremeció con fuertes sollozos.

Lo abracé, acariciándole la espalda y el pelo.

—Lo sé, ya lo sé —repetí una y otra vez.

Sin embargo, me daba miedo que la herida fuera demasiado profunda, que no pudiéramos curarnos.

—Me siento como si estuviera teniendo una pesadilla, como si acabara de despertar de un coma después de quince años. La vida ha seguido sin mí. Me lo he perdido todo.

Seguí abrazándolo toda la noche y le conté el día en que Ash nació.

—Cuando rompí aguas, estábamos en Venecia. Me llevaron en un taxi acuático al hospital. Recuerdo que miraba los canales y pensaba en ti, confiando en que estuvieras bien. Hacía un calor inusual para esa época del año, que incluso subía desde el agua. Cuando pienso en ese día, fue como si el sol besara la tierra, como si Dios hiciera notar su presencia.

»Tuve suerte. Mi parto fue fácil. Todo el mundo lo dijo. Y yo me quedé mirando con incredulidad aquel cuerpecito tembloroso cubierto de sangre y cosas blancas mientras se agitaba sobre mi pecho. No podía creer que tú y yo la hubiéramos creado. Cuando se calmó y empezó a mamar, Dan dijo que era hermosa, que ella y yo éramos hermosas.

—Pues claro que lo erais —dijo Matt.

A continuación, lanzó un suspiro y desvió la mirada hacia la ventana. Quizá llegaba a imaginarlo y por fin se sentía parte de ello.

—Cuando llegamos al hospital, no teníamos nombre. Por aquel entonces Dan no era más que un amigo y yo tomaba las decisiones, pese a estar muy perdida. Y, no sé por qué, en el hospital supe qué hacer. Cuando la vi, solo pude pensar en nosotros, en ti y en mí, en que ella era la prueba de lo que habíamos vivido juntos. A partir de ese instante, siempre recordaba con alegría nuestra época universitaria porque allí estaba Ash y era perfecta: poesía en movimiento, la prueba de una vida que ardía como era debido. Conté a todo el mundo por qué la había llamado «Ash». Tati estuvo enfadada durante un tiempo, te odiaba por no haber aparecido, pero lo superó. Dan lo entendió.

»Durante los primeros meses, Ash fue un bebé bastante inquieto. Además, no dejábamos de viajar. No fue fácil. Yo era una madre joven que intentaba entenderlo todo. Con el tiempo volvimos a Nueva York y ya nos quedamos. Dan insistió en que viviéramos con él en su *brownstone*, y eso hicimos. Fue una suerte, porque le dio a Ash un poco de consistencia y estructura, y tuvo a dos adultos para cuidar de ella.

Matt emitió un sonido desde el pecho, como si aquella última frase lo hubiese herido, pero continué.

—Desde pequeña, Ash demostró un carácter alegre y fuerte. Era una chiquilla revoltosa con el pelo rubio alborotado y esos dulces y acogedores ojos marrones, como los tuyos. Habló, caminó y comió sola muy pronto.

—Pues claro.

Me reí.

—Sí, es tu hija, así que todo le resultaba fácil. Pero pronto se convirtió en ella misma y pensé menos en el significado de su nombre y más en su individualidad. Es un alma hermosa, diferente a la tuya y a la mía.

—Lo sé. Reparé en ello nada más conocerla —susurró—. ¿Y cómo vivió la muerte de Dan?

—Ash es fuerte, pero le pasó factura. Era un padre bueno y paciente, y la quería más que a nada en el mundo. Agradecí el poco de tiempo que tuvimos para prepararnos. Hicimos un viaje al cabo Cod y alquilamos una casa junto a la playa durante un mes. Allí murió, escuchando el océano, conmigo y Ash a su lado. Pasó sus últimos días sentado en una silla, viéndonos jugar en la playa. Por la noche, encendíamos una hoguera y Ash nos leía cuentos a la luz del fuego. Dan parecía feliz, aunque sabía que no le quedaba ya mucho tiempo.

Rompí a llorar.

Matt se incorporó y me abrazó.

—Sigue, por favor.

—Era un martes cuando murió, un aburrido martes como cualquier otro. Por la mañana estaba lúcido. Habíamos trasladado su cama de hospital al patio trasero para que pudiera ver el mar. Nos acompañaba un enfermero. Nos envolvimos con las mantas y contemplamos las olas mientras Dan daba sus últimos suspiros. Ash lloró durante unos minutos y eso fue todo. Se había acabado. No he vuelto a verla llorar por él.

—¿Y tú?

—Bueno, ya me conoces. Yo soy bastante llorona.

—Antes no lo eras.

—Lo sé —dije en voz baja.

Matt me echó el pelo hacia atrás y me secó las lágrimas que resbalaban por mis mejillas.

—¿Por qué no tuvisteis más hijos?

—Pensamos en hacerlo, pero Dan enfermó y ya no tuvo sentido. Ash habría sido una hermana mayor excelente.

—Sí, así es —respondí sin poder evitar un bostezo.

Nos quedamos dormidos de madrugada. Sobre las once de la mañana recibí un mensaje de Tati diciendo que ella y Ash iban a comer y que luego la llevaría a casa. Me escabullí sigilosamente del piso de Matt y me aseguré de estar en casa antes de que Ash llegara.

No nos escribimos ni llamamos durante días.

25. Vuelve conmigo

GRACE

Durante la semana siguiente, Ash se acostumbró a hacer planes con su padre y a no informarme de ellos. Cuando la reñía, decía: «Se supone que los padres se comunican el uno con el otro. Incluso los que no están casados».

Así era Ash, siempre comportándose como la adulta.

Admitía que Matt y yo no podíamos seguir así, enfadados y destrozándonos la vida. Nos merecíamos mucho más del otro, pero no estaba segura de que ninguno de los dos estuviera preparado.

Finalmente, una tarde, Matt pasó por casa para recoger a Ash. Abrí la puerta y lo invité a entrar. Se quedó en el umbral de la puerta de la cocina y me observó mientras yo secaba los platos.

—¿Cómo estás? —preguntó con cierta formalidad, pero sin parecer incómodo.

—Bien. He estado tocando con la Filarmónica después de

mis clases. Puede que al final me incorpore como chelista, pero eso supone irme dos semanas en verano. No sé si me apetece dejar a Ash durante tanto tiempo.

—Grace, eso es fantástico. Yo puedo quedarme con Ash; me la llevaré a California.

Desde el piso de arriba, Ash gritó:

—Bajo en cinco minutos, papá.

—Vale —contestó Matt.

—¿Dónde pensáis ir hoy? —pregunté sin alzar la mirada.

—Al Met. Y después, a cenar.

Miré el reloj de pared; eran las cinco y cuarto.

—Pero si ya no llegáis… Están a punto de cerrar.

—Los viernes abren hasta las nueve.

—Ah, es verdad.

De repente me di cuenta de que estábamos manteniendo la conversación más normal que habíamos tenido en la vida; solo éramos dos personas que charlaban sobre detalles cotidianos.

Ash apareció en la cocina. Su camiseta, demasiado corta, hizo que se me saltaran los ojos de las cuencas.

—¿No piensas ponerte un jersey encima de eso?

Ash puso los ojos en blanco.

—Ash, ya basta. Tu madre acaba de decirte algo —dijo Matt con tono severo.

«Caramba». Llevaba mucho tiempo sin que nadie me respaldara.

—Ya lo sé, papá, es solo que…

—Nada. Ve arriba y coge un jersey.

Ash soltó un bufido y salió de la cocina. Matt y yo nos miramos durante unos pocos segundos.

—Pareces… diferente —dijo acercándose—. Más feliz.

No me había dado cuenta, pero creo que tenía razón.

—Sí, puede ser.

—Puedes venir con nosotros si te apetece.

—Mejor no. Tengo que corregir algunos exámenes.

Clavó sus ojos en los míos durante una milésima de segundo y, acto seguido, se encogió de hombros.

—Muy bien, pues hasta luego.

Se acercó y me dio un beso en la mejilla, como si fuera un gesto habitual entre nosotros, algo que habíamos hecho millones de veces.

Cuando Ash bajó, los acompañé hasta la puerta delantera y observé cómo se alejaban hacia el metro. Se reían… y sonaba como si fuera música. Una parte de mí deseaba ir con ellos, pero me decía para mis adentros que era mejor que me quedara. Aunque me gustaba mucho ver a Matt y aunque me gustaba mucho haber pasado aquella noche en su piso, sus interminables rechazos a lo largo de los años —y la manera en que se había tomado la noticia de Ash— me habían marcado tanto que me resultaba difícil creer que estaba allí con nosotras, como siempre había deseado.

En realidad, nunca dudé de que me quería, pero tenía miedo de que guardara una distancia prudencial. Yo también necesitaba protegerme.

Empezamos a dividirnos los fines de semana. Ash iba a casa de Matt en viernes o sábado y alternábamos los domingos.

La Filarmónica de Nueva York me propuso oficialmente el

puesto de chelista durante dos semanas, así que apenas vi a Ash durante el tiempo que pasé practicando y preparando el viaje de dos semanas al extranjero.

Ash acabó el curso con unas notas magníficas y le dieron un premio a la excelencia en general. Tanto Matt como yo asistimos a la ceremonia de entrega y él estaba radiante de orgullo. Ese día, al salir del auditorio, me dio un largo abrazo y me dijo: «Lo has hecho muy bien con ella. Gracias. Estoy muy orgulloso de mis chicas».

Aquellas palabras me partieron el corazón. No recordaba que nadie me hubiera dicho nunca que se sentía orgulloso de mí y estaba feliz por que fuera él quien las dijera.

Llegó el verano y sabía que Ash iba a aburrirse, así que la inscribí a un taller de fotografía. En cuanto Matt se enteró, también se apuntó. Aunque podría haber impartido la clase él mismo, lo hizo para pasar tiempo con su hija. Ash me dijo que cuando sus compañeros se enteraron de quién era, empezaron a tratarlo como si fuera una estrella de rock, incluido el profesor. También me sopló que estaba aventurándose en un estilo más artístico, alejado del documental que le había procurado la fama.

Matt y yo nos estábamos reencontrando de una manera extraña, era como si hubiésemos retomado nuestra relación allí donde la habíamos dejado, y ambos explorábamos nuestras pasiones con energía renovada. Una parte de mí sentía que estaba viviendo la vida que debía vivir. El único problema era que Matt y yo no estábamos viviéndola juntos... exactamente. Íbamos por caminos paralelos.

Una noche Ash parecía algo decaída.

—¿Qué te pasa, cariño?

—Nada —contestó secamente.

—Anda, dímelo.

—National Geographic le ha ofrecido un trabajo a papá en Singapur. Se supone que se va en otoño.

Sorprendida, abrí los ojos como platos.

—¿Cómo? ¿Y cuándo te lo ha dicho?

No me cabía en la cabeza que Matt se marchara con lo unidos que estaban él y Ash y justo cuando todas nuestras heridas empezaban a cicatrizar.

Ash rompió a llorar.

—Hace mucho tiempo, cuando nos conocimos. Pero ahora me pongo triste al pensarlo.

—¿Cómo? No puedo… Pero ¿cuándo…? —Apenas llegaba a articular una frase entera—. Hablaré con él.

Ash se secó las lágrimas y se puso en pie.

—Estoy harta de que os paséis él día bailando uno alrededor del otro como si estuvierais en el instituto. De hecho, tengo amigos con relaciones más maduras que la vuestra.

—Ya está bien —dije con tono cortante.

Ella pegó un pisotón.

—No, estoy harta. Necesitáis un empujón.

—Ash, eso no es cosa tuya.

—Bueno, quizá si no fueras tan engreída, papá no se marcharía.

Salió corriendo al pasillo y, dando un portazo, se encerró en el baño.

—¡Ash, ven aquí!

Me dirigí hacia allí y aporreé la puerta, pero no abrió. Después de unos minutos me di por vencida y me fui a mi dormitorio. Estaba enfadada. Disgustada. Confusa. ¿Iba a marcharse de verdad? «¿Cómo se atreve a hacernos esto? ¿Cómo se atreve a hacerme esto a mí?».

Finalmente, oí que Ash salía del baño y se metía en su habitación. Cuando pasé a verla una hora más tarde, dormía profundamente.

Llamé a Tati y le pedí que viniera.

—Son las diez de la noche —dijo categóricamente.

—Tengo que ir a casa de Matt, no sé por cuánto tiempo.

—¿Y no puedes llamarlo?

—No, porque necesito pegarle un puñetazo en toda la cara.

—Oh, cielos. ¿Qué ha ocurrido ahora?

—Ash me ha dicho que ha aceptado un trabajo en Singapur. Me acabo de pelear con ella y no sé qué demonios hacer. Ven, por favor.

—De acuerdo. Llego en veinte minutos.

Con Tati ya en casa, recorrí a toda prisa y hecha una furia las manzanas que me separaban del piso de Matt. Llamé al timbre una y otra vez.

—¿Quién es? —dijo Matt por el altavoz.

—Soy tu mamaíta. Déjame entrar.

Oí que soltaba una carcajada.

—Anda, sube.

Cuando llegué al *loft*, él me esperaba con la puerta abierta de par en par y una sonrisa en los labios.

—Gracie.

—Nada de «Gracie», capullo.

Pasé junto a él de malos modos, me desprendí del bolso bruscamente y me crucé de brazos. Parecía asustado.

—Pero ¿qué cojones te pasa, Matt? ¿A ti qué te pasa?

Se apoyó contra la pared, quizá para guardar las distancias.

—¿De qué estás hablando?

—Nuestra pobre hija lleva toda la noche llorando porque le has dicho que te mudarás a Singapur. ¿Es eso verdad? Porque si lo es…

—Grace, espera. Escúchame. —Buscó las palabras—. Le mencioné que recibí una oferta de trabajo hace tiempo, cuando apenas nos conocíamos.

—¿Y?

—La rechacé.

Lo miré con los ojos entornados.

—¿Cuándo?

—Después de la noche que pasamos juntos. En cualquier caso, no me habría ido; estaba confundido. Había pedido un traslado antes de volver a conectar contigo y de conocer a Ash. —Hablaba con calma y sonaba sincero—. Siento que haya estado dándole vueltas.

—Es lo que suelen hacer los críos.

Se acercó a mí, me cogió las manos y las sostuvo entre nosotros.

—Aún estoy aprendiendo, Grace.

Bajé la mirada y negué con la cabeza.

—Ya lo sé. Lo siento. He exagerado. Pero es que no puedo verla pasar por lo que yo pasé…

Sus ojos parecían atormentados.

—Nunca voy a abandonaros, chicas. Tienes que creerme, Gracie. Tienes que hacerlo.

Clavé mis ojos en los suyos.

—Haz que me lo crea.

Me acarició el labio con el pulgar.

—Lo haré, aunque me lleve una eternidad.

Y entonces posó sus labios sobre los míos y nos dejamos llevar, alejándonos del pasado y precipitándonos vertiginosamente en el futuro.

26. Nuestro momento

GRACE

Matt, Ash y yo cenamos juntos durante las noches que siguieron a nuestro encuentro. Por fin, todo parecía ir bien.

El viernes de esa misma semana, al terminar mis clases, vi a Matt esperándome en la puerta del instituto. Por la mañana Ash me había dicho que me arreglara y, por lo que pude comprobar, también se lo había dicho a Matt. No sabía de qué iba todo aquello, pero decidí dejarme llevar.

—¿Qué estás haciendo aquí?

Sonrió y, acercándose, me dio un beso en la mejilla.

—Encantado de verte, Gracie. Creo que tu hija ha planeado algo.

—Eso seguro.

Llevaba pantalones de vestir y una camisa. Miré sus relucientes Converse negras. Jamás había visto a Matt tan elegante.

—Estás muy guapo —le dije.

Sus ojos se fijaron en mi vestido informal de flores y mis sandalias.

—Tú también. Estás preciosa.

Esbocé una sonrisa.

—¿De qué crees que va todo esto?

—Ni idea. —Me ofreció su brazo—. ¿Vamos?

—¿Cómo sabes adónde tenemos que ir? —le pregunté.

—Ash me pidió que te recogiera aquí y que fuéramos juntos al auditorio.

Asentí con la cabeza.

—Vamos.

Al llegar, nos encontramos con Ash, Tati y mis alumnos de la orquesta, junto con algunos rostros familiares de la Filarmónica, esperándonos. A excepción de Ash, estaban todos sentados con sus instrumentos, listos para tocar.

Ash se acercó a nosotros dando saltitos.

—He pensado que hoy podríamos hacer algo divertido. Juntos.

Saludé a todos con la mano.

—¿Has organizado tú sola todo esto?

—Bueno, conté con algo de ayuda.

Tati se acercó y sentí que se me hacía un nudo en la garganta de la emoción.

—¿Estáis listos? Tu hija se ha esforzado mucho y ha planeado algo muy especial. Venid a sentaros.

Nos acomodamos en las dos sillas de invitados que habían ubicado frente a nuestra orquesta privada. Tati era la directora, algo que me hizo especialmente gracia. Matt me tomó la mano y la música comenzó. Con la primera nota ya lo intuí: «Hallelujah». Me apretó la mano y la sostuvo durante toda la canción.

Al final, me levanté emocionada y aplaudí como si no hubiera mañana.

—¡Bravo! —grité una y otra vez.

Matt silbó y aplaudió. Ash se acercó corriendo.

—¿No ha sido increíble?

—Oh, Ash. Gracias, cariño. Ha sido precioso.

—Espera, aún no ha terminado. Esto es solo el principio.

Nos entregó un sobre de papel manila. Lo abrí y extraje una foto en blanco y negro en la que salíamos Matt y yo en la universidad. Estábamos en la sala común de la residencia de estudiantes. La había sacado Tati, lo recordaba perfectamente.

—Dale la vuelta y lee —ordenó Ash.

Con Matt a mis espaldas, obedecí.

Ambos leímos las líneas en voz alta:

> Aleluya, os habéis encontrado…
> Ahora dirigíos al lugar donde os conocisteis
> durante el último curso.

Tati se acercó justo por detrás de Ash.

—Dadnos diez minutos de ventaja —dijo.

—Vale, nos vemos allí —respondió Matt riendo.

Nos despedimos de los músicos, dándoles las gracias por la actuación. Después de que Ash y Tati hubiesen tomado un taxi, Matt me cogió de la mano.

—¿Te apetece caminar?

—Sí.

Era un día cálido y soleado. El barrio parecía más relajado que de costumbre. Cogidos de la mano, nos encaminamos hacia la residencia.

Cuando llegamos, fue un poco surrealista… y maravillosamente nostálgico a la vez. El edificio lucía un aspecto diferente, aunque seguía pareciendo el mismo. Tati y Ash estaban en la escalera.

—¡Subid! —gritó Tati.

En el tercer rellano, nos asomamos a mi antigua habitación. Estaba vacía, salvo por mi violonchelo, apoyado en una silla junto a la ventana. Miré a Ash y ella sonrió.

—Toca para papá, mamá.

Le tendió a Matt una vieja cámara que reconocí de la universidad.

—Lleva carrete. Está todo listo.

—Gracias, Ash —le respondió sonriendo.

—Ah, hay un sobre para vosotros en el alféizar de la ventana —anunció Tati.

—¿Cómo habéis entrado en esta habitación? —pregunté.

—Le contamos vuestra historia al supervisor que está aquí durante el verano y nos dejó la llave. Estaba desocupada —dijo Ash sonriendo.

—¿Cuánto tiempo tenemos? —preguntó Matt.

—Debéis llegar a la siguiente ubicación en una hora. —Se puso de puntillas, le dio un beso a su padre en la mejilla y luego se volvió hacia mí—. Pasadlo bien.

Cuando se fueron, Matt cerró la puerta. Casi de inmediato, el obturador de la cámara hizo clic al fotografiarme de espaldas. Fui hacia el violonchelo y me senté.

—¿Alguna petición?

Apartó la cámara de su cara.

—¿«Fake Plastic Trees»?

—¿Lo recuerdas?

—¿Cómo iba a olvidarlo?

Me miraba intensamente, con los ojos llenos de calidez y deseo, aunque también con una pizca de arrepentimiento que sabía que nunca desaparecería. Yo también lo sentía, especialmente en ese cuarto.

Toqué la canción, que no era fácil, alternando entre el vibrato y el arco. Matt dejó de fotografiarme y me observó, asombrado. Cuando terminé, alcé la vista y me topé con su sonrisa.

—¿Has dejado de hacer fotos?

—Algunas cosas es mejor guardarlas aquí arriba —dijo dándose un golpecito en la sien.

—Estoy de acuerdo —susurré.

Con dos zancadas se puso a mi lado. Cuando me incorporé, me agarró el rostro entre las manos y me besó apasionadamente. Nos separamos durante un segundo, que Matt aprovechó para depositar la cámara en el alféizar y pulsar el disparador. El temporizador estaba en marcha y volvió a besarme mientras la cámara capturaba el momento.

Sus manos se deslizaron bajo mi vestido y, antes de que pudiera darme cuenta, me estaba bajando las bragas.

—Quítatelas —me dijo jadeando.

—Aquí no hay cama.

—Eso nunca nos ha supuesto un impedimento.

Me bajé las bragas y me las quité. Mientras lo hacía, Matt ya se había desabrochado el cinturón. Me aupó y me puso a horcajadas sobre él. Nos sentamos en la silla y, en menos de dos segundos, sin dejar de besarme, se introdujo dentro de mí.

—Te quiero, Gracie.

Su voz tan suave y tan cerca de mi oreja hizo que prácticamente me desmoronara en los primeros instantes. Me había dicho que me quería, pero yo ya lo sabía. Nos movimos despacio, con suavidad, y fue suficiente. Nuestros gemidos eran silenciosos y sosegados; no deseaba que aquello terminara. Nos fundimos en un largo abrazo.

El sobre que había en el alféizar contenía una foto. Era una vieja fotografía a color nuestra, en pijama, con el tráfico borroso a nuestras espaldas.

—Qué bonita. No la había visto nunca.

—La revelé justo cuando recuperamos el contacto. Dale la vuelta para ver la pista.

Una manzana al este
hasta la Séptima Avenida alzad el vuelo.
Y luego tres más al sur,
hasta llegar a un pedacito de cielo.

Ambos abandonamos la residencia con una gran sonrisa en el rostro.

—Cielos, espero que Ash no crea que… —empecé a decir.

—Con toda franqueza, Grace, creo que lo ha preparado.

—Ya, pero esto no.

—Tampoco necesitamos contárselo todo.

A mitad camino me detuve.

—¿Sin secretos?

—Siempre.

Bajé la mirada hacia el suelo.

—Estuve a punto de abortar.

Matt me miró fijamente.

—¿Y qué ocurrió?

—Fui incapaz de hacerlo.

Mis ojos empezaron a llenarse de lágrimas.

—Por favor, no llores. Hoy no —me pidió—. Es el día más feliz que he tenido en mucho tiempo.

Me besó.

—Lo sé. Y me alegro de haber tomado la decisión correcta.

—Yo también —dijo en voz baja, abrazándome en plena calle.

Encontramos a Ash y Tati esperándonos frente a un edificio.

—Pasad, es genial —exclamó Ash.

Entramos y, nada más hacerlo, reparamos en que era una galería con un hombre trajeado al que Tati nos presentó como el dueño.

—Accedió a que Ash expusiera estas fotos y le gustaron tanto que quiere organizar una exposición durante los próximos dos meses.

Atónita, eché un vistazo a mi alrededor. Eran todas las fotos que Matt me había sacado, ampliadas y enmarcadas con profesionalidad. La primera era una imagen a color de mí tocando el violonchelo en el cuarto de la residencia, una que nunca había visto antes. La etiqueta junto a ella decía «Grace a color».

En aquel momento, unas enormes lágrimas de felicidad empezaron a rodar por mis mejillas.

—Vaya, Ash… Son preciosas.

Matt también estaba emocionado; apenas podía hablar. Ambos le dimos un abrazo, después recorrimos la galería los tres juntos, mirando todos los recuerdos, admirando el talento de Matt y viendo su reacción ante las fotos que le eran tan preciadas. Al cabo de un rato, todos, incluida Tati, llorábamos a moco tendido.

Ya cerca de la puerta, Ash anunció:

—Solo queda un sitio. Pero tengo que ir yo primero, así que dadme unos minutos.

—¿No nos das ninguna pista?

—No, es una sorpresa —respondió.

No dimos un abrazo y, acto seguido, Tati acompañó a Ash hasta un taxi.

—¡Dejad de llorar, colegas! —exclamó Ash justo antes de subirse.

—¡Vale, tía! —le respondió Matt.

Una vez que se marchó, Tati se acercó a nosotros, poniendo los brazos en jarras.

—Escuchad. Esa niña lleva mucho tiempo planeando todo esto. Le dije que no era buena idea, pero me prometió que, si no salía bien, no se le rompería el corazón.

—¿Qué tiene en mente, Tati? —pregunté.

—Le prometí no contároslo —declaró y, mirando a Matt, añadió—: No sé qué va a pasar con tu pequeña y extraña familia, pero tengo algo que decirte personalmente. Ya has visto lo hábil que soy con el arco, ¿verdad? —Matt asintió, con una sonrisa divertida—. Pues bien, amigo, te meteré esa cosa por donde ya sabes si le haces daño a alguna de mis chicas.

Al instante, Matt le pasó el brazo por encima de los hombros y la atrajo hacia él.

—Eso nunca. También son mis chicas —dijo en voz baja.

Se separaron y Tati señaló un taxi a nuestras espaldas.

—Subid. Sabe dónde tiene que ir. Id a buscar a vuestra hija.

En la parte trasera del taxi Matt y yo nos cogimos de la mano. Creo que ninguno de los dos esperaba que se detuviera frente al Ayuntamiento, pero allí acabamos.

—¿Cómo lo ha sabido? —preguntó Matt.

—Se lo ha debido de contar Tati. Mira, ahí está.

Ash nos esperaba sentada en la escalinata de la entrada.

—Chica lista —dijo Matt.

—Sí, nuestra chica lista.

—Bueno, Gracie, ¿te apetece hacer una locura?

—Siempre. Pero antes necesito saber si vamos a hacerla por ella o por nosotros. Lo haré de cualquier manera, pero necesito saberlo.

Matt tomó mi mano entre las suyas.

—Graceland Marie Starr Shore Porter o como quiera que te llames, mi vida no era real sin ti. No era más que una serie de días unidos por un montón de dolor y arrepentimiento. Pero entonces te recuperé. Y este es el momento, lo prometo; este es nuestro momento. Eres el amor de mi vida. Te quiero, Grace. Siempre te he querido. Te quería cuando no estaba contigo y antes y ahora mismo. ¿Te casas conmigo?

—Joder, claro que sí —susurré. Le envolví el rostro con las manos y le di un beso—. Venga, vamos a demostrarle lo que sabemos hacer.

Me abrió la puerta del taxi y, cogidos de la mano, miramos fijamente a Ash.

—¿De qué va todo esto? —dijo Matt.

Ash se puso en pie.

—Venga, sabéis que sería mucho mejor testigo que Gary Busey —dijo mostrando las palmas de las manos.

Matt me miró con las cejas arqueadas.

—Pero, Grace, no huele a salami —dijo encogiéndose de hombros.

—«No huele a salami» entrará en la historia como la proposición de matrimonio más rara del mundo —bromeé.

—Graceland, ¿no me estarás llamando raro?

—Sí, es lo que me gusta de ti.

Ash bajó los escalones y se detuvo junto a nosotros, radiante de alegría.

—Bueno, supongo que tengo que hacerlo como es debido —claudicó Matt.

Arrodillándose, tomó mi mano entre las suyas.

—Grace, te quiero y tú me quieres. Ahora, ¿quieres casarte conmigo, esta vez para siempre?

—Sí. Para siempre.

CUARTO MOVIMIENTO:

LA PRUEBA DE UNA VIDA QUE ARDE COMO ES DEBIDO

ASH

El juez de paz casó a mis padres y yo fui testigo. En quince años jamás había visto a mi madre tan llena de vida y amor, tan radiante como ese día. No logro imaginar qué habría pasado si ese día no se hubieran cruzado en el metro. ¿Habrían seguido con sus vidas solitarias, viviendo como dos mitades de un mismo corazón, sin poderse unir de nuevo? Quién sabe. Lo único que sé es que me alegro de que se encontraran otra vez.

Ese verano decidimos viajar todos a Europa con la Filarmónica de Nueva York y después ir a California. Fue como una luna de miel/vacaciones en familia. Ya de regreso, papá se mudó a nuestra casa. Mis padres se pasaban pegados todo el día como dos adolescentes enamorados. Cuando yo ponía los ojos en blanco, mi padre se reía y mi madre se quejaba, alegando que se lo merecían, que estaban recuperando el tiempo perdido. Me gustaba hacerlos rabiar. En el fondo, era genial saber que se gustaban tanto.

Papá mantuvo su *loft* a pocas manzanas y lo convertimos en un estudio de arte/despacho. Lo llamábamos «el Louvre». A mamá le encantaba vernos trabajar juntos en el estudio y cuando venía porque no tenía clase nos traía algo de comer e interpretaba alguna pieza.

Un año después de que se casaran, me convertí en hermana mayor. Por fin otra persona que cargara con la culpa. En realidad, adoro a mi hermano pequeño. Leo. Es solo un bebé, así que no puede ser tan malo.

Sé que mi madre y mi padre cometieron errores y que se rompieron los lazos, pero, en cierto modo, me siento afortunada por ello. ¿Quién sabe qué habría pasado si todo hubiera ido bien? Sé que tuve un padre que me adoraba y otro que lo sigue haciendo, y he sido testigo de cómo mis progenitores se enamoraban de nuevo.

¿Cuánta gente puede decir lo mismo?

Agradecimientos

A los lectores, gracias por creer en la magia de esta historia y dejar entrar a Matt y Grace en vuestros corazones.

A la familia y amigos que me apoyan, me animan y me hacen sentir que lo que hago importa, aunque solo sea un poco. Muchas gracias.

Eh, ¡Ya Ya's! Gracias por vuestra sólida amistad y vuestra confianza.

Guardo un lugar especial en mi corazón para algunos maestros y profesores que han sabido inspirarme. Para este libro, he rememorado las horas que pasé en el cuarto oscuro del instituto y de la universidad, así como mi empeño en contar una historia con una sola imagen. Ahora puedo usar miles de palabras. Todavía no sé qué es más fácil, pero ambas formas artísticas me fascinan y siento un gran agradecimiento hacia todas las personas que me ayudaron a descubrirlas.

A los compañeros de piso y su paciencia: vuestro entusiasmo me ha hecho seguir adelante todos estos meses.

Melissa, gracias por ayudarme en Nueva York y por tus buenas recomendaciones musicales.

Gracias, Angie, por tu apoyo eterno y tu entusiasmo.

Heather, ya sabes cuál es tu papel en todo esto y lo importante que ha sido. Menudo talento, de verdad.

A mis amigos y amigas escritoras, gracias por seguir siendo como una enorme caja de resonancia y por apoyarme. Lo aprecio muchísimo.

A Christina, mi agente, gracias por centrarme una y otra vez en el trabajo y en la escritura. Es de gran ayuda encontrar de nuevo la inspiración cuando otros aspectos del negocio me distraen.

Jhanteigh, siento que es nuestro bebé. De ambos. Has sido una pieza fundamental en el viaje de Matt y Grace. Te agradezco de todo corazón que hayas creído en esta historia y que me hayas permitido intentar ponerla sobre papel.

Anthony, mira todas nuestras pruebas. Qué afortunada soy por tenerte en mi vida.

Y, por último, a Sam y Tony: mi poesía. Estoy impaciente por veros crecer. Estoy impaciente por conoceros.

«**Para viajar lejos no hay mejor nave que un libro**».

EMILY DICKINSON

Gracias por tu lectura de este libro.

En **penguinlibros.club** encontrarás las mejores recomendaciones de lectura.

Únete a nuestra comunidad y viaja con nosotros.

penguinlibros.club

Penguin Random House Grupo Editorial

penguinlibros

Este libro se terminó de imprimir
en el mes de junio de 2024.